單讀 One-way Street

作者简介

班宇

1986 年生,小说作者,沈阳人。
曾用笔名坦克手贝吉塔。
已出版小说集《冬泳》《逍遥游》。

A SLOWER
PACE

缓步

班宇 著

上海文艺出版社
Shanghai Literature & Art Publishing House

图书在版编目（CIP）数据

缓步 / 班宇著 . -- 上海：上海文艺出版社，2022（2023.5 重印）
（单读书系）
ISBN 978-7-5321-8365-4

Ⅰ . ①缓… Ⅱ . ①班… Ⅲ . ①中篇小说—小说集—中国—当代②短篇小说—小说集—中国—当代 Ⅳ .
① I247.7

中国版本图书馆 CIP 数据核字 (2022) 第 113906 号

发 行 人：毕　胜
责任编辑：肖海鸥
特约编辑：节晓宇　罗丹妮
营销编辑：高蒙蒙
书籍设计：李政坷
内文制作：李俊红　李政坷

书　名：缓步
作　者：班宇
出　版：上海世纪出版集团　上海文艺出版社
地　址：上海市闵行区号景路 159 弄 A 座 2 楼　201101
发　行：上海文艺出版社发行中心
　　　　上海市闵行区号景路 159 弄 A 座 2 楼 206 室　201101　www.ewen.co
印　刷：山东临沂新华印刷物流集团有限责任公司
开　本：1230×880mm　1/32
印　张：10.5
字　数：160 千字
印　次：2022 年 11 月第 1 版　2023 年 5 月第 3 次印刷
ISBN：978-7-5321-8365-4/ I.6601
定　价：58.00 元

告读者：如发现印装质量问题，影响阅读，请与出版社发行部门联系调换。

目录

001　我年轻时的朋友

047　缓步

077　透视法

111　于洪

167　活人秘史

215　羽翅

245　凌空

271　漫长的季节

309　气象

我年轻时的朋友

一

主教学楼是苏联人设计的,沿街而落,坐北朝南,总共三层,左右以中轴对称,近似涅瓦河畔的冬宫,一把灵匕铡入大地的腹中,孕育着圣母、圣徒与圣子。始建于一九五一年,盖了两年半,中途停工一段时间,许与国际形势有关。外墙斑驳,经年涂改,标语被拆成了笔划,如同折线,向上延至无尽。顶部镶着一颗泛暗的钢制五星,原本底下还有一柄斧头和一把镰刀,于一九五八年某日连夜拆除,去向不明,仅存这颗五角星,重新钉嵌,移至正中央,风雨不蚀,透着幽沉的赤色。外墙黄绿相交,一度长满了爬山虎,不知何人所植,密布覆盖,像远古异兽的鳞片,彼此挤压倾轧,渗出汁液,楼体沉静,隐匿其中,也像虫族的暗室巢穴,一张一弛,缓慢地呼吸着,吐出瘴气与毒液。后因植物长势凶猛,遮光过度,壁虎栖息繁衍,墙体开裂,瓦面岌岌可危,不得不一次次地请人修整,校方对此甚为头疼。一九九七年,两位外地口音的男性拜访后勤处,带来了五箱苹果,两桶十斤装白酒,以及一种自己调配的药水,呈油状,颜色接近止咳糖浆,如被夕阳煅烧过,装在玻璃器皿里,据说功效显著,目前尚处保密阶段,正在申请科研专利,只需随意喷洒在叶片上,过不了几天,便可自行掉落,且不再生长,绝无后顾之忧。校长亲自督阵实验,后勤主任献出办公室里的一盆君子兰,遵照嘱咐,先以茶水稀释药水,平稳倾入搅动,又加入半箱消过氯气的自来水,一并灌入喷壶,轻轻按压,射出水雾,均匀落洒在宽厚油绿的叶片上面。校长极为满意,很享受这一过程。当年的春节联欢晚会上,赵本山与绑着头巾的范伟联手出演小品《红高粱模特队》,里面有句台词,形容时装模特的登台亮相也如在给作物洒药：收腹是勒紧小肚，提臀是要把药箱卡住，斜视是要看清果树，这边加压，那边喷雾。为此，校长召开了一次誓师大会，动员全校教职员工上阵，为学生们做好表率，齐心协力，共同铲除反动祸患。实验很成功，没过多久，那盆君子兰的叶片尽数枯亡，向内萎成一朵，如被抽去了筋脉与血液，仍保持着一种小小的绽放形状，似可团入掌心。校长命人拍下一张照片，储存记录，以供后来者借鉴参照。二〇〇四年，校史馆重新开放，我们班级被派去清扫卫生，灰尘铺天盖地，滚滚袭来，大小物件凌乱散落，没有历史，全是破烂。邱桐后来跟我说，她见到了当年的这张照片，装在一个旧文件袋里，保存完好。我不太信，问她说，真有？她说，骗你干啥。我问，到底长啥样？她说，就跟冬天里你的鸡巴篮子似的，缩缩着，冻成个逼型。我说，我跟你没法唠。她说，不是你非得问的么，我还犹豫着要不要揣回来，给你留个纪念，后来想了想，好像也不大吉利。

两位外地男性是跟后勤主任一起被抓起来的。那时，人们醒悟过来，他们几个长得有几分相似，特别是嘴部肌肉，讲话时总爱往右侧轻咬一下，似要将那些窜出来的句子再吞回去。三人本是兄弟，另外两位在老家的化工厂上班，老大当库管，身体不好，有糖尿病，老三是司机，闷头闷脑，不善言辞，有过婚史，媳妇被打跑，留了一个四岁的孩子，患有小儿麻痹。厂子周转不灵，工资拖欠一年有余，厂长说，要钱的话，那是一分也没有，要我的命，那也是一分不值，东西都摆在这里，谁有办法销出去，那算谁有能耐，谁有能耐，谁就能走进新时代，谁的心情就豪迈。所以，不光是为了生计，也想要活得豪迈一点，老大和老三承接军令，运出一车浓硫酸，往西再往西，直接奔了过来，在郊区租了间平房，套上起毛的西装，揣着介绍信，四处苦心推销，几个月过去，持续碰壁，毫无成果，俩人成天脸对着脸，闷头抽旱烟，互相看不顺眼。跑到学校里向老二求助，实在是走投无路，才有此下策。后来东窗事发，也不是因为这些爬山虎，事实上，那次修整的效果不错，可谓历年最佳，叶脉迅速枯死，争先恐后地掉落下来，折绕成枯林，盘踞在地，如蜕掉的一层死皮，或化疗后脱落的大把头发。只是清理起来有些麻烦，需三五人一起，抱在胸前，连拖带拽地移出校门，情态近于那幅世界名画，伏尔加河上的纤夫。事故起因是储存车罐的泄露，开始是一点一点向外渗，随后窟窿渐大，锈蚀严重，无法判定是否人为。平房不远处就是大片的农田，种着一株株玉米，已进入蜡熟期，籽粒由绿转黄，形状饱满，长得很密，还有一道民用沟渠，罐车就停在旁边，当日无风，平静流淌着的黑水里突然向外鼓出白汽，升成一道十几米的烟柱，笔直射向天空，味道刺鼻，无人敢去接近。上报之后，拉来好几卡车的建筑材料，大家戴着口罩，抄起家里的脸盆，盛着石灰往上面铺，又盖了几层厚厚的沙土，如在埋棺，即便如此，白雾还从地底往外面钻，粘滞在空气里，许久不散。农田肯定是废掉了，被冲毁的也不仅是庄稼、水渠，还有那间平房的狗窝和地洞，他们兄弟养的杂种狼狗早就不知跑去何处，而在灌满黑色液体的地洞里，意外发现了一具尸体，腐蚀严重，似被镂空，身体蜷在一处，看着像小孩儿或者一位佝偻的老者，地洞外边是两把铁锹和一副尿黄色的橡胶手套。没人知道死掉的是谁。

　　我问邱桐，这事儿你咋这么清楚？她说，废话，后勤主任是我爸，剩下的那两位，一个是我大爷，一个是我老叔，都实在亲戚，你可别给我说出去啊。我说，原来你家的基因这么出色。她说，是，你看着办。我说，我现在有点想去退房，还来得及吗？邱桐说，怕了？我兜上裤子，说道，也不能这么讲。邱桐伸手过来，扒拉了两下，说，你看，又往回缩，真随你啊，啥也不是。我说，内心多少泛起一点波澜。邱桐说，咋还拽上词儿了，这会儿又显你是语文课代表了。我说，我谁也代表不了。邱桐从床上蹿出来，搂紧我的腰部，半天不放，空气静默。我咳嗽了两声。她说道，要不，我给你嗦嘞两口？我说，那委屈你了。邱桐听后，一脚将我踹开，说道，怎么也不要个逼脸，你以为自己是谁啊。

我一边骑着车，一边在心里忿忿不平，我没以为自己是谁，你也不要以为自己是谁，我啥也不是，你也不是个啥。邱桐横跨在后座上，两手乱晃，也不搂我，她的腿偏长，脚掌要保持着上抬的状态，才不至于拖到地面，我骑得飞快，故意往沟里引，她一声不吭，像在赌气。付完房费，我兜里还剩二十五块钱，她一分也没有，避风塘十八元一位，时间不限，枣茶随便喝，没了自己续，还能吃瓜子，下跳棋，看过期的彩图杂志。我进去后，在角落里找了个座儿，越想越不是滋味，恨不得把自己埋起来。没过几分钟，邱桐跟着一大帮外校的混了进来，勾肩搭背，有说有笑，不知道怎么聊上的，她就是有这个本事。落座后，还陪着打了几把扑克，扫视一周，才回到我这边。我没理她。邱桐自斟自饮，一口气喝了半壶水，问我，最近肖旭跟你说我啥没？我说，没。我问她，孔晓乐跟你说我啥没？她说，说了。我说，啥。她说，说看你好像一个根号二，遥哪出溜儿。我说，啥意思。她说，身高，一点四一四。我说，我操你妈啊邱桐。她说，别自卑嘛，你看你这个人，又不是我说的啊，我就不这么认为，我觉得你很高大，特别威猛，身体灵活，动作矫健，烫个头就能去演《灌篮高手》，登梯暴扣，你看我说的行不。

我现在根本想不起来，为何那时每天要跟邱桐待在一起，虽是同桌，但不至于课余时间也往一起凑。有段时间，我总觉得自己是她爸，只要她一叫唤，我就像接到了某种指令，立即奔去查看情况，解决问题。得知她爸进去之后，我就不怎么敢往这方面想了。我知道，邱桐不喜欢我，她喜欢能在晚会上说相声的，懂点儿杂技曲艺，爱好很独特。当然，我也不喜欢她。我谁也不喜欢。非得挑一个的话，可能比较倾心于孔晓乐，梳个五号头，长得干干净净，不多说话，据说父母都是知识分子，从小就读过不少世界名著，比我可强多了，我就看过几本作文选，不属于一个系统的。有一次，老师让孔晓乐朗读自己的作文，什么题目忘了，反正里面引了一句米兰·昆德拉，当时我心尖儿一颤，如蝶破茧，迎向光明新世界，既有酸楚又有甜蜜。原因是前一天在网吧里听过首歌，里面唱道，你终将认识一个女友，在她面前，你不小心掉出一本米兰·昆德拉。我是没掉，但孔晓乐掉落在我的面前，轻轻地，翩然而至。我觉得这就是命运。生命中不能承受之轻。

邱桐不这么认为，她觉得不论轻还是重，都没什么不能承受的，你不受着呢么，我也在受着，她妈跟她说过，人生无非就是三个字儿：活受罪。我说，这是一个词儿，习惯俗语，不是三个字，你语文真的太差了。邱桐说，不对，得先分开来看，活，人嘛，无论你我，都在活着，受，意思就是承受，忍受，自作自受，反正都不好受，罪，出生之前就有，活着也有，像钟乳石一样倒悬在洞穴里，一点一点生长，世界也就是一个溶洞，喀斯特地貌，我们坐着小船从此经过，你看，我的比喻是不是还行，所以，连在一起，不是活着就要受罪，而是得去感受我们的罪，这样才算活着。我说，你跟我在这儿排列组合呢？她说，你就说有没有道理吧，受不受教育。我说，不受。邱桐说，那你觉悟不够。我说，我也没罪。邱桐说，像你能说了算似的。我说，你妈说了算，行不。

我猜我是我们班里唯一见过邱桐她妈的人，高中三年，她妈连一次家长会都没来过，这导致我有时觉得邱桐是个孤儿，无依无靠，进而又多出几分莫名的怜爱。后来有一次，我骑车送她回家，她妈在街边喊住我们，穿一身淡黄色的睡衣，裤脚儿飞边子，看着脏兮兮的，手里掐着烟卷，我跟她妈问好，她妈连忙热情地点头回应，东一句西一句，嘘寒问暖，表现出来一种令人难以接受的谄媚之态，邱桐的脸沉在一旁，半天不讲话。那一刻，我几乎确认了自己就是她爸，也即这个女人的前夫，离异之后，负责照应女儿，起早贪黑，含辛茹苦，将女儿抚养长大。这些年里，她一定做过许多对不起我的事情，那些虚假的笑声意味着无可弥补的愧疚。而我到底会不会原谅她呢？确实想不清楚，有点超纲。她妈长得跟邱桐一点也不像，个子矮，小脸盘儿，妆化得很浓，眼睛滴溜乱转，看着发贼。我问邱桐，你妈平时是干啥的？她说，做买卖的。我就不再往下问了。那些年里，如果谈起一个人的职业，不管是做买卖，还是炒股票，或者干工程，其实都是在说，没有工作，靠打麻将为生。我当时不太理解这一点，月有阴晴，赌有胜负，再怎么厉害的高手，也要讲一点运气，无法一直赢下去，更不可能每天都往家里拿钱，负担日常开销。后来等到我彻夜打牌时，才反应过来，打麻将也不是为了赢，而是一种构建自我认同的方式，以最小的单位对外部世界进行一次抗诉，也就是说，必须要维持着一种根本性的运动，投入自身拥有的时间与意义：四个人团结紧张地结成一桌，那便是精神上的守望与互助，而打出去的每一张牌，又都是一次次的独立行动。

邱桐家住的房子很旧，楼前有一座残破的环形花坛，内外两层，无人打理，里面没花，也不长草，全是碎玻璃和砂砾，蚂蚁爬来爬去。她上楼后，我总在花坛边上坐一会儿，再骑车回去，精神恍惚。邱桐说，我有时候在楼上看你一眼，就待在那边，也不知道想啥，装他妈深沉。我说，不是，我本来就深沉。邱桐说，我不知道你？我说，咱俩这事儿，你到底怎么想的。邱桐说，其实我那天一进房间，就后悔了。我说，我也是。邱桐说，咱俩真不至于的。我说，我也这么觉得。她说，后来万幸，没成，我还挺感激，不然现在算咋回事，对吧，我就想试一试，俩人儿抱在一起，到底是啥感觉。我说，你这么说，那我就放心了，之前好几宿没睡着。邱桐说，本来也什么都没发生，别往心里去。我说，那行，但我还有一个问题。邱桐说，你问。我说，你这跟我是第几次？之前是谁呢？总共有几个？我都认识吗？邱桐说，这都他妈几个问题了。我说，能不能跟我说一说。邱桐说，这些你就别管了，跟你关系不大，我妈还老跟我说一句话，你也记住，她说，别操没有用的心。

高中期间，我对自己没有任何期许，无论是感情还是学业，好或者坏，都没什么不能接受的。不过，我有着一条自己的原则，时至今日，也是如此：我始终避免让自己成为一个灰溜溜的人。很难去描述这样的人到底如何，但我确实见过不少次。比如校史馆对外开放当日，毕业多年的校友回来参观，学校为此特意重做一块大理石牌匾，黑底金漆，嵌入墙内，校名那几个字是郭沫若当年题写的，被一位教职工私自存留下来，当作至宝，传给后辈，只是一张泛黄发脆的纸条，不过一拃长，那天展示时，那位后辈小心地站在旁边，像一位没怎么得到过上场机会的守门员，举手投足生硬异常，精神高度紧张，生怕损坏或被盗去，结束后，饭也没吃，屁滚尿流地带回家里，摩挲着入梦，从此再未出现。以及，我那位离家出走的同学，留下一句话，说要骑着自行车去北京，找一幢最高的楼，从上面跳下来，以示对教育制度的抗议，两天之后，安安稳稳地回到教室，背起手来继续听课，没人关心他到底发生了什么，我想有一天他自己也会明白，即便跳了下去，我们所能给予的也不过是鄙夷罢了。我们比制度本身还要残忍得多。再比如，我跟邱桐出去开房的那天夜里，我回到家后，睡得迷迷糊糊，听见我妈在厨房里骂我爸，原因是她刚翻过我的口袋，知道我这一天花掉多少钱。她说，这就是你的儿子，我他妈没白天没黑夜，快要卖血供他了，他拿着钱出去跟女的花，真随了根儿，以后这孩子我不管了，你自己管。我爸说，随了谁？我给谁花？我妈说，你以为我不知道？我爸说，我他妈怕你知道？我妈说，不是有孩子的分儿上，我能跟你过？我爸说，你爱过不过。我妈又开始翻他的兜，钥匙撞在一起，稀里哗啦地乱响，然后她问，你的钱呢？我爸说，没了，花了。我妈说，花哪儿去了，不说明白，今天咱俩没完，我的话放这儿了。我爸说，逛窑子吃豆腐渣，该省的省，该花的花，就他妈花，操你妈的，我现在出去接着花。

然后是关门的声音，总有一个人要离开。不是用力摔响，而是轻轻地，那么轻，锁舌弹出来又悄悄扣紧，合拢不动，怕把这个夜晚吵醒。我又想起孔晓乐的作文，这也是生命中不能承受之轻。我搞不清自己到底是不是在做梦，也不想分辨。走出去的人们，总归是灰溜溜的，像那位揣着纸条的后辈，或者离家出走的同学，再或者我爸和我，惴惴不安，一无所有，灰溜溜地走在前面。人越是不想成为什么，就越会变成什么，如同一个诅咒，你所惧怕的事物总会来临，跑是跑不掉的。别操没有用的心。

二

十几岁时，我目睹过很多次的坠落，它们在我的生活里接续发生，层出不穷，不止于背驰的成长行径、糟糕的情感经历与不可理喻的生存姿势，而是显现为一种真正的疲态。我亲见他们自行步入泥沼，任其摆布，打不起精神，四肢软弱，没有挣扎与抵抗。我感觉得到，接下来漫长的时光里，他们将渐渐沉没下去，悄无声息。甫一出场，便抵顶峰，之后竭尽全部的想象，也没有一个可供去往的方向，无法再次振作起来。我对此怀有一种深切的恐惧，时常提醒着自己，千万不可堕入其中，我与他们不同，更肮脏也更坚硬。米兰·昆德拉说过，人一旦沉迷于自己的软弱，便会一味地软弱下去，会在众人的目光之下，倒在街头，倒在地上，倒在比地面更低的地方。比地面更低的地方，无非艰险的溶洞，如洪钟，如塔林，仅可一人穿行，我从此游去，保持着绝对的机警，唯恐陷落，或被割裂身躯。事实上，多年之后，我发现这种忧虑毫无道理，预感悉数破产，那些凝滞其中的人们，总会寻得一个冲出重围的方法，如复燃的灰烬，轻而易举地将过往付之一炬，他们比我更加游刃有余，紧抱着命运，重新书写刻度，从此变成切合时宜的新人。我却依然行在死荫之地，劳作历险，耗尽心血，投入诸多的努力，只是艰难地维持着普通与平庸。我想，这并不存在公平和公正的问题，亦非个人境遇所能完整概括，当我们意识到自身不过是吸附在岩石、荒野与海洋上的一堆无机物，在更为广大的虚空里环绕飞驰之时。

我上一次见到邱桐是在二〇〇八年。高考过后，我们有过几次简短的通话，没什么要紧的事情，无非问询彼此的境况。她在重庆的一所三本院校读法律，军训时差点儿跟教官谈起恋爱，离别晚会上，寝室的女生合唱了一首刘若英的《后来》，下台之后，哭得一塌糊涂。邱桐问我，你听过没有。我说，没。邱桐说，那你应该听一听，有些人一旦错过就不再。我说，很有道理，我爷就是，我很想念他。邱桐说，这些年来，有没有人能让你不寂寞。我说，没有啊。她说，不是，没问你，我说的是歌词。我说，问没问那也是没有。还有一次，她哭着给我打来电话，说接到母亲生病的消息，独自在医院里，没人照顾，而她正在备考，相距遥远，无法及时赶回，内心担忧，日夜不得安眠。她对我说，这么多年来，真是太不容易了，母女二人相依为命，守在一间旧屋里，度过冬夏，屈辱受尽，好不容易捱到现在，母亲却又病倒了。接电话时，我在外面租的房子里，坐在床沿上，刚抽完一整根，精神灿烂流转，盯着满地的垃圾，眼里全是星空与河流，暗若丝绒，柔软得令人心碎。她还没讲完，我便开始痛哭起来，撕心裂肺，完全无法抑制。听见我的哭声，她沉默半晌，反倒清醒一些，坚定地对我起誓道，谢谢，谢谢你听我说话，我一定要让她过上幸福的生活，全力以赴，在所不惜。我说，我的心里下雨了。她说，我也是。我说，妈妈啊。她说，是的，我的妈妈，我唯一的亲人。我说，妈妈，一起飞吧。她说，什么。我说，妈妈，一起摇滚吧。

邱桐以及许多的朋友们，在那些年里，都使我感到无比困惑，仿佛自从分别之后，他们开启了一种向后的生长，逗留于时间的反面，重新拾起被遗落的情感，不再冲动、疯狂，变得规矩而正常，为进入另一个世界做好充分的热身准备，时光向前流去，他们看起来却更加年轻了。这种改变突如其来，我一度将之视为虚妄与伪饰，做梦都想着要去痛斥，也觉得总有一天，它们将自行剥落，从而显出本来的成色和质地。但这一天并不存在。或者说，它正逐渐远去，只在某个偶然的瞬间闪现小小的一角，虚虚实实，真伪难辨，之后便藏匿起来，无迹可寻。

那一年暑假，我以复习英语考级为理由，没有回家，租住在学校附近，不怎么出门，也很少吃饭，每天近乎疯狂地打着游戏。当时，我很沉迷于一款仙侠题材的网游，晨昏颠倒，日均在线超过十六个小时，还负责组织管理一个帮会。我在里面扮演着不同的角色，其中一个名为"愤怒的机器"，拜入少林，游荡苍山，无起无念缘无灭，无相无我世无端。另外一个叫作"无政府主义者"，以笔为戟，梯云四纵，我身本似远行客，清秋剑气蔽苍穹。我偏爱后者所带来的操作体验，技能丰富，自由度很高，玩起来具备挑战性，在游戏里，我结识了不少朋友，还喜欢上了一个女孩。我在服务器里热爱争斗，行侠仗义，在社区里发帖撰写攻略心得，获得不少信任与敬重。大家喊我的名字时，常用简写，开始叫"政府"，后来觉得歧义过大，像在跟谁告状，就改叫"主义"，但也依然奇怪，私聊和公屏里经常读到这样的话：主义，今晚在哪里摆摊。或者：主义，带好你的队伍，战场上见。如果战败，屏幕暗下来的同时，还会出现一行血红的小字：无政府主义者已经阵亡。如果使用回城卷轴，则是一行绿字：青山不改，绿水长流，无政府主义者就此别过，诸位后会有期。

邱桐放假返沈，想约我见面，我说没回家，还在学校里待着。她说，谈女朋友了？我想了想，说，没有。游戏里的算不算，实在说不好。她说，那我去看你吧。我说，来是可以，但我没什么钱了，食宿均需自理。说完这话的第三天，她坐了六个小时的火车来到我所在的城市。因为要组队打一个任务，我没去车站迎接，只发了个地址，直至收到她的信息，说已在楼下，我才很不情愿地套了件衣服出门。

邱桐换了一个造型，看着比过去成熟不少。她穿着一件暗色碎花连衣裙，化了淡妆，挂着一对儿银色的耳钉，也不再扎马尾，一袭乌黑的直发，平平垂落，抚过肩膀。她跟我说，这叫离子烫，花了一百三，刚弄好的，问我好不好看。我说，还可以，跟从前确实不太一样了。她说，你怎么还这样，也没个变化。我反问她，我应该有什么变化？邱桐见我不满，又问道，咱俩几年没见了。我说，将近三年。她说，你跟其他同学还有联系吗？我说，没有，班级的群我都退了。邱桐说，这两天我看他们张罗着聚会呢。我说，我不去，你去吗？她说，肯定不啊，我这不是来看你了么。

学校旁边开着一家火锅自助餐，二十五元一位，另收锅底十元，肉和青菜随便吃，不浪费即可，啤酒饮料也不限量。我带着邱桐来吃晚饭，这一路上，她特别兴奋，东瞧西望，看见什么都想问一问，话说个不停，我跟她讲，经济条件有限，就请这一顿，表示一下心意，你尽管多吃，最好能吃出三顿的分量，这样日后回忆起来，也显得我比较热情。邱桐拍着我的肩膀说，放心吧，用不着你，我妈给我拿钱了。我说，你妈身体如何？她说，谨遵医嘱，术后恢复得很快，坚持锻炼身心，天天出去跳舞打麻将。

每张桌子上都摆了一个电磁炉，上面放着变形的铝盆，羊肉卷、鸭血、午餐肉、粉丝和青菜放在进门处的网筐里，只能捧着橘色的塑料托盘去夹，来来回回，走动不便，地上积着一层滑腻的透明油污。麻酱小料是调好的，齁得要死，两块钱一份，不提供免费纸巾，一块钱一盒。我们就着自来水煮火锅，血沫一层一层沸腾泛起，荡至边缘，我夹起一团翻滚着的碎肉片，放入口中，毫无滋味，如同被人塞进一把锯末。只吃了两口，邱桐便把筷子放下来，说道，这里跟重庆真没法比。我说，是吧，对付一口，怠慢了，见谅。邱桐说，咱俩喝点酒吧要不。我说，不行，晚上有事儿，得保持清醒。她说，我都来了，你还有啥事儿，总不能去玩游戏吧。我说，就是游戏，今晚要开荒，我的位置很关键，跟你也说不清楚。邱桐叹了口气，说道，这么多年你都在干些什么啊。我抬头郑重说道，邱桐，咱俩就是同学关系，我不是你爸，你也不是我妈，你以前告诉过我的话，我也还给你，记住，少操没用的心。邱桐说，你这人还挺记仇的。我平稳情绪，说道，没特意记，话赶着话儿，唠到这里，就想起来了。

邱桐说自己的酒量不错，喝到第五瓶时，开始说胡话，破口大骂她的学校，还要教服务员说重庆方言，反复指导，发音不准的一律不放过。之后便趴在桌子上，低声自语，怎么叫也不起来。我心里很急，也有点上头，时间一分一秒地过去，游戏里的朋友发来信息，问我怎么还不上线。实在没办法，我拖着她回到我的住处，精神与体力濒临崩溃。这一路上，她吐了两次，一次在校门口的石桥上，与底下奔涌着的污水合流，第二次是在楼道里，我使劲拍打着她后背，她一边呕吐，一边自省道，这点儿酒让我喝得，也没多少啊。进屋之后，她一头栽倒在床上，我去厨房烧水，回来见她换了个姿势，单腿外露，夹着我的被子，咬住一角，迷迷糊糊地说，你可别碰我，听见没，不然我他妈饶不了你。我说，你放一百个心，我绝对不，但你也得答应我，想吐提前说话，不要弄到床上，我没法收拾。邱桐说，真他妈没良心，这些年我是怎么过来的，谁能明白呢，我心里很苦。我说，人生之苦，始于有欲，或尊至帝王，或卑如草芥，皆念念不得逃脱，神明上苍，怜世人此般疯痴，乃采朝露，撷晚霞，绕越云雾，炼化五色奇石，育成灵兽种种，方置成幻境一处，名曰太虚，凡入得此地者，有志抒志，望利得利，钟情得情，以解世间之苦也。还没等我说完，邱桐便睡着了,一呼一吸,散出浓烈的酒味,如贪杯酣眠的小兽。

太虚幻境的副本我打了四次,集结群雄,改换两套装备,均以失败告终。食人草、琴仙子、火麒麟,被无限复制出来,层层叠叠,蜂拥而至,我守在一处,招数用尽,无论怎么布置,始终无法应对。整个屏幕上,皆是无状之状,无物之象,提示着我:幻境情志缠绵,一旦陷入,便无可逃脱。打到最后一局,已近凌晨,邱桐清醒过来,穿着我的拖鞋,自己去倒了一点热水,双手捂着茶杯,站在椅子背后,也不讲话。待我关掉电脑,沮丧地决定中止这个失败之夜时,她小声问我说,头还是很痛,能不能陪她躺一会儿。

我重新铺好被褥,松开绑带,用力将窗帘拉严,最初的这一抹晨光里,久积的灰尘滚滚倾泻,在空气里游动,无声漂浮,落入我们的呼吸。邱桐穿着外套,还觉得冷,我将被子对折起来,全部覆在她身上,自己侧身缩于墙壁一侧。我说,睡着了就不冷了。她说,我到底喝了多少酒?我说,没数,记不清。她说,感觉也没多少。我说,不重要,心情问题。她说,可能喝的是假酒。我说,那不至于。她说,这酒叫什么名字,以前没喝过。我说,黑冰。她说,听着像毒品。我说,这个还行,零售也要一块五一瓶,不是最次的,本地还有一款更难喝的,叫作公牛，味道接近于稀释过后的尿液，喝醉一次，保你三天起不来床，头疼得想给卸下来，看见酒字儿都迷糊。她说，黑冰，公牛，名字太怪了，行动代号似的。我说，也还好吧，名可名，非常名。她说，提到公牛，我总能想到那个篮球队，芝加哥公牛，你知道吧，我小时候不认识美国，也不知道什么芝加哥，听电视里老提，一直以为说的是石家庄，石家庄公牛队，也挺顺口，反正都仨字儿。我说，芝加哥，石家庄，可能也差不多，都很国际化。她说，我以前对国外没概念的。我说，我现在也没有啊。她说，跟你说个事情，我要出国了，下个学期做准备，学语言，毕业之后就走，不知道什么时候能回来，也不知道回不回来了，所以这次过来看看你。我说，去石家庄啊？她说，没跟你开玩笑，日本吧也许。我说，没想到，你妈这么厉害，打麻将也能送你出国，确实佩服。她说，不是，不是我妈的钱。我说，有人包养你了？她说，滚犊子，我爸的。我说，你爸？她说，对。我说，你爸不进去了吗？给果树喷药，一嗒嗒，二嗒嗒，三嗒嗒，四大爷。她说，骗你的，还真信，我爸不是后勤主任。我说，那是？她说，地洞里的那具尸体，其实是我爸，快十年了，赔偿金刚发下来，他以前是化工厂的厂长。我说，我操。她说，尸体也不止一具，还一个女的，厂里的会计，坐办公室的，也在同期失踪，不太确定，但应该是她，我还见过两回，能说爱笑，梳着大波浪，见了我就搂着，可亲了，性格特好，他们俩死前抱在一起，难解难分，加上腐蚀严重，处理草率，当时就以为是一个人。我说，原来如此，你妈肯定挺恨他们的吧。她说，也还行，就那样，活着肯定恨，死了就算了。

我起床撒了个尿，冻得直哆嗦，也是奇怪，不过八月份，夏天却正在褪去，空气渐冷，外面安静且萧条，像是沈阳刚入冬时，尚未供暖，寒风不息，四处透着阴，嘶嘶低叫，直往怀里窜。尿到一半时，我想到有一部电影里说过，我不害怕痛苦，当你生活在寒冷里的时候，你会感到爱的痛苦，并且无法割舍。爱不爱的，我不太有把握，痛苦是切实存在的，也难以舍离，这一点我深有体会。它们往往会转化为一种钻石，近于不朽，闪烁着坚硬的光，将我们的生活切剖开来，一分为二。我很懊悔，没在她处境艰难的时刻去重庆看望，向她倾诉，关于那些不太结实的情谊，我没那么喜欢她，只觉得理应这样去做，如若不然，便如此刻，我的慰藉再也无处安放了。我不知道她是否还记得，喝醉后对我说过的另外一些事情，不是语言、教育或者感情问题，也不是那两具尸体。她说，总有一个声音，仿佛从腹中上升，萦绕着她的手与心，眼和肩，对她说道：这就是你的选择，你无非想要如此。现在，这个声音也回荡在我的耳畔。

　　我躺回到床上，邱桐仰着面，半闭着眼，将被子分过来一部分，我搭在腿上，翻了个身，斜卧在她旁边。我问她说，你想去哪里转一转，睡醒了我陪你。她说，你不至于因为这个来同情我吧，真没必要。我说，没那意思，忽然有点醒悟，你来一次也不易，再见不知何年何月了。她说，别了，要么你带我打打游戏。我说，什么？她说，刚才看了半天，感觉还挺有意思的。我说，你要愿意，那我没问题。她说，是不是还分个门派？我说，对，武当，少林，丐帮，五毒，昆仑，唐门。她说，女孩儿一般选什么啊？我想了想，说，峨眉吧，也分为两类，一种使琴，峨眉俗家，断水迷心，造成对方大范围混乱；一种用剑，峨眉佛家，加攻加血，藏于万人之后。她说，后面一种能帮到你，对吧。我说，是，战场上必不可少，能迅速提升状态，我们一般管她们叫佛，只是辅助，没有什么伤害，杀不死人，玩着不太过瘾，所以很少有人去选择，茫茫武林，铠甲万千，一佛难求啊。她说，那行，我来当佛。

三

我每年至少要去两次上海,一次在元旦过后,一次是在秋天,差不多十月底,都是参加行业内的展会。通常住在浦东区的一家快捷酒店,离机场不远,打车不到五十块钱。年初时,我办理入住,前台服务员看过身份证,跟我说道,你是沈阳的?我说,是,过来出个差。她很高兴,笑着说,真巧,我也是啊,我住皇姑区,岐山一校附近。我说,你在上海生活?她说,不是,假期在这里边玩边打工,今天是第三天上班。我说,休假这么早。她说,不是,我自己放了个长假,出来四处转转。我说,羡慕,年轻就是好。她说,那倒也没觉得。我说,当时都不这么以为,过后才能想明白。她说,先生,房卡请收好,电梯在楼的后面,右侧一拐,也需要刷卡,你是做什么的啊?我说,干工程的。

退房那天不是她值班,换了个男的,说话声音很小,腼腆得像小女孩,手腕上露出来一点点的花臂文身,看着极不相称。我买了一瓶可乐,一块巧克力,放在前台,跟他说,请帮我留给你的女同事,沈阳来的那位。他有些困惑,仍点了点头,没再多问。然后我便出了门,不知为何,总觉得他一定不会转交,对他来说,这也许相当棘手，无法处置。

　　晚上九点的航班，我叫了个车先到市内，去见两位朋友，他们是一对夫妻，以前在游戏里认识的，很难得，关系一直维持到现在。丈夫在机场上班，曾是部队的飞行员，妻子一直没有工作，赋闲在家，有一段时间想开美容院，还问过我要不要入股，后来也没成。他们都不喝酒，生活规律、简朴，到约定地点后，带我去了一家美式风格的汉堡店，全实木装修，灯光昏暗，环境略显局促，但味道不错，薯条上还撒了黑松露。我头天醉酒，胃里吐得一干二净，身体发虚，没什么食欲，只是听他们讲话，主要是妻子不停抱怨着丈夫。她说：你能信吗，他这个人真的太无聊了，十几年来，业余生活就两件事情，读书和看电视剧，而且只是一本书，一部电视剧，翻来覆去，无止无休，书就是《三国演义》，电视剧是《编辑部的故事》，那里面每一集的内容，听得我都快背下来了，他可一点也不腻歪，你服不服，反正我是服了。丈夫嘿嘿一笑，不置可否。妻子说：还别不信，我现在都能给你唱上一段儿，投入蓝天，你就是白云，投入白云，你就是细雨，在共同的目光里，你中有我，我中有你。她唱得很忘我，我本来想着要不要鼓个掌，以示激励与尊重，刚顿了两秒钟，她又接着唱道：投入地笑一次，忘了自己，投入地爱一次，忘了自己，伸出你的手，别有顾虑，敞开你的心，别再犹豫。歌声停下来时，餐厅的音乐忽然抬高了音量，一曲轻快而逍遥的小调，像是剧集结束后渐入的广告部分，几位朋友在树荫之下并肩行走。我说，唱得我都要哭了。妻子挤着眼睛，笑道，太难听了是吧？我说，不是，唱得太好了啊。

妻子说，你可别哭啊，你一哭，我也想哭。丈夫说，我也是。妻子说，谁问你了。丈夫继续嘿嘿一笑，取下眼镜，用纸巾揩着脸。妻子说，有时候他出门上班，我实在没事儿做，就去游戏里看一看。丈夫纠正道，不是有时，是每一天。我说，我很久没登录过了。妻子说，后来几个大区合并在一起，冒出来很多不认识的，打得乱七八糟，相互吵个不停。我说，现在还有人玩吗？妻子说，也有，很少很少，队伍组织不起来，帮会都散掉了，一座座的空城里，没有活人，全是外挂，只有郊外的灰色野兔，偶尔蹦进来看一眼又再跑掉，我上了号，不去打怪，也不做任务，只是四处转一转。我又想到前台的那个女孩，此时此刻，好像所有人都是四处转一转，不为见到谁，也不为发生一点什么。妻子说，记得吧，你走之前，把账号密码留给我们了。我说，有印象。妻子说，对，技能加得特好，很威风啊，偶尔我也会登一下你的号，还见到过有人给你留言。我说，是吗，都说什么了啊。妻子说，有以前的仇家，开始一直追着骂，话都巨脏，光看着都嫌恶心，接着又说有点想你了，温情脉脉的，我一句没回过，你说人咋能这么分裂呢，也有问价要买装备的，还有跟你讲着悄悄话的，隔个一年半载，没头没尾地发来一两句。我说，说些什么？妻子说，记不太清，古诗词居多吧可能，有一句李煜的，这个我有印象，离恨恰似春草，更行更远还生，小时候背过，还有个半句话，我年轻时的朋友啊，欲言又止，不知具体啥意思，起初我以为是系统自动发的，后来发现不是，我查过，好像是个佛，可能还是小号，级别不太高。我说，那很正常，追我的佛可太多了。她说，是，我都差一点儿。丈夫在旁边，又是嘿嘿一笑。

　　丈夫开车送我去机场，堵在高架桥的入口处，斜坡上到一半，挪动几步便又踩紧刹车，我们半仰着靠在座椅上，如被江水里冒出来的一只巨手擎住，不得光明与喘息。车窗外什么都有，也什么都没有，到处只是谎话。我不知道为什么每次来这里都是这样：半阴不晴的天气，混沌不明的潮湿，涣散失重的街道，接近于北方冬季的傍晚，虚弱的亮光还在，随时准备褪去，也还没到点亮日光灯的时间，室内室外只是一片沉默的晦暗，走在黄昏里，也像走在黄泉路上，左脚绊住右脚，影子拖在腰间，跌跌撞撞，心脏亮着最后的一点光，像血的源泉，一簇一簇环绕上升，渐行渐暗，人在隐去，人在消逝，要去往何处呢，海洋吗，地洞吗，太虚幻境吗。

妻子对我说，来上海三年了，一个朋友也没有，前两年吧，天天就盼着过春节，能回家去看看，像个老年人。丈夫说，那能怪谁，你又不出门。妻子说，有人跟我说，生个孩子吧，有孩子一切就都好了，他不要，其实我也不太想，很害怕，不知道在怕些什么。我说，你们俩不也过得挺好的。她说，好与不好，自己心里有数，你也结婚了，对吧，反正就是这样，你没准儿能明白。丈夫说，我不明白啊。我说，我争取明白。她说，跟你们男的说话太费劲了，你要是有认识的女性朋友，也在上海的，下次介绍给我认识啊，兴许能谈得来。我说，好，我记着。她说，又快到春节了，今年我们不回去了。

十月底时，我前往上海，住在同一家酒店里，办理手续时，惊讶地发现前台的那个女孩还在，个子好像长高了一点，不过她已经认不出我来，一脸的不耐烦，皱着眉头摆弄电脑，指挥我看向摄像头，往左一点，再往右一点，右，右，多余的话，一句也不讲。我很想问问她，上次的那瓶可乐有没有喝到，以及不是说要四处转一转，为什么没走呢。我躺在酒店的床上，看着我那两位朋友发来的怀孕写真，产期将近，他们都胖了不少，妻子在笑，龇着一口白牙，丈夫的双手轻轻托住妻子的腹部，喜悦地眯着眼睛，假装聆听，甜蜜如同新人。就是这样，伸出你的手，别有顾虑，敞开你的心，别再犹豫。

邱桐发来信息，问我到上海没有。我说，到了，正在工作。邱桐问，要忙到什么时候。我说，那说不好。邱桐说，实在不行，我去找你也方便。我说，别了，你的孩子太小，等我忙完这两天，一定过来见你。邱桐说，那我等你啊，别他妈忽悠我，跟上次似的。我说，上次？她说，对，你说给我介绍一个在上海的朋友，等了大半年，也没下文。我说，抱歉，她不在这里了。

邱桐这种心情之迫切，我实在很难理解，也想不出来任何必要的理由。在此之前，我们已经有十几年没见过面了，联系也极少，我对她的现状几乎一无所知，不是不去想，而是觉得平行的人们都在远行，长路消逝，相隔辽远，剩下的不过是漫漶的风景，野草沉眠，野草生长，野草一望无际。

离开上海的前一天晚上，我打车去邱桐住的小区，定在六点钟见面，我提前很长时间出发，因为想着要给孩子买一件礼物。附近有座高档商场，我逛了一个多小时，从一楼走到五楼，也没选出来。衣服没办法挑，不知是男孩还是女孩，玩具又都长成一个样子，神态相似，熊猫呈痴呆状，长颈鹿也不见得有多聪明，还有一些，我根本认不出来是什么物种。有时我觉得成年人与孩子的区别也在于此，孩子仅通过一两个明显的特征来辨别事物，成年人则不行，接收到的信息过于芜杂，瞻前顾后，徒生无数的犹疑与猜测。比如柜台底下的一个玩偶，鼻子像猫，耳朵像熊，眼睛像老鼠，打扮得像人，梳着刘海儿，但好像又都不对，我问服务员，这是什么东西啊。服务员说，谢灵通。我说，有名有姓的，是小狮子吗，谢逊的后代？她说，别问了，我也说不明白。

我在门口等了邱桐二十来分钟，抽了三根烟，天色渐晚，人们走入走出，脚步忙乱，我很吃力地辨认着哪一个是她，按照预想，她应该比从前婉约一些，优雅得体一些，毕竟身为人母，也是一个上升之人，但这都不是什么确切的词语。我想到她时，第一印象仍是多年之前，她住在我租的那间屋子里，待了整整十天，摇身一变，成为家里的女主人，挽起头发，每日精心收拾，买菜做饭，我们一起打游戏，散步，在海边久坐，互相说着话，什么都没发生，也不需要发生。她讲述她爱着的那个人，要多差就有多差，同时，也是要多好就有多好，我给她讲音乐，文学，女孩，幻想，总之，我的全部事物的影子。那些天像是我生命里一个短暂的假期，消散退隐之后，反而变得无限悠长、清晰，无论之前还是之后，我都很少有过这样的陪伴。如今的大部分时间，我不过是在跟自己说话而已。

夜晚转凉，灰雾游浮，事物之间仿佛隔着一层布满污渍的玻璃窗，怎么也擦不干净。邱桐从窗外走来，裹着一件棕色长衣，双手抄在口袋里，踢着低帮皮靴，象征性地向我奔跑几步，又放缓速度，仰脸望着我笑，轻轻摇了摇头，好像在说，果然如此，一切不出我所料。我把手里的烟跺灭，只动嘴型，不发声音，这是以前我们上课时经常玩的游戏，没办法大声讲话，那就让对方花点心思猜一猜。但此时不是，我很想对她说点什么，又不想被她听到。

邱桐问我，你会拆装儿童座椅吗？我说，没弄过。她说，我的车就俩座儿，不太方便，想着带你去一家日本料理，东西新鲜，味道也好，就是有点远。我说，别麻烦了，随便吃一口。她说，那不行，都定好位置了。我说，我主要是来看看你。说完，我递去一个鼓鼓的手袋，邱桐打开来看，里面装着一顶嵌有银制纽扣的黑色复古贝雷帽，底下还有一只谢灵通。她把帽子扣在头上，跟我说，还有礼物，太客气了，谢谢啊，很好看，你还挺会买的。我说，想来想去，不知送什么合适，我想你这些年里的变化肯定很大，但头围还是比较可靠的。邱桐说，听着不像好话。我说，孩子谁在带呢？邱桐说，有个阿姨，我还想过要不要给你做一顿饭，后来觉得家里实在太乱了，怕你笑话。我说，多虑了，我啥时候笑话过你。她说，以前是没，现在可不好说。

出租车行驶在一条小路上，速度很慢，车轮碾过落叶，发出轻微的声响，偶有行人穿过其间，向车内迅速扫来一眼，又匆匆移开。邱桐与我坐在后排，简单寒暄几句，便陷入了沉默，不明原因，但她一直在笑，我有点不适，说道，给我看看你家孩子的照片。她动作麻利地打开手机相册，满满一屏幕，全是温暖的肉色，然后一边翻着，一边向我解释道，这是刚生下来的时候，太丑了，我连一眼都不想多看，跟老头儿似的，这是百天照，一套下来五千多，比结婚照还贵，也没看出个好来，谁去了都是那几套衣服，孩子像个摆设，这是我带他去逛植物园，那些树名儿我一个都叫不上来，他一直呼呼大睡，眼睛都没睁过，你说来气不。我问，长得像你还是爸爸？她说，你看呢。我说，像你多些，眉眼儿之间。她说，可别像我，我太难看了现在。我说，不啊，没什么变化，跟以前一样，英姿飒爽。她说，别光说我，你跟孔晓乐准备啥时候要一个呢？我说，没细想，有了再说吧。她说，想生就得趁早，我都有点晚了，总觉得带不动。我没回应。她又说，不要也行，其实还是两个人好，自在一点。

开到一半，邱桐把谢灵通掏了出来，摆弄几下，放在身前，又捋了捋头发，说道，来，你给我俩拍一张，留个纪念。我说，你跟它？她说，对，你看，我俩衣品很像，颜色一致。我说，能不能告诉我，这到底是个什么东西啊。她说，谢灵通啊，这都不知道。我说，是个人吗，小孩儿？还是动物？她说，海獭，科学家，背着个蓝色防水包，它很博学的，无所不知，还有个实验室，总钻在里面，但有点恐高，我儿子特别喜欢它，因为很像他爸。我说，他爸恐高？她说，不是，他爸也是科学家，天天在实验室里，不怎么爱回家。我说，实验啥？她说，我也搞不清楚，都是专业术语，生物的一类也许，我总想到黎明的那首歌，你还记得吧，快乐两千年，在实验室里做实验，看看有没有不变的诺言，所以，我觉得可能是诺言吧。我说，这么大岁数了，能不能正经说话。她说，见了你控制不住，平时我也不这样。

我掏出手机，给邱桐与谢灵通合影，她们不断变换姿势，我从各个角度奋力拍摄。我抬高时，她们像在海底，一个妈妈抱着自己的孩子，低头微笑，嘟起嘴巴，如在索吻，而世界正缓缓沉溺；我放低时，谢灵通就变得很大，踌躇满志，露出几分可笑的威严，占据了半个屏幕，像要保护着身后的邱桐；我将手机摆在胸前，没有对焦，随机按下一张，拍出几重运动的幻影，一个要离开，一个在等待，各自守盼；或者说，一个在诞生，一个在做梦，形影难分。

照片也如诺言，一句又一句，我没有仔细挑选，统统发了过去，屏幕亮起，消息一条条弹进来。她一只手拿着手机，另一只手抚摸着谢灵通，对我说，你知道吧，海獭很脆弱，全靠着这一身皮毛保暖，如果毛发被弄得乱七八糟，或者被大鱼咬出一道伤口，那么冰冷的海水就会直接浸入到皮肤里，一点一点带走体内的热量，最终冻死在近海，浪潮把这些泛白僵硬的尸体一次次冲到岸边，直挺挺的，排成几列，像是集体殉情自杀。我说，没想到，海獭很重感情啊。她说，我觉得是，你有时跟它也很像。我说，我不像。她说，那你像啥，自己说说。我想了想，说道，可能是植物，一棵叫不上来名字的树。

四

主楼内的教室数目有限，扩招之后，只有高三的学生在此上课，相比后建的新楼，这里环境更好，光照虽是问题，但室内结构合理，长厅肃静，温度适宜。新楼近似医院，过于洁整，没有墙线，白瓷砖反着冷光，一间间教室也像病房，到处都是信那水的味道，令人紧张莫名。自新楼向南行去，隔着一条马路，有一座近乎废弃的公园，没有围栏，任意进出。园内有死湖，夏季养荷，长势茂盛，叶片宽大，接续而生，如同填海造地，形成一片绿色的岛屿；临近秋日，立叶干枯变黄，逐一下移，埋在水底；冬季落雪，湖面封存，长久不开化，植物死损大半，来年不复生。如此数年，池底淤积，遍布着杂物，水色由绿转棕，形近油脂，风吹不动，池水密度渐增，凝点降低，再到了冬天，只在表面结上一层起皱的薄冰，若朝着湖面高声喊去，亦可使其碎裂。

有近半年的时间，我待在湖边，什么也不做，只是坐在岸边的石阶上，每天吃过早饭，便来到这里，傍晚时离开。身后是一株枯木，死了不知道多少年，眼前是新楼与旧楼，各自庄严矗立，铃声响起，吞吐着无数年轻的时间。我那时刚毕业，在一家保险公司上班，经理给了一张红底黄字的三米条幅，派我每天穿着西装皮鞋在公园里驻守，摆上两张课桌和几份合同，再放一个大喇叭，向着走过来的人们推销产品。录音循环播放：种下一棵小树，收割一片绿荫；留下一份保险，托付一种希望。我干了不到一个月，就收摊不做了，垂头丧气，脸面不说，心里也过不去，保险管不管用不知道，但在人生的关键时刻，不还得回家收割你爸，再托付给你妈。工作也没辞掉，业绩肯定没有，我这个人也可算作公司的成果，所以就这样待了下来。

我是在公园里遇见的孔晓乐，连续好几次，第一天我没好意思喊她，看见她跟着两个女孩散步说笑，第二天相互对视几眼，我心头一沉，也没打招呼，装不认识，第三天她没来，我以为日后也会避开，第四天下了大雨，我没去，第五天里，她自己来到公园，在岸边陪我坐了一会儿。那年，学校旁边开了家大型连锁超市，她在里面当收银员，分早晚班。正式开工前后，她吃过午饭，总喜欢来这边走一走。我说，我平时就待在这里，你想来见我的话，随时都可以，不想的话，我换个地方也行。

遗憾的是，我们并没有太多可以说的。对于孔晓乐这些年是怎么过来的，我并不好奇。在这点上，她对我也一样。孔晓乐的变化有一些，比上学时要热情，也胖了不少，腿部尤其紧实，像一截光滑的小石柱。讲话时缺乏逻辑，前言不搭后语，经常提些没什么意义的问题。比如，她问过我，什么是垃圾，什么是爱？我说，垃圾是垃圾，爱就是爱。她说，等于没说。我说，那你谈谈。她说，有人爱着，那就不是垃圾，不然就是。我说，那不一定，爱不能改变根本属性，这是物理问题，但有人就是喜欢垃圾，这是精神命题。她说，我是垃圾吗？我说，这话问得没道理。她说，我总感觉自己是，我很自卑的啊。还有一次，她问我，在什么情况下，你会对一个人产生不信任的感觉？我说，在什么情况下我都不信任，为人比较警惕。她说，你不是这样的，再想一想。我说，反反复复的谎言？她说，如果经常被骗，还要选择去相信，那是神圣的爱吗？我说，不是，那是对自己的纵容与冒犯。她说，我觉得就是，你还真是不懂爱啊。我说，你懂，行了吧，但请不要告诉我了。

有一次，孔晓乐来公园时，给我带了一个苹果，说是超市的理货员送的，她不怎么爱吃，放在包里觉得还挺沉。我正好喜欢吃苹果，也没洗，在衣服上蹭几下，就开始啃，没两分钟，便吃完了。从此之后，她每次都会给我带一个过来。事实上，我对苹果很有感情，不觉得多么好吃，但有了就想吃。我看过一些电影，有人喜欢在路上抛橘子，有人在夜晚反复抛着石榴，如一枚跃动的烛火，我总想着抛几个苹果。国光，银冬，黄元帅，红富士，都行。仿佛可以暗示一点什么。有人唱过，太阳下山了，月亮出来了，老人们喝醉了，姑娘们睡着了，苹果树我梦里的苹果树，只有你知道我在异乡的路上。所以，看来还得是苹果，比较值得信赖，什么都知道，但它不说。后来每次吃完时，我都会想到，苹果核是垃圾，那么苹果也许是爱。

有天做梦，回到高中时期，孔晓乐怒气冲冲从讲台上走过来，持着教鞭，似要抽打，厉声向我问道，你他妈凭什么骗我？我说，我骗你了？她说，对，你没等我。我说，我要等你？她说，早就说好的事情。我说，对不起，可能忘了。她哭了起来，特别委屈，说道，你知道我等了你多久吗？我说，一个晚上？她说，日以继夜。我说，这个成语很好，容我琢磨一下。她说，你可真不是个东西。我说，现在等待，来得及吗？她继续号啕，也不说话，被晾在那里，没人上前安慰。上课铃声响起，我很紧张，如果老师见她这样，肯定会询问原因。而原因又是什么呢，我没等她？可我自己都不知道为什么要等啊。第二天，我把这个梦讲给孔晓乐，她听哭了，跟我说道，你就这么嫌弃我。我说，从来没有。

缓步

婚后的前两年，我们过得不错，家里托人给我安排了一份工作，收入不高，比较稳定。她还在超市里上班，作为储备干部，本有两次升职的机会，都没抓住，被人抢了先，就有点失落，我劝她休息一段时间，她也没听。到了第三年，贷款买的新房下来了，她一边上班，一边忙着装修，跑前跑后，就她一个人，我很少能帮得上忙。房子装好后，因为要放味道，没有立即搬进去。有一天忽然下起大雨，单位领导没在，我赶忙借了件雨衣，连跑带颠地去新房关窗，拧开门后，我看见孔晓乐跟一个男人在客厅里。也没做什么，两个人就坐在沙发上看着电视，规规矩矩，离得也不近，电视里放着购物节目，先是镭射砖石锅具，然后是桑蚕长丝床品四件套，优惠力度极大，价格心动，第三件是什么不知道，我想到有些工作还等着我处理，没陪他们看完，就先走了。回到单位后，我想起来，那人以前是超市的理货员，现在升为主管了，不仅长得比我高大一些，运气也不错。

我和孔晓乐没再谈起过这件事情，但我的心理有点变化，睡不踏实，半夜老醒，还跟踪过那个男人一回，守在超市职工通道对面的饭店，点一桌子啤酒，喝了一下午，直到见他下班走出来，便跟在后面。他骑着自行车，我一路小跑，累得气喘吁吁，好在住得不远，十几分钟就到家了。当天我在兜里揣着一把刀，眼看着他进了大门，一层一层往楼上走，但我实在是没有力气了。

我坐在路边，极其疲惫，体力透支，野狗一样地喘着粗气，歇了很长时间，可还是缓不过来，口干舌燥，头脑里嗡嗡作响，许多声音一齐涌过来。准备起身回去时，我看见他喊着口号走出单元门，精神百倍，趾高气扬，绕着小区的健步道来回走圈，右手还牵着一个小男孩。我踩不稳步伐，摇摇晃晃来到他们面前，笑着跟男孩打了个招呼，他刚看见我时，有点没反应过来，表情僵着，之后连忙领着孩子避开，我就跟在后面，寸步不离。

走了一圈半，他冒了一脑袋的汗，顺着脖子往下淌，低声跟我说道，兄弟，有啥事儿，能不能别当着孩子的面儿。我说，没事，就是过来看看你们。他说，兄弟，对不住了，真不是你想的那样。我说，我想啥了你知道？他说，总之，我跟你道歉，你冲着我来，咱怎么都好说。我说，跟你没关系，我主要是喜欢孩子，不信你来我兜里摸一摸，装着我给他带的礼物。这时，男孩也转过身来，仰头看着我说，叔，你带的是啥，我爸不让我要外人的东西。我说，我是你爸的好朋友，不是外人。他说，你先冷静，兄弟，有些后果我们都承担不起，你给我一个机会，我好好解释一下。我没理他，跟男孩说，这个礼物呢，我本来要送你爸，后来又想给你，但是吧，你现在可能还用不上，那就长大一点儿再说。男孩说，叔，我都五岁半了。我说，是，那也还不够，你就先记着，叔欠你一个礼物，做梦也得想着，千万别忘。男孩说，行，我记住了，谢谢叔啊。

　　从这时起，我养成了一个坏毛病，像是缸里的金鱼，环境发生一点变化，就想要甩籽，迫不及待，无法忍受片刻。近几年里，我经常主动申请出差，一旦放下行李，马上想尽一切办法，先把自己收拾利索，有时花点小钱，有时一分不花，有时很快，多数时候很慢，半天弄不出来，极为痛苦。开始时像是为了报复，后来也不是，就变成了一种习惯，染了毒瘾似的，克服不掉。我在哈尔滨睡过一个长途司机的妻子，相貌不行，也不会打扮，但性格好，整个过程一直笑呵呵的，我说什么她都不拒绝，结束之后，我给了三百块钱，她开心得乐出声来，我问她怎么这么高兴，她说，老公今晚要回来了，一个多月没见到，特别想念，她老公还说想吃炖豆角，她这就准备去买菜。我听着很羡慕。我在上海也睡过，一个飞行员的妻子，特别过瘾，身材棒极了，伺候得也周到，随意摆弄，我从后面薅住她的头发，对着镜子干，她就一直哭个不停，我问她为什么哭，她说，我好爱你啊，你知不知道。我说，你再说一遍。她说，我真的好爱你。

讲完之后，邱桐捂着嘴啜泣，一句话也不说，只是哭，不知是害怕还是怜悯。我说，这就是我的这些年，现在也厌倦了，想要毁灭一点什么，可最终连自己也毁不掉。我跟孔晓乐还生活在一起，有天半夜，我起来撒尿，发现厨房亮着灯，我走过去，她坐在餐桌旁边，披头散发，张着大嘴喘气，面前摆了半瓶白酒，她说，我操你妈。我说，有什么事儿明天再说。她说，你别以为我不知道。我说，你以为我怕你知道？她一把鼻涕一把眼泪，跪了下来，双手伏在地上，跟我说，求求你，不要走，原谅我好不好，怎么都行，你别走，我不想自己一个人。我低头看着她枯糙的头发，没有一丝光泽，像一捧放久了的干草，随时可以引燃。我想起许多以前的事情，既不惭愧，也不淡然，坦白来说，我毫无知觉。我跟她说，我不走，因为我也无处可去。我们回到床上，睡了一觉，抱在一起又分开，第二天醒来后，好像一切都未发生过。

临近午夜，餐厅打烊，我准备叫车回酒店，喝得头疼，明天还要起早。邱桐让我陪她再走一走，说不知道下次见面又是什么时候了。长街空旷而安静，地面湿润，好像刚下过一点雨，我想，所谓时间，正是这样一种不均衡的介质，或许是由意识来决定，尽管我们确立了秩序，制定了种种规则，仍无法控制其流淌的速率。在这样一个晚上，过去的许多年呼啸而逝，又仿佛暂停于此，立在眼前，缓缓揭示着动作与样貌。邱桐笑着跟我说，咱俩没发生过啥吧，真记不清了，一孕傻三年。我说，放心，我们没有。她叹了口气，说，我傻了整整六年啊。我说，女儿还认识你吧？她说，偶尔打个电话，也不太亲近，她都快七岁了，什么都知道的。我说，你想她吗？她说，不太想，或者说，尽量让自己不想，我没办法面对她，太多愧疚了。我说，不能怪你。邱桐说，很多时候，我根本不知道自己在干些什么，时常陷入恍惚，不知道为什么来到这里，我的生命像是一个个连缀不起来的片段，来不及做任何的准备。我说，那也不错，至少可以保持着一点期待。邱桐说，是吧，我也这么想的。然后又补充一句，也只能这么去想了。

　　路边有幢二层别墅，砖木结构，缓坡瓦顶，中央有门廊，刻工复杂精巧，顶端叠有玻璃穹顶，底部是一排欧式的石柱，围着黑色铁栏。举目望去，月光在乌云里沉睡，暗红的外墙落着爬山虎，多吸附在上部，下面零星几枝，应是被修剪的结果。邱桐指着说，我们在这里合张影，好不好。我说，没问题。她举起手机，调到自拍模式，屏幕里是我们的脸，以及一片墨色的绿，在夜里生长，吞噬着边际。她比了一个胜利的手势，我撇起嘴唇，好像她是一位永远的赢家，而我根本不在乎这场游戏的输赢。邱桐说，我其实都不太记得孔晓乐了，就只有一次。我说，什么。邱桐说，临近高考时，爬山虎又长到了房顶，从窗户外面伸过来，还记得吧，那次，学校请了个很厉害的工人师傅，穿着一身灰色的工作服，干干净净，拎着铝制长梯，就自己一个人，怀里装着一把壁纸刀，攀上爬下，忙活一整天，然后跟大家说，清理结束，过后见分晓，谁都不信，以为是骗子，但没过多久，只要在下面轻轻一扯，那些植物就一大片一大片地掉落到地上，很壮观，像被施了法术，当时不知什么原因，后来听说，那人会在一堆叶片里找到主茎，横着切断，之后就不用管了，待到养分供给不足时，叶黄枝枯，那些茎须再也没了力气，溃烂腐败，自然从墙壁的缝隙里脱落出来，这些都是孔晓乐告诉给我的。她还悄悄跟我说，那个人其实是她爸，你知道吧，我当时真的很羡慕她。我说，这事儿我都不清楚，结婚之前，她爸就没了，她也没跟我说起来过。邱桐说，我也就只记得这么一件，我的记忆力太差了，能想起来的东西越来越少，越来越少，有时还会为此哭上一会儿，有人说能忘掉是很幸运的事情，我却感觉没有比这更令我难过的了。邱桐挽着我的手臂，低声讲述，我没有说话，只是陪着她朝前走去，我的记忆力尚可，前面的街口我有印象，从此转过去，十字路口再向北，走不到一公里，就是邱桐住的地方。而我离得还很远，远到要经过高桥，穿越隧道，一路走到天明。我想，在那时，她的孩子应该已经醒了，委屈地哭喊不止，以责备这一夜的离开，邱桐会一边抚摸着他的毛发，一边递去那只崭新的玩具。他停下几秒，笑起来，或者继续哭泣，表达着喜爱与厌弃的情绪。在那片刻的安宁之间，他们望向对方，陌生而惊异，就像从来没有遇见过那样。

缓步

木木说，今天我在走廊里唱了首歌。我问，什么歌？木木闭上眼睛，没再说话。好像还轻轻吐了口气。在她面前，横着一块模糊的荧光屏，泛黯的塑料薄膜尚未掀去，上面鼓着不少气泡，像是里面企鹅、北极熊和独眼猫在水中各自的呼吸。没有声音。它们的嘴向前努着，短蹼状的双手来回比画，不知到底在讲些什么，没过多久，便又坐着一驾墨绿色的灯笼鱼艇匆忙离去，像是要去办一件什么了不得的事情，只留下一长串气泡。大大小小的圆圈，与海水一起，从屏幕里向外涌来。

很应景，木木正坐在一艘黄色的潜水艇里，毫无疑问，披头士专辑封面的造型。那也是我最初会唱的几首英文歌之一，歌词简单，像童谣。很少有人知道，这首歌是保罗·麦卡特尼写的，鼓手林戈·斯塔尔演唱，跟列侬扯不上太大关系。我也是到了一定年龄才发现，他们乐队那些我喜欢的歌曲，基本上都不是列侬所作。初听时不会想那么多，那阵子，我跟小林刚谈恋爱，她愿意听，我就循环播放，放着放着，她跟我说，以后要是结婚了，想把这张封面画在卧室的墙上，这样一来，每天就像睡在潜水艇里。我觉得有点俗。夜深人静，还要乘船去寻找神秘之海，十分颠簸，心力交瘁。我既没赞成，也不反对。当然，这个愿望最后也没能实现，装修把我们搞得心力交瘁，到了后期，基本是任人摆布，工程队的监理说什么样的吊顶好看，什么牌子的涂料合适，我们就起立鼓掌，完全服从。刚住进去时，家具很少，连窗帘都没有，室内空荡，说话都有回音，像在山洞里。夜间躺在床上，映着外面的光线，小林安慰自己说，还是白墙好，像一张画布，怎么想象都行，潜水艇里也应该有一面白墙。

理发器电机振动的声音时大时小，好像在闹情绪，李可皱着眉，向后使劲甩了几下，这下可好，完全没了动静,她反复推动几次开关,跟我说,哥,没电了,得充一会儿。我说,不急。她抱怨道,不扛用呢,下午刚充的。又转过头去,跟木木说,你继续看动画片,等会儿小姑再给你剪,行不。木木睁开眼睛,跟她说,今天我在走廊里唱了首歌呢。

　　商场里禁烟,我跟李可不敢远走,躲进休息间里偷着抽。休息间也是仓库,被杂物灌满,相当凌乱,地面上还有一摊没来得及收拾的碎发,我将一块巨大的红色凸形积木拖至门口,斜坐在上面,把烟点着,扭过身体盯紧外面的木木,她打了个哈欠,流出一小颗泪珠,似乎想去揉一揉眼睛,又伸不出手来,围布太长,只鼓出来两个拳头,上下蹿动,找不到出口,她看着乐,我也跟着乐。李可骑在一匹斑马身上,两腿蜷着,身体前后晃荡,问我说,哥,乐啥呢。我抖了抖烟灰,说,没事。李可说,哥,你的腰怎么样了。我说,不太好。李可说,医院怎么说的。我说,三四,四五,骶骨,三节突出,要么忍着,要么手术,别的都白扯。李可说,尽量别吧,听见手术俩字儿都害怕,现在什么症状啊。我说,走路或者站着时间一长,腰疼腿麻,必须得休一会儿,间歇性跛行,有意思不,三十来岁,武功全废。李可说,那不至于,我有个朋友，家里祖传治疗腰脱，他爸是辽足的队医，我带你过去。我说，辽足都解散了，还队啥医，以后再说。李可说，小林最近怎么样啊？我说，我上哪儿知道去，应该挺好的。李可说，心真狠啊她。我说，不说这些，赶紧剪，完后我得带她回家做手工，后天万圣节，幼儿园有活动，一天天的，变着法折腾。

八点半，理发结束，李可垂着手臂，与木木同时扭过身子，一齐望向我，眼神期盼，像在征求意见。一颗蘑菇头，也像锅盖，倒扣在脑袋顶上，跃跃欲试地准备接收一些地表之外的信号。不错，这也是披头士的同款。两人的脸上都是头发茬子，眼眶盈着一圈泪水，太困了，我也不由自主地打了个哈欠，然后竖起大拇指，跟木木说，完美。木木说，南瓜。我说，什么？木木说，崔老师告诉我，明天我要演一个南瓜。我说，南瓜很可爱啊。木木说，不可爱。我说，那你想演什么？木木说，不可爱。我说，好的，不可爱。木木说，我什么都不想演。

李可送我们到电梯口，转身回到店里，把自己塞进转椅，盯着动画片愣神儿，跟个没家的小孩儿似的。理发店开了半年多，生意一般，会员卡没办出去几张，前几天又跟我借了一万五，没说做什么，我也不问。知道得越少越省心。我妈一直不同意李可做买卖，不让我拿钱，我都是偷着给。为此，小林当初还很不高兴，每次吵架都提，没完没了。不过现在无所谓了，家里只有我和木木。我们住在自己的小房子里。像歌里唱的，我们的生活如此美满，我们有着自己想要的一切，蓝色的天空，绿色的海洋，还有那艘黄色的潜水艇。听着浪漫，像一个童话。实际情况则难以描述，不过我正在一点点恢复秩序，让一切看起来尽量如常。在这一点上，木木比我做得更好些。

　　房子是十年前的回迁楼，现在已是弃管小区，大门四敞，任意进出。一二层是门市，开了两间小超市，一家面馆，一个按摩院，棋牌室倒是有四五家，彻夜不休，这会儿基本上是满员状态，正在酣战。有人站在玻璃窗外围观。我们绕到楼后，走上台阶，经过一条隧道似的缓步台，约有百米，平坦而狭长，我跟木木打过几次赌，比谁先跑到单元门口：总是她赢。后来我发现她对此并无兴趣，对胜负也没，只是为了陪我而已，我也就没什么心情。缓步台的左侧如悬崖，下面是无声的幽暗，另一侧是住户们的北窗，拉着厚厚的帘布，或用无数的废纸箱堆积遮挡，我时常幻想，里面住着一只等待解救的松鼠，而那些箱子是它的武器，举过头顶便能进攻，也可以作为防御，躲在里面过冬。我把这个想法跟木木讲过。木木说，不对，有一次见到了那个人，踩在箱子上，穿着厚厚的爪子拖鞋，是个女的，不过长得确实挺像松鼠，也许是花栗鼠吧，我感觉。她说，但是，我也想要一双那样的拖鞋。

太平洋上有一座不知名的岛屿，又长又窄，植物稀少，没有居民。这里不是任何一片陆地的支脉，而是直接从海底升起来的，像大海的一截脊骨。它的北面是温水，南面是冷水，走不多久，就能体会到两个不同的季节，一边是不歇的骤雨，一边是充沛的日光。山岩排成纵列，陡峭而锋利。一九三二年，一艘澳大利亚的科考船发现了这座小岛，刚一登陆，便被眼前的景象所震慑：到处都是船只的残骸，龙骨折成数截，柚木甲板被侵蚀风化，偶见细小的白骨，被风一吹，如在抽搐。总而言之，误入了一座孤零零的墓场。更可怕的是，这座岛屿自己还会说话，船员在岸边能听见有声音从内部传出来，一阵急促而空洞的声响，之后是另一阵，音阶无法分辨，但又极富韵律，有几个水手认为，这座岛是宇宙的窃听器，能听到天体之间的对话。这并不是一个好兆头，类似的说法总会在他们之间流传。夜晚安宁，待到次日，这种声响演变成为巨大的噪音，铺天盖地，他们被迫醒了过来，放眼一看，舱外是数万只企鹅，密密麻麻，形成一道黑白相间的旷野，朝着海岸线不断涌来，将他们的船只团团围住，来回掀动。没人知道它们竟是这样危险，并且如此有力。企鹅的面色阴沉，振着前肢，伸开脖子，长喙一开一合，喉咙里发出叹气似的哀叫，要将不速之客驱逐出境。有位科学家准备仔细观察记录，刚一下船，便被叼住裤脚，几只企鹅甚至跳到了半空，好像会飞一样，不断啄咬着他的衣衫，直至撕烂。科学家大喊大叫，带着满身的伤口，狼狈地逃了回去。

听到这里，木木笑出声来，问我，他是怎么逃的。我龇起牙，一边扬着脑袋，一边夸张地挥动胳膊，高抬双腿，向前奔跑几步，然后蹲在地上，捂紧心脏，张大了嘴使劲呼吸。木木也学着我的样子，仿佛身后有企鹅追赶，小声尖叫着，来到我的身边。风将一部分变黄的树叶吹落在地，如遗失的海星。我拾起一片，抬头递给木木，她举着叶梗，挡住自己的脸，说了几句听不懂的怪话，便又扑在我的身上，大口地喘着气。我回望过去，数盏吸顶灯的倒影映在窗里，悬于上方，模糊的反光积聚着，照出大面积的灰白色的雾，在夜晚里蔓延。空气很差。秋天总是这样，好在就要结束了，然后是冬天，木木出生的季节，像世纪一样漫长，无尽无休，又骤然消逝。小林离开之后，我才意识到，原来我有了一个女儿，一个女儿，每一个时刻里，她都在为我反复出生。

睡觉之前，木木跟我妈通了个视频电话。我妈问她，你想奶奶不？木木说，我想爷爷。我妈赶紧喊我爸过来，说，气人不，说她想你呢。等我爸走到摄像头跟前，她又说，我想看一看奶奶。折腾了几回，她开始用手背揉着脸，我挂掉视频，热了牛奶，又带她去洗漱。收拾卫生间时，木木自己悄悄坐上便盆，半天没有动静，等我晾好衣物，她低声跟我说，爸爸，我尿不出来。我说，不要紧，我们去睡觉。木木说，我怕又要尿床。我说，没关系的，放松心情，尿了再洗，不怕。木木摇了摇头，看看我，又点了一下头。

我把她抱到小床上，装进睡袋，她试着跳了几下，噔，噔，噔，还给自己配了音，神态兴奋，看起来也像一只小企鹅。每天晚上我都会这么想，却没对她说起来过。穿上睡袋模仿企鹅是小林与她之间的睡前仪式。小林无论学什么都惟妙惟肖，还对我们进行过严格培训，比如，如何扮演一只企鹅：两只手放在腰部，掌心向下，指尖朝前平伸，左右手交替下降，身体随之左右摇摆。按此做法，一扭一晃，没个不像。事实上，小林的肢体语言极为丰富，不仅能模仿动物，还会表达情绪。她以前教过我，如果要表示愤怒，就将五指在胸前撮拢，瞬间向上抬动，同时伸开手掌，在心脏里放了一团烟花；如果你爱上了一个人，那就伸出一只手，用另一只手轻轻摩挲这只手的拇指指背。我照她说的做，动作不难，节奏不好把握，小林说我看着像一只正在数钱的狗熊。她的头发遮住半张脸，笑得很开心。很少有人知道，小林的一只耳朵听不到声音，先天性小耳畸形，自学过很长一段时间的手语。

木木说，爸爸。我说，闭眼睛，睡觉。木木说，我有点睡不着。我假装打了几声呼噜。木木说，爸爸，爸爸。我说，嗯？她说，大喊大叫的一天。我说，什么？她顿了一会儿，说，你看过没，那本书。我说，没。她说，我好像看过。我说，家里有吗？她说，我记得有。我说，明天我找找，咱俩看一遍。她说，爸爸，明天，明天我不想迟到。我说，你现在睡觉，我们就不会迟到。她安静下来，但没睡着，在床上蹬了半天，才老实了。呼气声柔和而均匀，像钟表一样，将余下的时间一一剥落。我暗暗祈祷，希望她今晚不要尿床，之前洗过的床褥还没晒干。再去买一套的话，怕是也来不及。

我问过李可，如果你是小林的话，要怎么办，会做出跟她相同的选择么。当然，我很清楚，这种事情因人而异，不可能存在统一的标准答案，他人的结论只能作为一种参照，甚至起不到任何安慰效果。问题过于复杂，没人真正清楚你生活里的全部变量。选项却总是那么几种，每一个都简单得近乎残忍，无可理喻。中间的推导过程却是极为艰难的。如果要用手语表示，也许是以食指抵住太阳穴，来回钻动几下。

李可想了半天，不难看出来，她很想站在我的立场说话，最终不过是叹了口气，跟我说道，哥，你别问我了，我真不知道。我说，行。李可说，这事儿，有时候想想，觉得自己也有责任，我对嫂子的态度，实在谈不上多好。我说，但也没那么差，过得去，你别多想。李可说，咱家这些人你还不了解，都向着你，无论你说了啥，做了啥，都站在你这边儿，到了今天这地步，我也犯糊涂，不知道是不是害你。我说，这跟你们谁都没关系的。

我有一万种的解释方式，来印证我和小林的行为均无原则性的问题。比方说：既然我们公认的生活是那么正确并且一贯正确，那么，不甘心自己被此俘虏之人，只好通过伪装与冒犯来展示自己的存在。再比方说：这并不是我们个人情爱之事，无所谓奉献与亏欠，忠贞与背弃，而是生命本身存有的无可弥合的裂隙，凡途经此者，必然陷落于一种更大的痛苦、神秘与真实。但这些说法都没什么用。尤其在我跟木木单独面对生活的时候，一切仿佛进入一个科学的、可被计量的体系之中：早上六点五十分起床，七点半出门；周一、三有英语课，四点半带着水壶和饼干去接她，再送到培训学校；周二、五是跆拳道和表演课，五点半放学；周六上午学半天的舞蹈，前一天晚上，要根据上次的视频将那些动作复习一遍。黄色潜水艇永远消失在深海。客厅里萦绕的，只有《小铃铛》和《蚂蚁掉进河里边》。有只小蚂蚁呀，掉进河里边。它在哭，它在喊，谁也听不见。波里滚，浪里翻，眼看把命丧。嗨呀，嗨呀，多么渴望登上岸。

木木睡得很熟，喉咙里不时发出呼噜的声音，鼻腔也有点堵，我担心是不是今天洗澡时着凉，毕竟还没到供暖的日子，她又很讨厌浴霸，觉得太过刺眼，不够友好。真没办法。我贴在她的床头上，仔细听了一会儿，直至声音逐渐平息，然后打开笔记本开始干活，一帧一帧地过，相当无奈，很多想法不写清楚，底下的工作人员就会把视频剪得一塌糊涂，毫无逻辑可言。我以前在台里干新闻，根据百姓提供的线索，每天到处跑一跑，也不觉得辛苦，还比较适应；年初时，家里有些变动，我就申请调去节目组，结果可好，时间虽相对可控，操的心却多出几倍,天天就是个改,上面也没有具体建议,反正就是不断调整,素材就那么多,东删西减,到后来自己都麻木了,看好几遍也不知道到底想表达啥。很长时间以来,台里的效益一直不行,工资方面就更别提,已经压了半年多,人家也不说不给,你管他要,答复就俩字儿:缓发。能挺住就挺着,挺不住就自谋出路。好像从小林走后,我就没往家里拿过什么钱。

有时候我想,小林辞职也有这方面的原因,不单是我。她在电视台上了九年的班,连个编制都没混上,确实没大意思。小林在一○年入的职,我比她早一年多,刚开始根本没注意过她,当时我在跟一个电台那边的主持人谈朋友,关系也不稳定,今天好明天分,打得不可开交,不打就更过不下去。那阵子我自己租房子住,隔三差五,总有别的女孩过来,她刚发现时,完全不能接受,我一顿挽留,办法用尽,后来又有过几次,她发现了也不提,装没看见,态度冷漠。我妈比较得意她,毕竟嘴上能说,也很会来事儿。我妈有个关系不错的同学在台里当领导,那时还没退,费了挺大劲,好说歹说,给她弄了个台聘,然后我俩就彻底分手了。实话说,我一点儿都不怪她,主要是闹腾几个来回,也没什么热情了,办完这个编制,反而轻松一些,算有个交代。但那阵子的情绪确实比较差,全台都知道我俩的事情，她倒不太在意，工作照常，谈笑风生，我就不太行，不敢往大道儿上走，觉得特有压力，天天低着个脑袋抄近路，谁也不瞅，戴着耳机，放的都是死亡金属，在草坪上踩出一条荒芜的小径。不是怕谁笑话，也不是因为岁数不小了，连对象都处不明白，而是觉得年龄也不算大，精神却消耗殆尽，一切像是走到了尽头。

在此之后，有几天晚上，我在楼上加班，才开始留意到小林。每天六点半左右，我在二楼的吸烟室里抽烟，看着其他部门的同事下班往外走，三五成群，有说有笑，小林每次都是自己一个人，背着双肩包，底下挂着一只戴墨镜的熊猫，摇来晃去，不断敲着她的屁股，像一条骄傲的小尾巴。她从不走大路，总是沿着我踩出来的那条小道儿，一步一步往前走，且很细心，谨慎躲避两侧的草丛，有时候还要跳一下，如遇礁石。从上面看去，很像是缓慢经过一片凶险的暗绿色深海。我觉得这人很无聊，侵占我的成果不说，内心戏还不少，下个班而已，当自己在打冒险岛。观察了四五回，有点改观，正好我有个新节目，需要跟她对接筹备事宜，就有了一些联络。只要我看到她下班，踏上那条小路，就拨一下她的电话，响一声就挂掉，然后发个信息，说点有的没的。这时，她往往会举着手机停在草坪中央打字，敏捷而迅速，措辞精确，颇有礼节，她回复过后，没等走几步，我迅速再发一条，她停下来，又开始打字，那条小路她经常要走上半个小时。我总是很恍惚，觉得自己正在控制一个游戏角色，个子小小的，脑袋瓜儿上飘着一顶白帽，胃口很好，爱吃草莓和香蕉，走路带风，前面是火焰、滚石、下沉的云彩与横着走路的饿鬼，我按一次键，她就可以顺利逃开一回，双臂摆动，继续前进，去解救被封印的恋人，而我却总想让她慢一点通关。

杰克拍着肚皮，打了个饱嗝，说道，今年的收成真不赖，我又可以快活地过冬啦。魔鬼说，好心人，你种了些什么？杰克说，土豆，白菜，西红柿，和土豆。魔鬼说，能不能分我一些，我三天没吃过饭了，饿得走不动路。杰克说，那当然，当然啦。魔鬼说，我会保佑你的，亲爱的朋友。杰克说，但是，既然我们是朋友，能不能也帮我一个忙。魔鬼说，阁下，您说说看。杰克说，夏天时，我的皮球不小心卡在树杈上了，一直取不下来，而我又不会爬树。魔鬼说，乐意效劳。两人蹦跳着兜了一圈，来到一棵大树旁边，杰克指向上方，魔鬼望过去，大树忽然伸出双手，将魔鬼死死抱住。魔鬼来回扭动身体。

大树说，哈哈。杰克说，哈哈，中计了吧。魔鬼说，这是怎么一回事。杰克说，别以为我不知道你是谁。大树说，哈哈。魔鬼说，求求你，放开我吧，有什么条件，我都答应你。杰克说，我要吃不完的土豆，蛋糕，还有美味的烤肉，我要永远都过这样的好日子。魔鬼垂头丧气，点头允诺。大树说，哈哈。然后松开了手臂。魔鬼叉着腰，跺脚说道，杰克，咱们走着瞧。

大树仰面躺着，一动不动，如被伐倒。魔鬼立在后面，面目庄严，吸了两下鼻子。杰克蹲在地上，双手捂脸，眼睛在指缝间来回乱转。两个女巫走了过来，齐声问道，你怎么了？杰克抬起头，说道，为什么一直是夜晚，我什么都看不见。其中一个女巫伸出手指，对着空气画了个圈，二人若有所思。一个女巫说道，可怜的杰克。另一个说道，他真可怜。第一个说，原来这一切都是魔鬼的过错。第二个说，他真可恶。第一个说，我们来救救他吧。于是两个女巫原地转了一圈，挥了挥魔法棒，指向左右两侧。一段急促的音乐响了起来，几秒钟后，舞台后面冒出来两只胖墩墩的南瓜，乍起胳膊，横挪着步伐，来到中央。南瓜的扮相古怪，肚子上套了个橘色的救生圈，脑门儿还贴了几颗星星，闪闪发亮。女巫说，杰克，这是我们为你召唤的南瓜灯，请你把它带在身边。南瓜们主动移向杰克,将他搀扶起来,三人围着女巫们转了一圈。杰克行了个礼,说道,谢谢,我又能看见啦,世界真美好,感谢你们。两个女巫手拉着手,跳着舞离去。倒在地上的大树忽然叫了一声,哈哈。然后滚了一圈。全剧终。

木木出了一脑袋汗,我用手帕沾了些温水,一点一点给她卸妆。木木问我,你看见我了吗?我说,看见了啊。木木说,我都化妆了,你怎么还能认出来?我说,脱了马甲我照样认识你,今天表现不错,特别可爱。木木说,但是我什么也不想演。

出门之后,她看见了我妈,挣开我的手,直接奔了过去,贴在身上不放,非要抱着。我妈的腰也不好,就让我爸扛着她回家,走两步跑两步,一路乐得不行。我和我妈跟在后面。我妈说,今天吃饺子。我说,行,都爱吃。我妈说,没用。我说,什么?我妈说,学这些玩意儿,白花钱,我感觉没用。我说,现在都学,不能落后。我妈说,以后在社会上谁能当个南瓜啊?像你似的。我说,你也不懂,别管这些了。我妈说,小林咋没来?我说,没告诉她。我妈说,最近没联系?我说,很少。我妈说,可真够一说,这妈当得。我没说话。我妈又叹了口气,说,你这爸当得啊。

吃完饭后，外面下起雨来。木木开始流鼻涕，脸颊泛红，有点发蔫。我妈说，今天别折腾了，在这里住，我给她洗个热水澡，晚上跟我睡，得注意观察，这季节可别感冒了，不爱好。我躺在沙发上玩手机，我爸在看电视，里面放的是陈佩斯的小品。我想起许多年前，春节联欢晚会过后，总会放一部他演的电影，有时是《父子老爷车》，有时是《二子开店》，都很滑稽，每次我都下定熬夜的决心，却总是看个开头就睡着了，直到现在也没看全过。我们家已经很久没聚在一起过年了。前年我妈生病，在医院里抢救，忙得人仰马翻，白天黑夜连轴儿转。去年是李可，被传销的骗到广东，好不容易逃出来，也没买上机票，大年三十，打电话就是个哭。今年轮到我跟小林，在家里待到正月初五，哪儿也没去，谁也没见，相互一句话也不说，只是盯着那面白色的墙壁。

木木身上裹着浴巾，脑袋上包着一条粉色的枕巾，被我妈从卫生间里拖出来，两只脚还没完全干，在地板上踩出一溜儿水印。孩子长得就是快，不知不觉，几个月前，一条浴巾也还勉强够长，现在就完全不行了。外面的雨声很大，伴随着隐隐的雷鸣，木木跑来我这边，撅着屁股，上半身趴在沙发上，很急促地喘着气，也不讲话，我伸过手背，摸了摸她的额头，又摸一下自己的，好像我的更烫。这时，手机震了一下，小林发来消息，问我：今天演节目了？我回道，是。小林说，录下来了吗？我说，没来得及。小林说，我跟她视频一下？我说，在我妈家。她就不再回复了。没记错的话，本月之内，这是她第二次跟我联系，上一次是提醒我拍生日照需要提前预约，以及记得去补一针流感疫苗，而还有三个小时，这个月就要过去了。

我本来以为，向木木解释小林的离开是一件很困难的事情，确实不知怎么说为好。李可说，你可以跟她讲，爸爸妈妈虽然不住在一起了，但对你的爱是永远都不会变的。我心里说，你真是没有孩子，这种话讲不出口的。一个问题接下来就是许多个问题。为什么不在一起了，为什么别人的爸爸妈妈还在一起，为什么离开的人是妈妈，为什么对我的爱就永远不会变，你们之间的爱不是变了吗？自己答不上来，就别指望能说服得了任何人。小林刚走时，木木住在我妈家里，天天闹，使劲喊，嗓子都破了，哭得筋疲力尽才能睡着，到了后半夜，经常忽然自己在床上站起来，闭着眼睛说，妈妈呢，我要去找妈妈。我妈也心疼，一边哭，一边抱着她来回走圈，念经似的说着话，唱遍所有能想起来的歌谣，连灯也不敢开。到后来，我妈的身体实在吃不消了，住了次院，我就接回到自己这边，也是奇怪，木木跟我在一起，从没主动问过小林的事情，好像我们之间达成了某种默契。有时我觉得，我跟木木更像是一对恋人，对彼此的前任避而不谈，即便她的存在无法被抹去，像是一块坚冰，或者一座岛屿，从大海里升起来，横亘在我们中间，始终无法融化与跨越。

关灯许久，木木也不睡，一直在说着话，笑个不停，随后又下了床，跑来我的房间，跟奶奶说，我去看一眼爸爸。她在地上晃了一圈，发现我还没睡，便爬到床上来，躺在我的身边。我妈跟了过来，对木木说，快回屋，几点了都。木木说，但是我还是想跟爸爸一起睡。我跟我妈说，跟我吧，习惯了，让她在这儿睡，我看着她，没问题的。

窗外的雨声渐弱，风却刮起来了，凉飕飕的，从窗户缝儿里往屋里钻，发出一阵阵虚弱的颤声。我给木木又加了层毯子，她蹬掉，我再盖上，她又给踹开了。就是这样，在几乎所有事情上，我都犟不过她，不知道脾气随谁。木木说，爸爸，给我讲个故事。我说，没有故事，睡觉。她说，我睡不着。我想了一下，问她说，你想演女巫，是吗？她说，我不想演女巫。我又问她，那你害怕魔鬼吗？她说，不害怕。我说，其实我觉得，今天的那棵大树更像是魔鬼啊。木木说，不是。我说，为什么？她说，不像魔鬼，不是。我问，为什么呢？她说，大树是辰辰啊。

有一天下班时，刚好看见小林走去那条小路，我跟在身后，走到中间，喊了她一声，她左看看，右看看，又在原地转了一圈，终于发现了我。后来我才知道，单耳听不见的人，很难辨别声音的来源方向，所以在某些时刻，小林的动作显得有些迟缓。她的右耳健全，我们走在路上，她就总贴着我的左边，看起来像在保护我。无数车辆从她身边飞驰而去。我比较不适，总想拉过来一把。听我讲话时，她习惯性地将头侧过来，仿佛集中了全部的精神，极为虔诚，这样一来，我反而不知怎么说为好。

项目的进展并不顺畅，筹备尚未结束，就被上面喊停，我的心情却比从前好了一些。那段时间里，我跟小林相处得比较愉快，她很聪明，经常是我的话只讲一半，她就完全明白了，但会坚持着听完，确认全部细节，再去执行。到了后来，我对她的信任度逐日增加，无论遇到什么事情，都想听听她的看法。她很有耐心，一点一点为我拆解，却极少谈论自己，每次问起来时，她也只是摆摆手，对我说，实在是没什么可说的，人生履历就是这么简单——离家上学，顺利毕业，在台里实习，签合同转正，上班下班，被拖欠工资。我问她，有什么爱好。她说，也没什么，都不怎么逛街，只喜欢在家里听听歌。

我们就在她租的房子里面听歌。我带去了无数张唱片，各种风格都有，一听就是一个晚上，我喝着啤酒，她偶尔处理一些工作，或者准备公务员考试，反正总有些事情要做。她不爱听金属和朋克，觉得吵闹，喜欢古典，但听不太懂，版本复杂，没心思钻研，最喜欢的还是六七十年代的那些民谣，鲍勃·迪伦或者琼·贝兹的歌。小林问过我，如何看待他们二者之间的关系。我说，贝兹当时的名气更大一些，热衷社会运动，投身其中，迪伦很害羞的，对这些也不太感兴趣，在自传里写过，第一次看贝兹演出时，目光便久久不能移开，觉得她荣耀又圣洁，如花环一般，几乎无所不能，嗓音美妙无比，像是在为上帝献唱，能驱逐世上全部的厄运。小林又问，那你怎么看待我们之间呢？我说，我以前总在楼上抽烟，看着你自己走上那条小路，总会想起一位美国作家的诗句，他说，一片树林里分出两条路，而我选择人迹罕至的一条，从此决定了我一生的道路。小林说，你喝多了？

我说，绝对没有。小林撇了撇嘴，没再讲话。我说，那你怎么看呢？小林想了想，说道，答案在风中飘，我的朋友，答案在风中飘。

木木捏了一下我的手，我以为在逗我，便回捏过去，她又用力拽紧了手指，我才反应过来，她是想让我注意到走在前面的那个人：穿着一件棕色的羽绒服，长及脚踝，在这个季节里，稍显夸张，半长的头发披在颈后，踩着一双高跟鞋，跋在地面，发出哒哒哒的响声，仿佛抬不起腿来，随时都会晕倒。我想了一下，说，松鼠？她先说，是。又说，不是，是花栗鼠。我问，有啥区别？她说，更小一点，但头很大，还演过动画片。我说，那你要不要过去打个招呼啊。她说，啊，我可不要。

木木对于命名特别严谨，我在手机里收藏了一篇很长的文章，是《小马宝莉》的角色介绍，数目近百，她总会要求翻看讲解，一遍又一遍，从不厌烦。我时常读得眼花缭乱，木木却几乎都能叫上名字来，也熟悉每一匹小马的秉性，甚至对会不会飞、在哪一集出场等细节都了若指掌。最开始她喜欢的是云宝，性格外向，热爱冒险，绝招儿是彩虹音爆。最近比较倾心于月亮公主，有点孤独，略带神秘，被放逐到月亮上一千年，曾对此很不满，企图让世界陷入永久的黑暗，后被感化，经常去解救那些困在噩梦里的小马。

我们走到单元门口时，长得像花栗鼠的那个女人还没进去，她的双手插在挎包里，像是在找些什么。我和木木停止对话，一起望向她，总觉得她要跟我们说点什么，她看着我们，眼睛瞪得很大，睫毛一闪一闪。我有点不好意思，微笑着对她点点头。她没回应我，而是蹲了下来，将衣服前襟拢在膝盖上，说道，木木？木木往我身后躲了躲。我很好奇，转头问木木，你认识这位阿姨吗？跟她问个好啊。木木摇了摇头。她继续问，记得我吗，我是辰辰妈妈，我们见过的呀。我说，辰辰？大树辰辰？她说，什么？我说，啊，木木有个同学，前几天演了一棵树，也叫辰辰。她勉强笑了一下，说道，应该不是。我说，不好意思，那是我弄错了。她说，木木，你还记得辰辰吗？辰辰很喜欢你呀，总提到你。木木继续往后面躲，背对过去。我问她，你记得吗？她也不说话。我解释道，她就这样，比较内向，遇见生人很害羞，话也少，有空带孩子来家里玩，真巧啊，住在一个楼里。她偏过头去，扮了个鬼脸，想逗一下，可木木压根不看她，一个劲儿地拉着我的衣角。她站起身来，朝着我点了点头，说道，好，好。

我们上楼之后，木木好像有点不高兴，脸也不洗，动画片也不看，拎着一只绒毛蜗牛在客厅里走来走去。我说，你今天的表现可不太好，见人也不打招呼，有点没礼貌。木木不吭声，只是看着我。我又说，不过我也不打算勉强你，这没什么的，对吧，不是跟谁都需要讲话，我能理解你。我企图讨好一点，可她还是不理我。

木木睡得很快，我也很困，但还得两个小时才能休息。快洗模式半个小时，混合模式一个小时，婴儿服模式则是先加热到一定的温度，洗干甩净，再进行消毒，共计两小时，这是洗衣机的标准法则，不可侵犯。我在一本书里读到过，洗衣机的语法粗暴至极，无视差异性，所有的衣服在此都是平等的，没有尊卑贵贱之分，一旦被抛入其中，便被迅速地搅拌在一起，不可豁免地混作一团，其符号价值被无情吞噬，在滚筒里，没有幸存者可言。我打开阳台上的窗户，点了根烟，向外望去，觉得世界无非也是一个滚筒，重力作用，正向与反向的轮转，粗糙而强悍的旋律，不断在内部之间摔跌捶打，无可逃脱，也意味着无人生还。我将纱窗拉开，想将烟头灭在窗台外面，忽然发现有人还在单元门口，双手扒着缓步台的栏杆，探着脑袋，也刚抽完烟，与我的步调一致，正在碾着烟头，好像我们同时位于滚筒的某个位置。接下来，也许将一起接受上升或者下降。

我披了件衣服,轻带上门,又摸了摸钥匙,往楼下走,她见到我时,并不惊奇,笑着点点头,问我,木木睡着了?我说,是。她说,她好乖的。我说,今天玩累了。她说,小孩子嘛,还是比较好哄。我说,辰辰也是吧。她没讲话。我又说,不回家么,晚上凉了,钥匙没带?她说,没,想待会儿,还有烟吗?我帮她点了一根,给自己也点上。她说,你不会扎辫子吧?我说,什么?她说,所以木木总梳着个锅盖头。我笑着说,是这道理,学也不会,没这项技能。她朝着黑夜里吐了口烟,停下几秒,继续说道,你的故事都好听啊。我说,故事?她说,我就住这一层嘛,总能听到你给女儿讲故事,扭来扭去在散步的小蛇,小裁缝智斗巨人,岛屿上的科学家和企鹅,点头或者摇头的锡兵,只是个片段,没头没尾,你们边走边讲,等到了门口这边,我就什么都听不见了。我说,惭愧,乱编的,打扰到你。她说,刚才我知道你们走在后面,想着在这里等一等,兴许能听到个结局,但是也没。我说,不值一提。她说,没,我很喜欢,每天晚上,我都把窗户拉开一道缝儿,搬把椅子,守在阳台上等着,我就躲在箱子后面,有时等了很久,很担心是不是错过了,或者木木发生什么事情,但如果能听得到,就很开心,睡得也好一些，我知道她叫木木，很早就知道，但她不认识我，不要怪她。

我说，她认识你，但不认识辰辰，我们睡前聊了一会儿，她知道你一直在听我们讲话，我一点儿感觉都没有，有些话她故意要说给你听的，不管你信不信，反正就是这样。她说，木木最聪明了，你今天讲故事了吗？我一句都没听见。我说，没有，她给我讲了一个关于魔鬼的故事，很可怜的魔鬼，所有人都想尽办法要对付他，可他根本不知道自己犯了什么错，只是不停被耍弄，不停地许诺，不停地满足他人的愿望，被钉在树上，被困在鼻烟壶里，被放逐到很远的地方，你知道，人们总是那么贪婪，魔鬼却那么软弱，无论躲在何处，最终都会被揭开面目，无可逃脱，真是没办法啊，明明是人们先找到的他，非要来交易灵魂的，也许他唯一的错误就是扮演了一个魔鬼。她说，唯一的错误。我说，对，这也是木木说的。她说，我明天要搬走了，收拾了好几个月，终于把东西都装进箱子里，真沉啊，推都推不动。我说，祝你顺利，希望以后还有故事听，肯定比我讲得好。

我回到楼上时，洗衣机已经停止运转，我拉开舱门，将衣服一件一件抻开、铺平，晾在阳台上，窗户没关，夜风温柔，缓缓吹进来，像在为我披上一层薄薄的衣裳。

木木睡得不太老实，嘟着嘴，皱紧眉头，一只小腿搭在床沿上，几乎要挣脱出来，从后面看去，睡袋像是一件很威风的斗篷，我想，她是正准备去解救那些噩梦中的小马。手机上有两个未接来电，都是小林打的，时间太晚，我犹豫着是否要拨过去时，收到了一条她发的消息：不用回，没什么要紧的，刚才只是想确认一件事情，现在我知道了。我的另一只耳朵也听不见了。我好像再也想不起来木木的声音了。

春天的末尾，我跟我妈带着木木去了一趟海边。原本这里是一片野海，在我很小的时候，也来过一次，但没什么印象了，只记得在沙滩上铺着一张张巨大的渔网，踩在上面，仿佛随时会被捕获，高高吊起来，放在集市上售卖。如今此处被开发成一个新的小镇，充斥着现代气息，生活便利，建筑设施一应俱全，甚至还有美术馆、剧院和礼堂，无论走在哪里，都能听见一阵轻快的音乐，沁人心扉。木木很喜欢这里，她很忙，每天上午要去海边捡贝壳，中午回来休息，下午去农场里看小花，或者在草坪上打滚，玩到筋疲力尽。我妈说，她自己很久没看过海了，上次来这里时，正怀着李可，行动不便，我也不太听话，我爸更是指望不上，成天跟她对着干，她每天都很累,没有盼头,万念俱灰,夜里偷偷哭上一会儿,也不敢出声,怕吵到我们,当时觉得快要活不下去了,可一晃就是这么多年,也都过来了。

我知道她是在劝我。我假装听不出来,每天尽量鼓足气势,拧紧发条,像一匹童话里的飞马,带着木木上天入地,奔跑不息,我想,只要她开心,我就快乐,只要她愿意,做什么我都值得。我像一株寄生的植物,无法自给养分,只是日夜低语,将命运与她紧紧相依。我再也不需要成为什么,没有愿望,也不想去拥有自我,一点儿也不想,人一旦有了这种意识,就很可怕,像岛屿上丛生的密林,沙沙生长,不止不歇,直至遮蔽全部的光芒与道路,长久困在噩梦之中。我不要这些。

旅程结束的前一夜,木木睡着之后,我自己一个人来到海边,走了很久,没有月光,星星也被隐去,只是一片深色的绿。我脱掉鞋子,踩着砂砾,一步一步迈入大海,温暖轻柔的水浸过我的脚踝,我站立于此,舒了口气,抖抖肩膀,伸出两只胳膊,想要画出一道从未有过的手势,却始终不得要领。波涛涌来,身后寂静,世界如在一侧呼喊。那是一首海水、岛屿与天空的奏鸣曲,为我竖起一道光亮的墙,时远时近,无法逾越。赤色的暗云落在海面上,发出火焰熄灭的微弱声响,它一刻不停地沉入水底，给予短暂如幻的照亮。接着是引擎声与浪声，贮存许久的音阶，相互抵抗，向前或者退后，保护着的同时也在毁灭。最后是清澈的鸣叫声，如垂冰一般锋利，来自鸥鸟、松鼠或者小马，上古的山林，幽暗的房间，万无一失的梦境。而那些被忘却的声音不在其中，遥不可及，我无从追寻。它曾栖于我的体内，如同昔日的私语，远在此处，如今径自飞行，去往我需要行进的方向，接续不断，消逝于失落的耳畔。总要逝去，也必将逝去，尽管此时，它正如凌晨里悄然而至的白色帆船，掠过云雾，行于水上，将无声的黑暗遗落在后面。

透视法

一

我中考成绩不错，满分五百二，我考了四百八十五，全校第十，重点学校任选，且是公费，一分钱不花。正合父母心意。在考场上，我的状态有如神助，势不可挡，答数学卷时，最后一题分为两种情况，斜率存在或者不存在，我心里明明清楚，但写完第一种就不想写了，空放着，位置留出来，像是挑衅。眼睛盯着墙上的石英钟。

秒针每走过七格，便会倒退一格，再往前走，我在心里默算，若以此为基准，一分钟要溢出多少秒，后来发现情况不止于此，秒针仅在五点与七点之间才会发生倒退，其余位置则不。每次走到那里，都像被轻轻抬开，有时一次，有时两次。我坐在第一排，上行与下行时，能听见振荡器发出的嘀嗒声，略有不同：顺时针的话，类似电影里拧上消音器的枪，精准连发；逆时针时，机芯倒行，像对射击的一次短暂否定，拉开慢动作，转身去追那些飞出去的子弹。我闭上双眼，休息一会儿，声音却愈发清晰，时间如弹雨，从身后打过来，躲避不及。我出了一身汗，衬衫湿透，决定提前交卷。

接下来是假期，无须补课，便经常跟几个朋友回到学校里踢球，打小门儿，不许远射，全练脚下技术，传切配合。规矩如此，但真踢起来，情绪抑制不住，前方无碍，忍不住就要抽上一脚，眼看着球往高处飘，被柳枝拂过，速度减缓，滚落并消失在平房的屋顶上。

西侧的平房建得十分奇特，不知以前作何用途，外窗全是铁栏，内部昏暗空阔，灯光吊在半空，油漆味道浓重，我们以前偶尔在里面考试，搬来各自的桌椅，伏案答题，相互间距五米，没办法抄，低声说话都有回音。学校原为桥梁厂，隶属铁道部，九十年代分离出来，独立经营，不久后倒闭，全员买断工龄，自谋出路。我们的物理老师，以前在厂里任工程师，中级职称，姓戴，女性，四十来岁，思维行动敏捷，身材瘦小，一米五几，头发枯色，反复熨烫又高高盘起，像是顶着一座久未喷发的火山，这样一眼望去，约有一米六，稍多些威严。上课时，她给我们讲过，实验楼本来是拌合站，操场上码着梁底模和侧模，以及无数黑色橡胶条。教学楼的位置，以前是龙门吊，双主梁结构，精钢建造，起速一分钟十米，全国最快，可惜拆了，不然站上去五分钟，车轮一滚，想想你们答的分数，自动就会往下面跳，这样一来，大家都比较省心。

这一排平房开了个豁口，两侧砖头铺高，垒成柱型，角铁依序焊入，拉开隔断，权作简易校门。旁边是收发室，朝外敞着半月形小窗，类似过去的递信口，需探头交流。一面墙上涂满石灰，来作为黑板，上面以油漆打框，粉笔写着班级信息、纪律分数等。学校迁至这里不久，牌子一直没有挂，说是想找名家题字，但不太容易，校史短暂，没什么杰出人物，目前最著名的，不过在本地电台主持一档午夜情感节目，每天在广播里说着一些废话：没有水，会有鱼吗，没有椅子，会百年站立吗，没有天空，万物会生长吗。诸如此类，莫名其妙，说服力实在是不足。两幢教学楼是新盖的，均为四层，复刻苏式建筑，质量不达标，几场雨过后，外墙落漆，一道道水渍如同涎液，渗至地表，许久不干。很多过路者，仍以为此处是桥梁厂，并且十分好奇，怎么会有学生聚在此处谈笑打闹？得知情况后，相互揣测，学生年纪小，阳气旺盛，或能调和此地之阴森可怖。桥梁厂的主要任务自然是造桥，而对于此事，自古以来，各路说法都比较邪，旧时传闻，桥梁竣工之后，要送去一对年轻男女，女的嫁与河神，坐上纸扎彩船，在河心旋转没入，男的则一步步迈进去，沉至水底，扎进淤泥，抖开双肩，作为梁桩，至此可保百年平安。后来技术兴起，不讲封建迷信，只喊两句口号，一句是，让高山低头，让河水让路，另一句是，与天地奋斗，其乐无穷。测好位置，钻孔灌桩，下进去钢筋，在河里建的话，还要筑个岛，将周围的水隔开，工作人员就待在上面，无拘无束，午睡醒来，翻身望去，水面上的波纹荡漾着向外延伸，看得时间一久，也像是不断近身涌来，令人倒吸一口气。虽不再供奉河神，祭河仪式仍不可缺，彼此心照不宣。大桥落成后，建造者买来烧纸，站在岸边，在手中点燃，往河里轻送，火光浮在水上，由近及远，闪动不灭。这也是戴老师讲给我们的。故事说完，全场鸦雀无声，倒不是害怕，只是觉得与那位大幅度扭动身躯勾勒磁力线的优秀教师形象不符。仔细想想，不算稀奇，牛顿研究万有引力，最后信了上帝，万物不得解释，往顶上一推，算给自己一个交代，浑身轻松。人跟自己总是画不上等号，这点我后来常有体会，往往嘴上说的是一个事儿，手里做的是一个事儿，心中想的又是一个事儿。也不是错乱分裂，现实情况如此。

戴老师是我们的班主任，授课时如百兽附体，形态活泼多变，在班级管理方面，却十分严厉，完全不讲情面，擅长体罚与没收物品，很难沟通。她与教鞭等高，却能将后者当作一柄长枪使用，恣意挥舞，怀疑有些武术基础，至少敲碎过两面黑板。后来我沉迷电子游戏，经常能想到她，其中一式是，快速旋转长枪，击飞周围所有敌人，并有一定概率使其受伤。我们若在她心情不佳时，集体围过去，恐怕就可享受到此种待遇。

毕业聚餐时，戴老师换了一身打扮，穿着白色运动装，拉链提到下颌，头发披散下来，箍着发卡，和蔼友善，笑脸相迎，在桌子之间来回窜动，我们一时不太能适应。这种场面很像是马戏团的最后一夜，大象和老虎即将被卖掉，饲养员放下了鞭子，不再呵斥抽打，而是轻声诉说，他有多么爱你，有多么不舍，忆起昔日情谊，离别倍觉依依。关于逝去的时光，不管是好是坏，人们总要怀着一点虚伪的宽容，并非善待他人，而是开导与劝勉自我，去修饰一个不存在的时刻，如此一来，便没有懊悔，也不会不安，永久立于暴风之眼，成为平静的幸存者。每个人必须相信自己拥有过那么一点点的好运，否则很难继续生活。从这个层面来讲，记忆不是实在的事物，而是虚空之锁，人的精神是钥匙，打开一道又一道，接连不停，过去与未来由此得以汇合。

饭后，她要求服务员清洁台面，将随身的背包轻放在桌上，打开拉锁，抓紧底角，高举过头，哗啦啦倒出来一桌子信件，各种颜色规格，有近百封。然后又摆出一副亲和面孔，对我们说，初三这一年很重要，可以说是人生的转折点，考不上好的高中，就上不了好大学，上不了好大学，将来毕业就没好工作，一环扣一环，连锁效应，所以，希望大家能够谅解，这一年里班级的信件，我没有及时交给大家，写信回信浪费时间，还会引起不必要的情绪波动，耽误学业，而且老实说，都没什么用，我见得多了。现在毕业了，物归原主，我把信还给你们。

我们踢球一般是在上午，人齐了就开始，差不多中午结束，各自回家，吃饭，午睡，打游戏，看一点闲书。差不多玩了一个月，因为场地问题，与另一伙儿外来的发生冲突，闹得很不愉快，从此校方紧锁大门，轮班值岗，本校学生也不许入内。校园空空荡荡，同学之间逐渐断了联系。某天傍晚路过，我发现操场上落着许多鸽子，灰白皆有，围在球门附近，不太会飞，以前没怎么留意，应为附近居民所饲。我意识到，这所学校以后跟我再不会有什么关系，三年时光转瞬即逝，有些伤感，便给门口保安买了盒便宜的烟，跟他说明情况，刚从这里毕业，略有不舍，想再进去坐一会儿。他打量一番，烟没收下，只将铁门拉开一道缝隙，我侧身钻过去，在操场上跑了两圈，最终靠着东侧的门柱坐下来，十几只鸽子散落脚边，四处跳动，低头衔起石子或者不知谁撒下的玉米粒。几年前，我家有个亲戚养过信鸽，投资不少，购来优良品种，准备打比赛，心气很高，每日精心喂养，可惜最后连丢带死，赔得一塌糊涂，那阵子他在饭桌上，别的不谈，只谈鸽子，我虽然没什么兴趣，但也听过一些常识。辨别鸽子是否优良，首要一点是观察它的眼睛，分好几个部分，最外面是角膜，然后是面砂和底砂，最里面是瞳孔。面砂也叫虹彩，有薄厚深浅之别，颜色偏红，有的带黄痣或者白痣，光线变化时，瞳孔收缩，它跟着迅速运动。底砂要锋利密实，质感坚固，隐隐透映一部分，弥漫溢出，否则不能远翔而归。看得久了，不自觉会被其吸进去，那些眼睛近似于宇宙天体，星云与星团，疏散又聚拢，不断变幻，中央瞳孔近似于黑洞，所有一切在此渐渐熄灭。

想到这里，我不禁将背包里的那封信又掏出来读了一遍。信封是最普通的牛皮纸，跟里面装的两页内容相比，规格过于隆重。地址与姓名均以钢笔写就，字迹精巧，有几分秀气，由于时日太久，难免有些磨损，但仍可辨认，邮编为137010，寄件人名叫陈琳，吉林白城某校学生。聚餐那天夜里，我第一次读到这封信，花了很长时间，忆起前因后果。一年多前，有次学校开运动会，我与朋友趁着午休去上网，打了一会儿游戏，然后在某音乐网站听歌，那段时间里，我对摇滚乐怀着无比强烈的热情。网页的右侧是聊天室实况，我看见有几个人正在吵架，文字像火柴，一根一根被摔出来，相互引燃，一小片的火在屏幕上烧起来。我很想加入进去，却不知说什么为好，最后只是讥讽两句，无人回应。之后，我专心听曲子，却总被异样的声响干扰，点进去一看，发现收到一个私聊，具体网名记不清，内容大概是，认为我刚才讲得很聪明，她也赞同。虽是短短几句，也让人有些得意，接着又随便聊了一点，关于音乐风格与偏好等，她问我在听什么歌，我说，不妨猜一猜，一首九分钟的长曲，地下乐队作品。过了一会儿，她说，想不出来，马上要回学校了，我给你留个地址，方便的话，可以写信告诉我。

我并没有刻意去记，在几天后的期中考试里，那首长曲却一直在耳朵里响，周围的一切都像在对它做出回应，走步声、打铃声、外面的风声……都能让我想起这首歌的某一段落，并由此开始，进行数个小节的循环，我被折磨得心神不宁。至最后一门科目，答过题后，我在纸上随意涂画，那一行闪着荧光的文字地址，忽然落在笔尖上，我清楚地将其写下来，姓名、住址与邮政编码，如同从屏幕上揭掉，又贴在眼前。于是，在剩下的时间里，我用草纸给陈琳写了第一封信。

事到如今，我无法确切记起那封信里都说了些什么，按照推测，应当是在简要介绍情况之后，开始进行一系列的控诉、抱怨与谩骂，涉及身边同学、老师、家长以及教育体制等，好像当时跟稍远一点的人们，只有这个可谈，实际上，境况并没那么糟糕，但在那段时间里，如果身上没有伤痕，也要虚构一点出来，所有的意义必须经此得以呈现。幸福与满足很难得到共鸣，失败与伤痛却轻而易举。真假并不重要，人们是依靠疤痕、伤口，以及血的腥味去辨识同类的。可能还提到了一点音乐，应该不多，因为陈琳的回信里并未涉及。我也不记得是否告诉过她那首歌的名字。总的来讲，这封信的内容应该很简洁，二十分钟左右写好，考试结束，我在回家的路上将信寄了出去，之后就把这件事情忘了。直至时过境迁，重新收到了这封回信。

两页原稿纸，折成三叠。陈琳的字写得很小，相当工整，置于红框的正中央，仿佛只要摇晃一下纸页，那些字便会跟着振动，来来回回，撞在四周，发出一阵悦耳的叮当声。

不知应称呼你的网名还是本名：

展信愉快。

实在没有想到，会收到你的来信。这有些意外。不过，所有今天的意外，如果放在时间长河里，似乎都有迹可寻，并不是毫无缘由（缘，我还查了一下字典，不想用其他字代替），你说是吗？我这样说，你会不会觉得有点奇怪呢？可能我就是一个奇奇怪怪的人吧。身边的同学也这么认为。

外面天空灰蒙蒙的，我在寝室里给你写信，身体不太舒服，就请假了，没去上课。去不去都没什么差别，我念的是职高，学酒店管理，刚来这里两个月，失望透了。你学习成绩应该不错吧？我数学不好，很多问题都想不明白。

你平时有什么爱好呢？除了听歌之外。

初次通信，不知道说点什么好。告诉你一个事情吧。我养了一只鸽子，应该是有主人的吧，我想，脚上套着黑色的环，上面有三个数字，四一七，不知何意。上个月末，我在看书时，它落在阳台上，不吵不闹，只是一直盯着我，怎么都赶不走，飞了一圈又转回来，不断啄着玻璃，我打开窗户，索性就抱进来了。我没养过鸽子，也不知道喂什么，从食堂要了一些黄豆。它还挺爱吃的。

你知道鸽子怎么睡觉的吗？我最近观察了一下，它睡觉时也会闭眼，单腿站立，另一条腿收在羽毛里，脖子反转，将头缩进翅膀之中。这几天没来暖气，它睡在我的枕边，整夜基本不动。昨天收到你的信后，看了两遍，收在柜里。晚上，这只鸽子跟我说，今天要写一封信回给你，可能要过很久，才能收到你的另一封来信，不过这并不要紧。它还说，总有一天，你会来找我的。有意思吧。

我不能要求你也相信，不过事情就是如此。也许除我之外，没人听得见。

现在，它正站在书桌上看我写信。刚才我问它，你是什么样的人呢？它没说话，但在这封信上踏了几步，发出一阵咔嗒声，很像电影里的那种老式打字机。是不是它也想跟你说点什么呢？有机会我问问。

对了，它不怎么飞。只是跳来跳去。不知道是不是有点退化。跟你说这些，你一定觉得我更奇怪了。唉。

天气变冷，注意身体。祝学习进步，每天愉快。

陈琳

二

刘志明逢人便算，他生于一九五〇年，今年五十二周岁，十八岁时，接替父亲的班，进厂参加工作，抬过钢筋，浇过混凝土，驻外数年，带队走遍群山，风吹日晒，苦是没少吃，后来又拜了比自己岁数还小的师傅，在车间里干喷漆，手艺齐全，技术出众，干啥像啥，挑不出大毛病。之所以轮换多个岗位，不是能力问题，而是性格有点怪，不太合群。换句话说，跟谁都处不到一块儿，死脑筋，分不清轻重缓急。比方说，工期将至，车间领导动员全组加班，提前发放补贴，他倒是准时来厂，但不听安排，始终琢磨着新引进的设备，对着机器挑毛病，这也不好，那也不对，认为单位是浪费资金，推测有人借此贪污一笔，数目还不小，未经进一步核查，便将结论四处宣扬，这就使人相当为难，避之不及。还有一次，傍晚时分，两位同事在塔吊上幽会，刘志明相貌平平，常年的野外作业却使其养成一个特性，就是视力极为突出，目光似炬，即便在幽暗之中，也比他人看得更为真切。距离虽远，可对他来说，从地上望去，驾驶室内几近透明，人影交错晃动，他盯了半天，觉出几分异样，担心安全问题，情急之下，也没请示，立即拉了警报。这样一来，惊动全员，事情不好收场，女方无论怎么解释，都很难说明为何要冒着巨大的风险爬入数十米高的驾驶室。当然，有人心知肚明，替其辩解，她这么做，无非是去要一个说法而已。有人活着，为的就这么一口气，谈不上对或者错，只想听个明白话儿。要求不算高，该给你得给。刘志明理解不到这一层，后来提及此事，他的回应是，当时没看清楚，只是觉得里面的人姿态古怪，肢体乱颤，以为是犯了病，人命关天，不得已而为之，那要是心脏的毛病，人可说没就没，咱们都得注意啊。

　　刘志明从野外调回厂内，举着面具，专心喷漆，干了七年整，刚要迈入第八年时，桥梁厂宣布解体，万人失业，没有哀嚎，反而是无尽的沉默，一波一波向外扩散，消逝于岸。解体这个词儿是从新闻里学来的，最早用在苏联身上，后来每逢工厂倒闭，工人也爱这么讲，仿佛能增添几分优雅。他们没搞清的是，解体是由大变小，化整为零，并非凭空消失，刘志明对此颇有微词，但不再去纠正，此时他已学得聪明一点，自己也是其中一员，知道主要矛盾并不在此。往大了说，经济形势，发展趋势，往小了说，无非个人的命运。所以这些琐事与感想，他也就只跟妻子戴青说一说。

戴青与刘志明同年失业，精神面貌完全不同，她早就看出工厂日趋衰落，上顿不接下顿，在职期间，托了人报考教师资格证，毕竟读过大学，基础还在，初中课本难不倒她。怎么进入这个行业，是个问题，年龄不小，且无相关从业经验，起初，她的办法是利用周末给工厂子弟做补习，价格合理，成绩显著提升，一来二去，逐渐有了些名气。她自己没有儿女，授课时却格外耐心，细致入微，时时关切询问，这点一般人比不了。刘志明下岗后，出去找过几次工作，打更或者保安，总不太愉快，性情所致，与人争执不断，便不再上班。偶尔见到亲戚朋友，只重复着一套说辞：你掰开手指头，帮我算一算，我生于一九五〇年，十八岁参加工作，大部分时间驻外，翻山越岭，没一句怨言，过了四十岁，给我调回厂内，干喷漆，属于有毒有害工种，本来做满八年，就能提前五年退休，别人六十岁领养老保险，我五十五就行，多享五年待遇，国家有文件，板上钉钉的事儿，到了第七年，桥梁厂倒闭，没人管了，我上哪儿说理去呢。

听得多了，戴青给了一个说法：能过过，不能过就分，不差这一回。相处这几年，她跟刘志明一直不算和睦，睁眼闭眼，老是看不上。当初决定跟刘志明生活，也有点草率，那时离她结束第一段婚姻没多长时间，前夫是校友，当年也是风云人物，毕业后混生意场，先是卖办公用品，后倒弄白酒，虽不至于赔房子赔地，但也没见往家里拿过钱。婚后多年，戴青一直想要个孩子，前夫对此不发表意见，始终推脱，两人以前还有些共同朋友，能经常聚一聚，后来也没了，都忙，工种不同，看问题的角度不一致，能说的话也就越来越少，某次争吵后，一气之下，戴青提出离婚，次日便去民政局办了手续。不涉及抚养权等问题，财产分割也明确，是谁的就归谁，三下五除二，干脆利落。分开之后，戴青一时有些恍惚，好歹生活十几年，怎么到了这种时刻，一点争执都没有，好像彼此在对方身上都没留下什么印迹。

说不后悔，那是假话。戴青不是没尝试挽回过，她给前夫打电话，假意厉声问道，衣服你啥时候拿走，占着地方。前夫说，过段时间，要么你帮我寄过来。戴青说，没工夫，自己来取。前夫说，戴青，你最近还好吗？戴青说，不用你管。前夫说，唉，厂子要不行了吧。戴青说，那你更管不着了。前夫叹了口气，说道，该找就找，有人做个伴也好，别跟自己较劲，那犯不上。戴青不爱听，挂了电话，眼泪簌簌往下掉。

隔了半年多，前夫的衣物也没取走，戴青听人说起，他在外面有了女友，且对方已经怀孕，这时，她才反应过来，前夫不是不想要孩子，只是不想跟她生而已。一个人与另一个人的区别到底是什么呢？或者说，自己到底差在哪里呢？戴青想不通，琢磨着去探个究竟，还没想好具体怎么做，厂内便闹出塔吊一事，传得沸沸扬扬，这对她算是个警醒。想要一个说法，不是不行，但除了被人讨论与耻笑之外，没什么实质用处，只会使自己陷入更深的旋涡之中。从这个角度来讲，戴青对刘志明还隐隐存有几分感激。

二人初次正式见面，约在介绍人家里，刘志明提前就位，备了一桌子菜，二凉四热，红绿得当，均衡搭配。戴青特意迟到半小时，心情较为复杂，毕竟从前对此人有所耳闻，一方面觉得刘志明单纯可爱，虽口无遮拦，行事鲁莽，心肠总归不坏；另一方面，又觉得他脑子的问题不小，许是缺根弦儿，晃荡大半生，就败在嘴上，好事没少做，好话却一句没得着。至于条件和地位，那不是她首要考虑的，如果说之前尚存几分傲气，如今岁数一到，再加上失败的婚姻经历，也被抹去了大半。

进门之前，戴青做好了心理建设，以为刘志明特别能聊，上天入地，高谈阔论，她准备冷漠对待，不表现出任何的热情。出乎意料的是，整个晚饭期间，除去问候之外，刘志明基本没讲话，也看不出有什么情绪。这样一来，戴青心里就犯了嘀咕，难道他还看不上我了？岁数不算年轻，这是不假，但好歹是工程师，有证儿，级别在这摆着呢。

饭后，介绍人提出让刘志明送戴青回家，戴青不好拒绝，口头应了下来，待出了门，便自顾自往前走，刘志明推着自行车跟在后面。等到了公交站，戴青转过头去，跟他说，就送到这儿吧，我等车。刘志明稍一思索，说道，怕是没了。戴青说，什么？刘志明说，这趟车的运行时间不固定，按季节划分，冬天早收半小时，最后一辆估计已经开走了。戴青说，没事，我再等等。刘志明说，要么你坐后面，我驮你回去。戴青有点犹豫，还是摇了摇头。刘志明说，那我陪你等。戴青没回话。天色已晚，过路者稀少，有人提着一只铁笼，从他们身前走过，几分钟后，又折返回来，坐在路边，朝着他们所在的方向，敞开笼门，里面空无一物。

  戴青以余光望去，有点害怕，刘志明没太注意，他跨步上车，双手扶把，屁股往后蹭，落在后座上，屈身说道，前些天，塔吊那件事儿，听说了吧。戴青没看他，只回了句，嗯。她心想，终于开始了，估计他会讲述一遍，当时什么境况，他有多么眼疾手快，行动果断，以及后来又是多么无辜，好心办坏事。刘志明继续说，今天上午，女的来家里找过我一次。戴青说，你们认识？刘志明说，以前并不。戴青说，找你算账？刘志明说，也不能说完全不是。戴青说，想说啥，你就直说，别跟我拐弯。刘志明说，昨天夜班，早上我还没睡醒，听见敲门声，开门一看，原来是她，给我吓一哆嗦，只能先请到屋里来，得讲点礼貌。我给她倒了杯水，她刚坐稳，就跟我说，今天来了，就先不走。我说，不好吧，中午我还有事儿，去别人家做饭，晚上相亲，这次挺关键的，得留个好印象。她说，我有点恐高，你家五楼，这不错，我跟你说几句话，你忙你的，到点儿了你就走，别管我，我歇一会儿，再从你家阳台往底下跳。我说，千万别啊，我有对不住你的地方，也属意外，你这样一来，我说不清了，愧疚一辈子。她说，我现在说得清？我没说话。过了半天，她跟我说，你知道我俩啥关系？我说，说不好。她说，他看不上我，多少年了都。我说，那不能。她说，光是我这一头儿热，其实没意思，有点磕碜，但我活着，就想图个热乎劲儿。我说，能理解。她说，他爸没了，头天刚出的殡。我说，是吧，不易。她说，我知道，我俩肯定过不到一起去，那天就是想上去陪他待一会儿。我说，没待好，怨我。然后她就不说话了。我也不知说啥，过了半天，我就把半导体拧开了，正在放潘美辰，主持人说，歌名是《你说你不敢爱我》，我挺喜欢潘美辰的，别说，跟你长得还有点像，这首歌以前听过，年轻时买过磁带，里面就有这首，不是这名儿，好像叫《死了算了》，反正一回事儿，调儿不差，唱得也是好，撕心裂肺，没人了解我，没人肯让我懂，最好让我哭让我醉让我痛死了算了。感情的事儿，我不能说懂，但歌儿挺悲，这我有感觉。所以听到这儿就有点怕，火上浇油，情绪一到位，很多事情就不好控制。结束之后，插播一段卖降压药的广告，老实说，我都想来两盒了。她喝了口水，站起身来，在我家里巡视一周,最后推开阳台的门,给我吓毁了,赶忙跟过去,她啥也没做,皱紧眉头,捂着鼻子,扭头问我,你养鸽子啊?我说,对。她说,为啥?我说,培养个爱好,能做个伴儿,每天跟它说点儿话,比出去胡说八道强。她说,它能懂?我说,我觉得能,这玩意儿跟狗似的,会哭会叫,还不用遛,每天放出去一会儿,吹个哨儿就都回来了,三短一长。她说,能认门儿?我说,是,比人强,我喝多了回家都费劲。她说,丢不了?我说,从没丢过一只。她说,那我不信,我放一把行吗?我说,只要不从我家跳,干啥都行啊。她说,行,那我过两小时,再吹个哨儿,要是都回来了,我就不跳了,要是有一只没回来,那我得跟着它走。

刘志明讲到这里,不再往下说。戴青有点急,问道,后来呢?刘志明说,后来我出门了,骑车去菜市场,买了一条大黄花,剁了二斤排骨,今天的蒜苗十六块钱一斤,我想你可能愿意吃这种细菜,一咬牙,拿了一把,没承想,只炒了半盘,这东西不出数儿,挺失败。戴青说,她还在你家?刘志明说,走时还在,现在不知道了。

校长和工会对戴青都很照顾,在家属院分她一套房,两室一厅,七十三平,位于顶层,刘志明跟着鸽子搬了进去，不过这时已经换过一批。以前那些挂着黑环的，散飞散养，不知何故，害了鸽瘟，学名鸽巴拉米哥病毒感染，打了灭活疫苗，也没来得及，连丢带死，全军覆没。刘志明听人劝解，这次买了一批红色足环，准备冲冲喜。原来的房子租了出去，每个月能收四百五十块钱，加上失业保险金，还是不太够，几年下来，积蓄见底。他与戴青虽在一起生活，并没领证，只是搭伙过日子，开始新鲜，后来也有点疲惫，总觉得拘束，不如自己一个人时候自在。优秀教师戴青一直在带毕业班，课业忙碌，还要应对学生家长等，下班往往要在九点以后，累得不想讲话，吃过饭便休息了。刘志明白天喂鸽子，出门买菜，晚上做顿饭，听半导体至深夜，睡在客厅沙发里。

这几年来，刘志明最怕的是寒暑假，戴青在家时间较多，平日沟通少，关系还能勉强维持，到了这个时候，想不说话也不行，没处躲藏，一碰面就是吵，相当疲惫。除教学之外，戴青对其他事情都没什么耐心，这次，刘志明忍了近两个月，终于还是爆发了，源头是鸽子的问题，很多教员跟戴青反映，你家那位在房顶盖棚养鸽子，数量不多，但在楼道里都能闻见味道，夏天还不敢开窗，生怕粪便淋过来，全楼跟着遭殃。听到几次，戴青的面子有点挂不住，就跟刘志明谈，勒令他将鸽子移走。刘志明也不是非养不可，事实上，他虽是按照信鸽的标准饲养，可当初买的也不是优良品种，更没想过比赛，不过是给自己找点事情做，一来二去，反而觉得养出了新门道，多少有些感情，不好割舍。加上一直以来，他心里都有些不平衡，我虽不赚钱，也没花你的吧，你工作忙，教书育人，责任重大，这都可以理解，可家务我也没少做，俩人过日子，就是相互体谅，以前没经历过，不代表不明白这些道理。想到这里，刘志明提着胆子，反驳了几句，语气发颤，本以为戴青又要发一通脾气，没想到的是，对方却很平静，跟他说，刘志明，不爱待你可以走啊，没人拦着。他品了品，觉得对方不是气话，事先想过，那自己确实应该做点打算了。

次日傍晚，刘志明趿着拖鞋，爬上楼顶，做了一套广播体操，平缓情绪，又将鸽笼打开，总共十几只，有的还在酣睡，也被他唤醒，扑棱着翅膀飞走。日光渐暗，其羽翼的颜色趋近深灰，与天空几乎不能分辨，它们绕着楼群飞过几周，将夕阳隔成一道道金色的曲线，之后收起翅膀，落在操场上，摆着脑袋，四处张望。刘志明远远看去，有一个学生倚靠着门柱，手捧几页纸，正在专心阅读，一只只鸽子聚在身边，十分安静，并不打扰。刘志明心生感慨，还是鸽子好，能通人性，有情有义，很多时候，人们反而不能相通，多少年来，始终如此，时间过得太快了，借着今天的争吵，他想到自己这辈子都绕着此处打转，以前出野外后，要回厂里报到，调动工作，也是在西侧的车间喷漆，哪怕是下了岗，为了跟戴青共同生活，重又搬回此处，他就像这群鸽子一般，无论走出去多远，哨声一响，就要往回飞。每一条路都是桥梁，而桥梁是捷径，绕过山和海，又回到原点，仿佛从未出发。或许明天是个新的开始，他会从这里离开，没人挽留，他自己也不。有那么一瞬间，他很想变作一只鸽子，拥有双翅，如风一般，穿过高塔与废墟。想到这里，刘志明向下望去，一切并无变化，大地沉寂，鸽群凝滞，只是天色更沉。他盯着这些鸽子，忽然打了一个寒战，在十几只红色足环的鸽子里，混入一只挂着黑色足环的，傲然立于球门横梁，不跳也不叫，伸开翅膀又合拢，时刻准备向上起飞，或跃入平地。他冷汗直流，不敢相信，揉了揉眼睛，再望下去，而此时，那只鸽子正昂起头来，迎向他的目光。

三

一九九七年，香港回归前后，我父母离异，原因是性格不合，过不到一起去，我看是不像，相处这些年，我见过他们非常亲密的时刻，问题出在哪里，我也说不好，可能跟桥梁厂的倒闭有关。我爸脾气不好，年轻时争强好胜，别的没得着，案底一堆。失业之后，总想干点事情，却一直不太顺利。在农村养过鸭子，血本无归，后来贩卖走私烟，又被罚没，一身旧派克服，从秋天穿到开春，比较狼狈。我跟着我妈过，每隔小半年，能见他一次。通常趁着午休，他在学校门口接我，再一起去下个饭馆，点两屉烧麦，一碗羊汤，一份牛腱子与套肠的拼盘，一杯白酒。当时流行一种简易包装的白酒，二两装，易拉罐似的，揭盖即可饮，俗称口杯，封皮上有八个字，我迄今印象深刻：龙吐天浆，泉涌玉液。颇有几分气势，我也很想尝上几口。

高二那年，有次吃饭时，我爸问我，你最近怎么样？我说，过得去。我爸说，学习能跟上吗？我说，还行。我爸说，听你妈话。我说，没不听啊。我爸说，刚才等你时，看见你们班主任了，小个儿不高，烫着头发，我跟她聊了几句，人不错。我一下子有点警惕，接着又松弛下来，说道，班主任男的，教数学，早没头发了，是个狗逼。我爸抿了一口白酒，然后说，哦，那我可能记差了，初中班主任吧，以前桥梁厂的，你都读高中了啊。我说，爸，我明年高考。他说，真快啊，想好没，报什么学校？我说，东北大学。他说，努力吧，我供你。我说，爸，你先供好自己。他没再讲话，低着脑袋，用塑料匙往羊汤里放味素，一勺不够，又加两勺，我觉得自己说得有点过，就问他，你们都聊什么来着？他说，没啥，她见我眼熟，问我认不认识以前一个同事，干喷漆的，爱养鸽子，消失两年了，我上哪儿记得那些事儿去，下岗都多少年了，哪家鸽子烤得好，问问我还行。我说，爸，我妈又找了一个，你知道不。他说，听说了，这事儿你不用管，别耽误学习。我说，那你也别管。他说，你听谁说啥了？我说，你这性格，还用我听？他说，那我的事儿，你也不用管，这辈子我都搭进去了，肯定一陪到底。我说，爸，你都扔下四十奔五十了。他说，我多大岁数，也是你爸。

我摔了筷子，拎着校服出门，他从后面追过来，嘴叼牙签，手拿一个纸盒，跟我说，给你的，都有，咱也别差。我接过来一看，摩托罗拉手机，不是新款，但功能齐全，其实心里很想要，当时来了脾气，非说用不着，推了一把，结果掉在地上。我爸弯腰拾起，扑落灰尘，又递了过来。我心里不是滋味，犹豫半天，最后还是接在手里，转身回了学校。

我平生的第一条信息，便是发给陈琳，在此之前，我跟她已经通了两年信，数量不多，来往一直没有间断，她早我半年拥有手机，并在信里告知号码，希望可以随时保持联系。我一直装没看见，继续通过书信向她陈述痛苦与困惑。陈琳的每封回信都很古怪，时短时长，内容零散，短的无非三五行字，看得出写字时相当用力，笔尖在纸上崩裂，长的有近十页之多，字迹清淡缥缈，近乎爱抚，内容是她的一个梦境。我对于虚幻之事，从来都不信任，所以没有细读。更多时候，我们像是自说自话。如果非说有些联系，那么也许是，在每一封信里，她都会提到那只鸽子，我也会问上几句。这些年里，它生过病，瞎了一只眼，还是不怎么飞，爱叼玉米吃，体型渐长，双翼强壮，蹲踞某处时，远望过去，像是一只乌鸦，或者鹰。有人相中这只鸽子，要花钱买，她也没卖，还有人说自己是鸽子的原主，几年前遗失，每日跟踪索要，她躲了半个月，怕得不行。寝室没办法继续养，室友意见很大，她索性办了休学，正在学习画画，准备走艺考这条路，想去读个大学，不留遗憾。谈得多了，有时候我会觉得，每次送信过来的，并不是邮递员，而是那只鸽子。

　　我向陈琳发去问候，并满怀期待，过了一个小时，手机忽然持续震动，涌进陈琳的数条信息，极为混乱，长短不一，我捋了半天，也没有搞清次序，只能根据时间，做简单组合记录。陈琳的信息分别是：第一条，纵深方向平行的直线在无穷远处，最终汇聚消失在一个点上，逐渐熄灭，所有事物被这样的一个点所终结，所概括，称之为灭点；第二条，透视是个谜啊，为何要在平面上呈现空间感，灭点更接近于黑洞，这是人为的发明，并非视觉真理，它的功能在于将眼睛理性化，在透视法中，一切可被尺度所公平测量，当然，也包括距离与错觉在内；第三条，所谓的灭点，在现实中并不存在，平行线永远平行，类似铁轨，或者桥梁，无论你走到哪里，都不会相交；第四条，一四五〇年后，透视法的风靡，与美第奇家族有很大关系，他们由资本家变身为贵族，赞助使用这种方法的艺术，原因是，这更符合他们推行的共和制，资产阶级要和贵族平等化，而透视法是一种新的工具，即相对个人化的视觉意识的体现；第五条，灭点反对神；第六条，灭点的产生，是由于我们作为观察者，位置永恒不变，类似独眼之鸽，它用一只眼球，在固定位看出去，世界便在这只眼睛里呈现出某种空间秩序。第七条，玛利亚所在的廊柱空间属于透视法，末端那扇窄门却与之违背，像要涌向前来，此处为画面之中心，在宗教作品里，常用圣灵去扑打双目，意旨道成肉身，而神显一事，无法被公度，是超越于人的。第八条，在透视法里，世界从观者角度生成出来，它将神的无限变成人的有限，有限的距离又变成可触的时间，未来在眼前平面上变成一个动荡的灭点，反过来说，灭点亦可牵制有限与无限。我反复读了几遍，不知应该回点什么，又隔了一会儿，陈琳发信息说，鸽子飞走了。

我在白城有两个朋友，一个是陈琳，还有一个是音乐论坛认识的，大我十几岁，爱听崔健，为人热情，在银行上班。我踏上火车时，包里装着一把钢尺，当年我爸在厂里做的，用了多年，刻度模糊，但淬过火，材料过硬，拎在手里有些分量。高三时，我在校外得罪了一些人，原因是抢了别人女友，有段时间，每天放学后，我都在缓步台上打磨钢尺，将一头削出尖来，以备不时之需。直至毕业分手，也没派上用场。陈琳发信息问我，你谈过恋爱吗？我回她说，刚失恋。她说，什么感受？我说，有点想杀人。陈琳说，别这样，会过去的，我是真的要疯了，一张画都画不出来，我又梦见那只鸽子了，它跟我说，之所以飞走，是为了去看看水从地上退了没有，只有离开，有人才会到来。我说，什么意思。陈琳没回。当天晚上，她又发来消息，说，能不能帮我杀一个人？我说，谁。她说，不认识，他一直在跟着我，好几年了，根本甩不掉，我很害怕。我想了半天，给她回消息说，我去找你。

我在半夜两点踏上火车，买的硬座票，对面是老人带着孩子，十分吵闹，车厢内温度很高，不透风，我斜躺在座位上，口干舌燥，喝光了所有的水，始终没办法入睡。凌晨时，那个孩子醒过来撒尿，褪下短裤，直接尿在地上，气味难闻，然后过来拉着我的衣角，说道，哥哥，你看啊。我说，什么。他指着地上的尿，说，你撒的。我说，不是我，是你。他说，你撒的。我说，操你妈，你再说一遍。他撇撇嘴唇，悄声缩回座位里，不再看我。

列车晚点约四十分钟，我到达目的地时，正好是中午，车站不大，只有一层，出门就是个小广场，略显空旷，只有几个卖煎饼和玉米的摊位，火炭的味道弥漫在空气里。有人迎过来，问我是否需要打车或者住宿，我随口询问价格，她一路跟着我，连扯带拽，很难摆脱，我只好钻入一辆出租车，也不知去向何处，就给那位在论坛上认识的朋友发去信息，说，我来白城了，如果方便，可以一聚。他很快回了消息，告诉我一家饭店的地址，让我在那里等他。

我们从下午一直喝到夜里，在此之前，我没怎么喝过酒，没想到还很适应，酒精让我舒展一些，不那么紧张。刚开始时，我们聊得不错，他讲了在银行工作的种种见闻，以及怎么开始听音乐的，还推荐我去向海转一转，霍林河、额穆泰河和洮儿河三大水系在此交汇，景观极为丰富，大风吹过来，蒲草一落，能见到丹顶鹤。他说话是典型的吉林口音，声调偶尔绕一下，习惯管我叫弟儿，非常亲近，喝到尽兴处，他将黑色风衣脱下来，搭在椅背上，挽起袖子，像是卸下盔甲，此时白酒已经喝了一瓶半，他晃了晃脑袋，好像变了一个人，仰起脖子，抬眼问道，你这趟过来，算是毕业旅行？我说，主要想见一个女孩。他笑着说，那我就明白了，做好安全措施。我说，不是你想的那样。他说，都经历过，这有啥不承认的。我说，我来帮她杀一个人。他说，弟儿，喝多了，这是胡话。我说，情况如此，我们是多年朋友了，关系不错，有人一直在跟着她，她快疯了都。他说，弟儿，人家说啥你信啥，是不是傻啊。我说，不是。他的嘴角抖了一下，说道，小逼崽子。我说，你说谁？他说，你。我一股火蹿了上来，瞪着眼睛说，你他妈有病？他说，小逼崽子，还杀人，你没这胆儿，我动弹一下，你都得尿一地，信不信，我给你讲讲，昨天晚上，一个画画的，让我去她家里，喝了半宿酒，完后还不让弄，我不是非弄不可，但感觉像在笑话我，那绝对不好使，我假装喝多了，睡在地上，过了半天，她上厕所呢，我一脚给门踹开，直接掏绳子给她勒了，裤子都没来得及提，开始勒在嘴上，哈喇子淌一身，跟狗似的，呜呜叫唤，后来往下一拽，卡到位置，不吱声了，我说，让我弄一次，一下也行啊，求求你，就一下，她使劲点头，我脱了裤子，让她给我裹，她一边哭一边舔，操你妈的，你信不信，太有意思了，歌儿里怎么唱的来着，这是一个美丽的紧张的气氛，天空在变小，人在变单纯，她在我眼皮子底下，越来越小，真他妈好啊，我操你妈的，我随身都带着绳子，从小就爱玩这个，以前在家里绑椅子，前腿儿绑到后腿儿，上面挂了扶手，从搭脑顺回去，最后在背板上系死扣儿，勒紧，再勒紧，操你妈的，忙一脑袋汗，但是心里舒坦，这东西上瘾，弟儿，你也试一试。我有点恶心，哆嗦着说，我去上个厕所。他点上根烟，摆了摆手。我跑到卫生间，吐了两遍，又洗了把脸，还是在喘，站不直溜，扶着墙回到座位上。他将黑色风衣披回身上，又夹了一口菜，边吃边说，弟儿，包里那东西我收了。我说，什么。他说，你来不了这个，别扯没用的。我说，我就是为了干这个来的。他说，你遇见我，这事儿就成不了，见面可以，完后买张车票，哪儿来的回哪儿去，别往里面掉。

我找了家便宜旅店，四十块钱一天，屋内没窗，电风扇开了一宿，吹得头疼。下午起床后，也没吃东西，给陈琳发去消息，告知情况，并约在一家咖啡厅见面。我提前到位，坐在桌旁，心情无法平复。我等了很长时间，无所事事，只好望着玻璃窗外，时阴时晴，一片片白云，如同在流浪，来了又去。我正出神时，陈琳从我身后走过来，拍了一下肩膀，朝着我笑。她比我想象得还要瘦小，头发扎在后面，双手不知该怎么摆，看着比实际年龄成熟一点，眼角有细纹，不怎么好看，讲话有点结巴。我们相对而坐，打过招呼后，她低头盯着饮品单，我很慌乱，没听清她点了些什么，只记得自己要了两瓶酒，一口接着一口地喝，停不下来。陈琳问我住在哪里，我没说实话，告诉她住在一个朋友家。她点点头，又问我准备待几天，我说，还没想好，要看情况。我问她，要不要也喝一点酒。她闻了一下我杯里的味道，摇了摇头。

空腹饮酒，醉得很快，没过多久，眼睛便对不上焦了。外面下起大雨来，陈琳跟我说，要不要去家里看看她的画，或许还可以给她当一次模特，她刚租了房子，今年成绩不理想，准备再考一年。我点点头，跟着她出了门，我们都没有伞，冒着雨跑到楼口，浑身湿透。她住在五楼，总共四十三级台阶，我虽然头晕，这个数得倒是清楚，到第二十二阶时，隐约听见有脚步声跟在后面，陈琳拉起我的手，默不作声，继续向上，来到门前时，陈琳正掏着钥匙，脚步声忽然急促起来。我们大气都不敢出，迅速钻入屋内，上了反锁，听着外面的动静。过了半天，除了我们的呼吸声，什么都没。陈琳与我挨在一起，我有些冲动，想凑过去吻她，她抽出手来，堵住我的嘴，又缓缓移开，伸了个懒腰，踢掉鞋子，跟我说，记得吗，它跟我说过，你会来找我的。我说，谁。她说，那只鸽子。我说，忘了。陈琳重新扎了一遍头发，坐在转椅上，打开电脑，放了首歌，音响很差，歌声却很熟悉。我有点失落，倒在沙发上，盯着墙上石英钟的秒针，它向前走几格，退后一格，再走几格，又退后一格。最后一颗音符逝去之时，正好转过八又四分之三圈。陈琳说，我给很多人留过地址，接到四五封信，只回了你的，我分不出来你是谁，但知道你一定会来。我说，我很困，陈琳，想睡一会儿。陈琳说，我很想它，也会想起你，你就在我面前，我还是会想你，这样说太奇怪了，但也只能这么说，你明白吗。我听不太懂，便没再回应。屋内闷热，我打起精神，走到阳台上，将窗户敞开，夏天的风吹进来，雨已经停了,地上的水正在退去,那首曲子又循环了一遍,歌声冲出窗外,向着天空反复叫喊。我转过身去,望着陈琳,她轻轻唱了起来,在狭小的空间里,悄悄挪动步伐,如秒针一般,前进又后退,也像那只鸽子,被微风抚着羽毛,渐飞渐远,黑如它的影子,变作一个正在消失的点,若隐若现。在其注视之下,我完全无法移开,如被未知的绳索紧缚。有别的声音传至耳畔,它对我说,去吧,她等了你那么长的时间,去吧,这不可迟延。于是,我猛吸一口气,挣开双臂,展出锋刃,向着这片透明刺去。

于洪

一九九九年，我从部队复员，在家等分配，大半年过去，一点儿动静都没有，我心里有点急，去安置办问过几次，说是目前就业形势不好，这一批没单位接收，只能耐心等待，要相信政府，祖国是没有忘记你们的。我听着也信服，回到家里，思来想去，又实在是待不住，岁数不小了，还在街上晃荡，吃穿父母，没个班儿上，说不过去。我去拜访几位关系较近的战友，情况基本一致，走个后门在企业上班，不是开车，就是当保安，虽然在岗，但也没有编制，挺受拘束，跟在部队不一样，待遇也不行，勉强维持生活。我们私下喝酒时，经常会抱怨，怎么说也是抗洪一代，抢险子弟兵，万众一心，众志成城，经历过大灾大难，一声令下，半句废话没有，真就豁得出命去，一路辉煌，全是胜仗，怎么回来之后，反而越活越回旋了呢，想不明白。

我有时候做梦，还总能梦见当时的场景，半夜里，站在桥上，江水涌动，高出防洪堤数米，天空被雨浸洗，星星全被覆盖，我们相互搀着走，由下至上，沿江而行，暴雨不停，很难看清前路，至水深处，黄泥漫过来，几近胸口，简直快要窒息。洪水是有温度的，内部暖热，这点没想到过，但也危险，如旋涡一般，拉着我们往下坠，我们既疲惫，又不敢放松，只能在心里提醒自己，千万别倒下去，那就再也站不起来了。刚开始时，前面还有人唱歌，喊着口号，很快便隐没在雷声里，四处缄默，唯有江中瀑布高耸，时刻准备扑袭，吞没梁木。我经常在这样的恐惧里醒来，耳畔鸣响，关节胀痛，即便睁开眼睛，仍有异象环绕，堤岸之外，野火盘旋，需缓上一段时间，才能确认自己躺在家里的床上，窗外天光四射，眼前的瀑布逐渐退却。

将入冬时,我妈去九路市场买了几斤线,准备给我织件毛衣,当兵这几年,从前的衣服都不太合身,到了这个季节,我还穿着单衣,风一打就透,冻得哆嗦,我妈看着心疼,我其实无所谓,在部队时,啥没经历过,南方的冬天更难受,没有暖气,湿冷,阴风阵阵,往骨头缝儿里钻,相比之下,北方算是不错,户户有暖气,披件棉服就能过冬。我妈从市场回来后,递我一张皱巴巴的纸条,上面写了一串数字,我问她,这是谁的电话,我妈说,碰见个熟人,说是你战友,记忆力挺好,当年送站时见过我,一眼就认出来了,让你有空联系他。我说,叫啥。我妈说,郝鹏飞。我说,三眼儿啊,他干啥呢,问没。我妈说,在九路市场楼下看自行车呢,叼着烟卷儿,腰里别个包儿,见我可亲了,也没收费,站那唠了半天。我说,那人不识搭理。我妈说,我看挺有礼貌,一直管我叫姨,普及半天政策,你们这一批,马上就能安置了,互相留个电话,有啥消息随时沟通。我看了看纸条,说,这电话七位数,没个打。我妈说,去年电话刚升八位,可能他还没习惯,原来号码首位是2、3、4、5的,前面加个2,首位是6、7、8、9的,在前面加个8,你咋不关心时事呢,这都不知道,新闻里天天报。

这些我都知道,天天也不上班,从早到晚,半导体里的报纸摘要能听好几遍。我主要是不爱联系三眼儿，对这个人印象一般，虽都是沈阳的兵，但他做的很多事情我都看不太惯。刚入伍时，我俩关系本来不错，一个地方上来的，比较近，能唠到一起，有个照应，后来发现他品行有问题，屡教不改，还因为这个被处分过，我就有点瞧不上。也是奇怪，三眼儿的手不老实，却从来不拿沈阳人的东西，专门欺负那些别的地方来的，对我们还很大方，经常买烟，四处散，办事说到做到，所以也不明白他到底咋想的。

十二月初，我妈从单位下岗，车间工具库总共六个人，就留俩名额，各有难处，让谁走都不好，上面说了，要民主，让工人自己决定，不记名投票，谁的票多，谁就走人，招儿挺损。这些年来，大家抬头不见低头见，别管平时关系咋样，投谁肯定都不对，规矩一辈子，在这个事儿上落下话柄，那不值当，所以都投给了自己，结果到头来，一人一票，还是没办法抉择。开会时，我妈自告奋勇，第一个发言，说自己岁数大了，行动跟不上，先走一步，不给大家拖后腿，另外，女的也有点优势，在社会上的话，比同样岁数的男的好找活儿，五十岁就能退休领劳保，还剩这几年，好熬，怎么都能应付过去，话还没说完，整个班组哭成一片，道理不错，但大家的心里过意不去。临别聚餐，我也去凑了个热闹，喝了不少酒，同事问她，你儿子的工作落实没，她说，等政策呢，说是过了年就安置，能进事业单位。同事说，那可好，你这老有所依了。我妈说，那还说啥，你们放心，我这赡等着享福呢。

我知道，我妈的话是宽慰同事，减轻心理负担，但我听了不是滋味，她这一下岗，工龄买断，给的都是死钱儿，有数的，我还没工作，生计犯愁。其实我也去过几次劳务市场，人山人海，多大岁数的都有，各怀技术，斗志昂扬，我见到那种场面就泄了气，张不开嘴，话一句都讲不出，转了半圈就又回来了。返程的车上，内心很沮丧，反复在想，当兵这几年，没学到啥本事不说，攒下来的这么一点儿精气神，怕是也要耗尽了。

那年的最后一天，我印象很深，下了点雪，不大，街上气氛热烈，到处宣传千禧年的到来，仿佛跨过这个世纪，就真的会有所不同，我不太信，但也受到一些感染。下午，我正在家里看电视，接了个电话，战友喊我去喝酒，顺便问我还能联系上谁，喊来聚一聚，都是一批的兵，同甘共苦过，回来也别疏远了。我说，大半年也没上班，都断了联系。战友说，一个也没有吗。我忽然想起三眼儿来，就说，有三眼儿的电话，一直也没打过。战友说，给他叫上，晚上都过来，热闹热闹。我说，好。

我给三眼儿打电话，七位数的号码，我在前面加了个2，一个女的接的。我问，三眼儿在家不？那边说，谁，你打错了吧。我才反应过来，这个外号是我们在部队时给取的，人家有本名儿，回想了几秒，又问，这是不是郝鹏飞家，我是他以前的战友。那边说，是，他没在家，上班呢。我说，还在九路市场看车吗？对面说，换地方了，铁西商业大厦，那边车多。我说，那行，我过去找他。

我骑着车到兴顺街，远远望见三眼儿坐在绿棚里，棚顶上覆盖一层薄雪，他缩在里面，耷拉个脑袋，脖子上挂着手闷子，缓慢吐着白气，分不清是睡是醒，旁边有自行车过来，他立马探起身来，三步两步，奔上前去，撕个纸票儿，管人要钱，块儿八毛的，还挺仔细，毛票儿也数好几遍，不嫌费事儿。我观察了一会儿，乐出声来，三眼儿回头一看，发现是我，惊呼一声，我操，你咋来了呢。我说，来找你喝酒，战友聚会。三眼儿说，回来这么长时间，一次没见到，老想你了，有一次看见你妈了。我说，知道，我也没联系过谁，一直没上班，在家干待着。三眼儿说，咱这一批，点子不行。我说，可不咋地，青春献党，纯属白忙。三眼儿说，那也不能这么讲，不知道你，反正我还是有收获。我说，我也有，不后悔，就是社会变化太快，有点跟不上节奏，你几点下班，晚上好好唠一唠。三眼儿说，现在就走，妈了个逼，今天不收费了，千禧年大酬宾，随便停去吧。

我们一行七八个人，喝到后半夜，大呼小叫，啤酒瓶子满地，还唱起歌来，海风你轻轻地吹啊海浪你轻轻地摇，喝醉之后，我们好像重又回到海的怀抱里，头枕着波涛，起伏荡漾。三眼儿酒量不错，开始话少，有点拘谨，几瓶下肚后，也很健谈，眼睛里放着贼光。这些战友，各有各的道，就我还没工作，他们也跟着愁，你一言我一语，没有实质建议。三眼儿悄悄给我主意，先是宽慰一番，说最近联络上一个以前部队里的领导，转业数年，颇有能力，回头见个面，实在不行送点礼，求他帮帮忙；然后又说，其实靠别人不如靠自己，他家离着于洪广场很近，那边刚开发出来，住户渐多，夏天时摆了不少烧烤摊位，还有打扑克的，乌乌泱泱一大片，冬天冷，人少一些，但也有，穿着棉袄烤炉子喝大酒，一整半宿，就这么大瘾。我说，烧烤我不会啊，没干过，扑克更不行了。三眼儿说，不让你烤，我琢磨着，咱俩出个烟摊儿，不管喝酒还是打牌，都挺费烟，一宿得好几盒，咱俩去卖烟，肯定能行，到时换着来，一替一天，晚上过去，啥也不耽误，还不累，捡钱似的。我说，也没卖过烟啊，去哪儿上货都不知道。三眼儿说，我有路子，保真，还便宜，你出人就行，以后也不耽误你白天上班，能长远，就是冬天在室外杵着，那是真冷。我说，这不是问题，闲着也是闲着，遭点罪不怕。

本来都是酒后的话，我也没太当真，过了几天，三眼儿给我打过来电话，问我准备得如何，我说，还没开始。他那边挺着急，说得抓紧啊，以前雷厉风行那股劲儿呢，使出来啊，等啥呢还。我挂了电话，想想也是，好不容易做点事情，总得打起精神来，于是三眼儿那边联系进货渠道，我在这边调查价格，骑着自行车在街上晃，碰见烟摊就停下来，问问春城一盒多少钱，古瓷呢，力士呢，打听一圈，买下其中一盒，坐在路边，抽上两棵，跟老板再聊几句，问问各个品种的销售情况，拐到僻静处，把刚听来的消息记在本子上，做贼似的。三五天后，行情了解得差不多，我便通知三眼儿进货的品种与数量。我说，这边的市场，心里基本有数了，现在兜儿里都渴，贵的烟抽不起，咱们少进，一条三五估计能卖一阵子，中档次的烟就两款卖得好，一个希尔顿，一个特美思，外国名儿，大家爱买，利也高些，主要还是便宜的，走得快，甲秀，五朵金花，石林，这些都行。三眼儿说，以前也没留意，这些烟名儿都挺好听呢。

进货的钱，我俩各出一半，我多个心眼，每个品种的进价都让他写下来，散盒多少钱，成条又是多少，全列清楚，三眼儿不太在乎这些，大大咧咧，但我得算计，上货的钱是管我妈借的，不敢马虎。刚开始时，生意很差，我用我妈单位以前发的皮箱装烟，折开一半，朝着街面按个放好，像摆下一盘棋，然后偎在电线杆子上，半天也没人来问，后来逐渐上了点道，于洪广场，说大不大，说小也不小，站在同一个地方，别人很难留意，需要来回不停地走动，还得张嘴推销，无论是喝酒的，还是打牌的，看谁捏紧烟盒不放，立马奔上前去，问问来一盒啥不，应有尽有，拿命保真，别人摆手拒绝，或者不搭理，也别太在意，做买卖就是这样，得能拉下来脸。这些道理都是三眼儿给我讲的，我挺佩服，社会经验比我丰富，又过了一段时间，我发现他卖得还不如我呢，但我也坚持照半分钱，毕竟是人家张罗的买卖。每个月赚的不多，也能起点作用，这就知足，我妈看在眼里，多少心安一些，等开春了，我再托托关系，白天找个班儿上，日子兴许能慢慢好起来。

三眼儿平时比我要忙，所以我们的规矩是，头天晚上我卖完之后，回家拢一遍账，早上起床把皮箱送到他家里，他晚上去卖，隔天下午，我再去取过来，直奔广场。长此以往，我成了他家的常客，三眼儿住轻工街附近，工人村的旧平房，夹在车辆厂和热力网宿舍中间，歪歪扭扭，整个区域也就剩下这么一趟，里出外进，一直没拆，不知什么原因。门口常年发河，冬天全是冰，不太好走。他家的条件一般，他妈，他姐，还有他，三口人住一起，干啥都不便利。三眼儿他妈常年卧床，身体不好，病挺重，好几样，具体没记住，合并症吧，反正是糊涂的时候多，不咋认识人儿，没法交流，脾气大，炕吃炕拉，屋里味道不好闻。他姐郝洁，大个儿，腰杆倍儿直，长得精神，有眉有眼儿，梳个五号头，像打排球的，不怎么打扮也好看，当时刚从大连回来，也没上班，在家照顾他妈，她自己的身体也虚弱，刚动完个什么手术，走道发飘，但伺候她妈那是尽心尽力，对我也不错，每次过去时，总张罗着让我在家吃饭，我有几次刚起床就去了，实在饿得不行，她说给我下碗面条，我也没拒绝，葱花炝锅，倒上酱油，屋里屋外，荡着一股煳香，我连吃两碗，也不见外。饭后，我经常陪她看会儿电视，信号不好，得来回摆弄天线，屏幕上都是雪花点儿，不成人形，声音也听不真切，嗞嗞啦啦，就看个大概意思。我说，等三眼儿赚钱了，让他给安个有线电视，能看好几十个台，天天放香港电影。郝洁说，指着他呢，一天到晚不着家。我说，那我给你安，多大个事儿。郝洁笑着说，那你可得说话算话。我俩还没聊两分钟，他妈便又在屋里骂上了，全是脏话，一嘟囔一串儿，啥难听说啥，郝洁挺难为情，躲去厨房拾掇碗筷，水声响成一片，只留我在屋里对着电视，没好节目，我也想走，可总没机会告别，再一合计，回去也没什么要紧的事儿，所以有时在他家一待就是大半天。

一来二去，我发现郝洁平时不看电视，只有我去了，那台电视机才点开，专项服务，规格挺高。我看电视时，郝洁总捧着本书，家里一共也没几册，来回读，书页卷了边儿也不撒手。她爱看外国名著，名字没记住，硬壳，不太好翻，我问她里面讲的是啥，她也不告诉，说那样就没意思了，得自己慢慢读，我偶尔也拿起来一本，应个景儿，还没看几分钟，便开始犯困，在部队待得，看字儿费劲，没养成好习惯。

时间一长，我就有了点跟郝洁在一起过日子的错觉。送烟的路上，捎带手买个菜，家里东西坏了，三眼儿懒，也是我帮忙收拾，烧火的劈柴都是我打的，包括他妈在内，我也不嫌，拉完帮着收拾，觉得这一家过得也是不易，能帮忙就尽可量，郝洁虽然不说，但心里挺感激，我能看出来。

三眼儿他妈的病挺磨人，好几次都下了病危通知，后来又都挺过来了。元宵节没到，有天晚上，他妈又犯病了，三眼儿没在家，郝洁给我打的电话，我连忙赶过去，进屋一看，正倒弄气儿呢，只有出的，没有进的，喘气儿声跟风箱似的，呼呼作响，胸部凹进去一大块儿，肋骨外翻，人看着马上要不行了。我说，这得赶紧打车走。郝洁攥着她妈的手，一个劲儿地哭，说啥也听不进去。我跑到道边，在冰上还滑了一跤，蹭一身雪，到处都在放鞭，震耳欲聋，一年又一年，不知道有什么可庆祝的。路上的车很少，我拦了半天，才打到一辆拉达，人命关天，好说歹说，让司机等着我，我跑回屋里，把他妈往车上背，累得满头是汗，他妈也不配合，人一犯病，就爱往下出溜，我老觉得使不上劲儿。到医院后，一顿抢救，各种仪器全配上，郝洁一点主意都没有，神情恍惚，感觉随时会昏过去，道儿都走不直。凌晨时，状况稳定一些，我去厕所洗了把脸，抽棵烟，回到病房，怎么想怎么不对，就问郝洁，三眼儿哪儿去了呢。郝洁说，指着他呢，联系不上。我说，那不能啊，他天天下了班不就去广场卖烟么。郝洁说，不知道，最近烟也没去卖，成宿不回家，没敢跟你说。

我陪郝洁在医院熬了一宿。第二天早上，三眼儿赶了过来，还是听邻居说的，灰头土脸，头发根根立着，衣服邋遢，跑进病房，腰包里的零钱叮当乱响。郝洁瞪着他，也不说话，没好脸色，我问他昨晚去了哪里，他没搭理，蹲在他妈床前，一副要哭还哭不出来的熊样。郝洁说，少整景儿，这时候来劲儿了。三眼儿也没吭声。我挺来气，你自己的妈，你不照顾，买卖也不做，一天到晚，到底想干啥呢，但这些话，这个场合我又不好讲出来。

在医院折腾了一宿，我和郝洁筋疲力尽，四肢发软，危险期已过，便留下三眼儿照顾，我们回家收拾一下，晚点再过来。出门后，我跟郝洁说，人困马乏，咱俩在外面吃口饭，郝洁点点头。走了半天，也没找到营业的饭店，春节还没过完，都在休息。郝洁说，花那冤枉钱呢，家里吃吧，别的没有，冻饺子还剩不少，我说那也行，就跟着她回到家里。刚一进屋，拉亮了管儿灯，我俩都有点发愣，没了骂声，一时不太适应。郝洁坐在沙发上，没话儿，一直抹眼泪，我不太会劝，递过去一本书，她也不看，顺手放在身侧，接着哭。我说，要不我去下点儿饺子，你先歇着，晚上还得去医院，早吃完早眯一会儿。

我刚起身，郝洁忽然一把将我抱住，贴在背上，低头亲我的脖子，我有些激动，加上之前对她也有好感，便转过头去，踮脚吻她，气喘吁吁，胡乱扯着衣服，她个子高，身上比我想象得还要软，并且发烫，像一株热带植物，不断生长，盘绕着我，具体感觉说不上来，反正就是不愿意分开，只想缠在一起。我把她拉去沙发，她摇了摇头，攥紧我的手，将我带向里屋。那里几乎没有光，举架低，棚顶歪斜，我们躺在木床上，被单很潮，不断有凉意袭来，她蜷起身体，咬着我的耳朵，我将她搂紧，深吸口气，闻到了许多种味道，腐朽或者新鲜，沉重以及轻盈，上升下降，交织在一起，有点不知所措。我望着墙壁与天花板，它们似乎正在掉落，纷纷扬扬，如同幻景，外面的灯光射进来一部分，电压不稳，屋内忽明忽暗，我觉得自己正一点点被展开。

三月二十三号，三眼儿他妈出的殡，春分刚过，本来都恢复出院了，在家里喂着饭，忽然就不行了，嘴合不上，大米粥顺着往下淌，郝洁没太在意，寻思缓一会儿能好，结果躺下就再没起来，我过去时，人已经走了，关节发硬，很难摆弄，装老衣服穿得很费劲。郝洁哭得上不来气，我也不好受，想到刚出院的时候，有那么几天，脑子清醒一些，老人嘴里蹦出几个零碎的词儿，我听了个大概，意思是说，想去医院，别有那么一天走在家里，不好，遭人厌。就这么一个愿望，最后也没实现。人有时候就是这样。

三眼儿家亲戚少，前面一台殡葬车，跟着一辆金杯面包，基本就坐下了，遗体告别时，直系家属站在一侧，等候慰问，剩下来的总共十人不到，排成一列，上前三鞠躬，围着转一圈，跟家属握手，没两分钟，仪式结束，哀乐的前奏还没播完呢，氛围不对。众人大眼瞪着小眼，不知如何是好，三眼儿向我示意，我没太领会，后来又摆摆手，我才明白过来，他是让我再走一遍，别冷场，于是我又上前，再次鞠躬，跟三眼儿握手，然后是郝洁，这次我的手刚伸过去，便被她紧紧拽住，死活不撒开，没办法，只得跟她并肩站到一起，十指相扣，看着遗体往里面推。快进小门时，三眼儿忽然一个俯冲，拽住灵柩不放，往地下一坐，开始干嚎，眼睛发红，饿狼似的，两个工作人员都拉不回来，三眼儿毕竟当过兵，身体素质过硬，不好控制，后来我上了手，硬生生拖开，我说，三眼儿啊，人到时候了，该走就得走，不见得是坏事，谁也拦不住，各有命数，活人总得接着过日子啊。

活人的日子怎么过，也成问题。有妈在，别管生没生病，那也是个家，妈一没，家也就散了，这道理不认不行。老人走后，郝洁跟三眼儿的关系也处不好，总不对付，鸡毛蒜皮的小事儿，老是吵架，我劝也没用，三眼儿觉得我向着他姐，久而久之，跟我也有点隔阂，后来这些事情我就不怎么参与了。

开春时，家里亲戚给我在汽配城找了个活儿，从打包干起，我觉得也能接受。下班后，我一般都过去陪着郝洁，晚上吃完饭，她看书，我听半导体，怕打扰她，就拧到最小声，把耳朵俯在上面，有时听着听着就睡着了，半夜醒来，发现郝洁在我身边，我就把她搂过来，她闭着眼睛钻入怀里，头发挠着我的下巴，暖和，还有点痒，舒服极了，像是蹭着一只猫。

郝洁跟我说，以前她弟去当兵，妈生了病，指望不上别人，亲友借遍，也不够治疗的钱，放任不顾的话，肯定说不过去，眼看着情况一天天恶化，她便跟一个朋友去了大连，在那边待过一段时间，虽不得已，但也不是借口，这事儿总掖在心里，迈不过去。我说，不要紧。郝洁说，你要是在乎，不想跟我一起过，我也能理解。我说，这是啥话，以后这事儿少提，以前的就算了，咱们往后看。郝洁抱着我，不再说话。我嘴上这么说，心里不是滋味，不是别的原因，主要我不愿意去想她以前吃苦受罪，不怎么好受。

那阵子，基本上只有三眼儿自己在卖烟，也是有一搭没一搭，进的货不见下，怎么带去的又怎么带回来，还有几天，他一个人空着手出去的，后半夜才回来。我问他，你成天到底忙活啥呢。他也不说，皱着眉头，烟不停手，一抽大半盒，我陪着喝两瓶啤酒，有一次快天亮时，没头没脑地跟我说了一句，以后对我姐好点儿，她命不好。我说，这你放心，用不着你讲。三眼儿说，准备出趟门，老在沈阳待着，没有出路。我说，去哪儿呢。他说，南方吧，看看江海，挺想念的。我说，无亲无故，去那边干啥，不如留在本地，互相有个照应，回头一起做点事情，慢慢来，机会不是没有。他说，我再想想，我再想想。

四月底，沈阳破了个大案，全城轰动，新闻滚动播出，群众拍手称快，电视台还拍了个纪录片，全程记录审讯过程，每天一集，看着很受触动，人性的险恶与残暴，一览无遗，比电视剧都有意思。官方称之为四一〇大案，持械抢劫杀人，手段残忍，情节恶劣，烧过信用社，劫过运钞车，手上十几条人命，主犯共四人，两对兄弟，主事儿的哥俩姓李，哥哥李德文，在线路大修段上过班，脑子好，行事缜密，性格不驯服，对纪律之类天生反感，案子都是他来谋划，弟弟李德武，以前当过兵，身法不错，也敢下狠手，最后一次败露时，李德文因买枪未遂在广州服刑，没有参与，其余三人筹划不周全，抢劫一位九路市场的业主时留下痕迹，这才一举告破，进而牵出之前的连环案件。最后这位遇害者是批发白糖的，经商多年，有些家底，当时报道说是入室行凶，一家三人，全部灭口，孩子还不到十岁。这条新闻我琢磨了几天，心里犯嘀咕，犯案地点在黄海花园，也就是于洪广场旁边的商品房，高档小区，刚盖好不久，死去的那位男性，膀大腰圆，我是怎么看怎么眼熟。后来有一天，我想起来，这人以前常在扑克摊上打牌，我见过好几次，梗着脖子，有几分派头，讲话也怪。之所以有这么个印象，是他有次喝得比较醉，走过来问我，有没有裸体打火机？我说，打火机有，五毛钱一个。他说，要裸体的，有画面儿的那种。我说，那没有。之后他转身离开，嘴里嘟囔不停，我心说，点个火而已，怎么这么多要求。别看卖烟这事儿不起眼，也是什么样的都能碰见。我回来讲给郝洁，她叹了口气，说道，不管怎么说，这家也太惨了，孩子那么小，这伙人都该毙。我说，是，那肯定没跑儿。

  三眼儿走的时候，跟谁都没打招呼。我问郝洁，她也是一头雾水，人就这么消失了，衣服也没带几件。我当时的想法是，他这一走，只有我跟郝洁在家里，反倒自在点儿，但也说不准，三眼儿办事没个谱儿，兴许过几天就回来了。屋内还堆着两箱烟，很占地方，我跟郝洁说，晚上和周末我再去广场卖一卖，以后也不干这个了，累，实在卖不掉的，亲戚朋友分一分，慢慢消化。

到了礼拜天，我骑车过去一看，广场的扑克摊和烧烤全部清空，有人来回巡逻，维持着秩序，不让营业，卖烟也不允许，管得很严，说要创立文明城市。我就把自行车立在公交车站旁边，皮箱欠个缝儿，生意不好，半天卖不掉几盒。我正犯愁时，听见附近居民聊天，其中一个说，以前在广场修自行车的，现在调到铁西分局去了，把大门，还给个编制，这次立了大功，那人外表看着粗糙，心挺细，眼观六路，之前就发觉有人鬼鬼祟祟，行踪古怪，不喝酒也不打扑克，就买盒烟，来回晃悠，像在踩点儿，根据记忆，他帮着公安画了张像，反复排查，这才抓到的。另外一个说，那画像不对，电视报了，根本不像，驴唇对不上马嘴，后来是根据摩托车牌号抓的，二四六九六，还是九六九来着，兴工街那边逮住的，一卷一卷的钱，窝藏在棚顶夹层里，得使炉钩子刨出来。听到这里，我心里咯噔一下，手一抖，烟灰掉在裤子上，我一边扑落着，一边回想，前段时间里，我好像见过这台摩托，三眼儿半夜骑回来的，开始停在道边，进屋后，他起了瓶啤酒，喝到一半，抽着鼻子，又给推回到里屋来了。当时郝洁一个劲儿地喊我，说做了个噩梦，害怕，我也没顾得上问他，第二天一早，车就不见了，牌号我记得类似，但叫不准。

这事儿我没跟郝洁说，只要一提三眼儿，她就不怎么爱接话，许是不想管。于洪广场不让卖，我就去附近的小公园，这边有跳舞的，也有吹乐器的，讲评书的，比较热闹，我在旁边支个摊儿，第一天效果还不错，第二天就赶上了警察，二话不说，直接把我扣去派出所，挂上手铐，推推搡搡，我很不服气。到了地方，警察问我，有没有营业执照。我说，没有。然后又问，知道这是犯法不。我说，不知道，不懂法。这时候，旁边过来个小警察，看着没我岁数大，浑身酒气，从后面给了我一脚，踹得我跪在地上，指着说，老实交代啊。我当时就火了，我说，操你妈的，小逼崽子，电视剧看多了吧，我保家卫国时，你在哪儿喝尿呢。小警察薅起我头发，想往墙上撞，我举起手铐就抡了过去，直接砸在面部，血一下子就蹿了出来，好几个人扑上来把我放倒，问我要干啥，知不知道这是哪里，自己是谁，我心说，知道，我都知道，我他妈怎么不知道，但我的命都交出去过，轮不上你们这么对我。

我在里面拘了几天，派出所可能见我当过兵，认罪态度尚可，宽大处理，不过香烟全部罚没，一盒也没给留。释放那天，我妈和郝洁过来接我，俩人抱着我哭，问我遭罪没，我说那没有，天天在里面就是坐板儿，背行为规范，正好我也想一想，这两年到底是咋回事。郝洁问我，想明白没。我说，想好一半，还剩一半，回去继续琢磨。我们仨一起回我妈家吃的饭，没承想，第一次带郝洁回来，居然是这么个场景。我妈对她倒是很满意，私下跟我说，这孩子心里有你，出事儿这几天，跑前跑后，没少折腾，眼睛一直肿着，我看了都不落忍。我说，是，对我可以。我妈又说，我问过了，妈没了，爸也找不到，没啥亲戚，自己住平房，你劝她搬过来吧，也有个照应。我想了想，说，回头我问问她吧。

我让郝洁过来住，郝洁说，没结婚，不太合适。我说，那咱就结，领个证的事儿，你想好就行。郝洁说，我比你大两岁呢，你想好就行。我说，我想好了，就看你。郝洁说，我早就想好了。

我俩是六月份领的证，照了几张相片，八月份摆酒席，两家亲戚不多，总共不到十桌，婚礼气氛挺好，请了个乐队，吹拉弹唱，我的这帮战友也是能喝能闹，桌子都要掀翻了,打心底为我高兴,遗憾的是,三眼儿没有出现,好多人问起他来,这当小舅子了,又降一辈,咋还不敢露面了呢。我说,去南方了,做买卖呢,实在赶不回来。事后,我也问过郝洁,三眼儿跟你联系过没。郝洁说,没有,一直都没。说这话时,我俩正在去北京的火车上,我妈给拿了点钱,说现在结了婚都去旅游,你俩也转一圈,留个纪念,远的地方走不了,上首都看一看也行啊。

我俩在北京玩了一个礼拜,爬了长城,逛了天坛、颐和园,也看了升旗仪式,故宫没爱去,看不明白,文化程度不够,吃了烤鸭和炸酱面,觉得一般化,郝洁对这些没兴趣,也不买衣服首饰,在王府井逛街时,她一直往书店里钻,看上书就迈不动道儿,我也陪着她,楼上楼下,翻腾半天,最后只买了两册。我说,好不容易来一次,多挑几本吧。郝洁说,我也不赚钱,等以后的,有这两本,够看。我拿着书排队算账,盯着封皮看,都是外国小说,一本叫《鹿苑》,一本叫《绿阴山强盗》。我说,强盗这本,肯定有意思。郝洁说,咋看出来的。我说,名字就好,强盗,绿林好汉,行侠仗义,评书里老讲这样的故事,童林童海川什么的,我在部队时特别爱听。郝洁就笑,也不说话。

回到宾馆后，我看电视，她靠在床头上读书，没过一会儿，便开始抽泣。我说，外国武侠小说，还看激动了。郝洁说，不是武侠，家庭情感。我说，那不至于，胡编乱造。郝洁说，写得太好了，你想听不，我给你念，这篇叫，再见了，我的弟弟。我说，不听，不吉利，我挺想三眼儿的。郝洁说，跟他没关系。然后又想了想，说，可能也有，性格里某个地方挺像，说不上来。我说，主要讲啥的。郝洁说，倒也没啥，讲一家几口人，不太和睦，特别是弟弟，看不上别人，跟谁说话都没好态度，尤其是跟他姐，处不明白，看着他身在世上，逍遥自在，其实格格不入，比较执拗，好像谁都无法了解他的苦闷。我说，又能咋地，这样的人多了，社会不惯你毛病。郝洁说，就是说，人跟人之间，相互理解就是这么难，都在一个环境不行，有共同经验不行，再加上血缘关系，也还是不行。我说，这话对，现在的人，都自顾自的，听不见别人说啥。郝洁说，但世界是广阔的，有大海，有渡船和帆，有闪烁的光，万物是凝聚，而人在其中，我给你念念结尾。她清清嗓子，低声读道，那天早晨，大海闪着珠光，而且是黑沉沉的，我的妻子和我的姐姐在游泳，她俩没有戴帽子，我看见她们那一黄一黑的头发浸在黑沉沉的水中，我看见她们露出了水面，看见她们光裸着身子，毫不羞怯，美丽大方，我看见两个裸体的女人走出了大海。我听后说，没太明白，但有点画面儿，像是电影里的人，不穿衣服，从海里走出来。郝洁说，对，从大海里走出来。

　　旅行回来后，郝洁说想上班，年纪轻轻，总在家守着，不是个事儿。我很支持，正好一个战友在轻工市场兑了个床子，从广州进货卖衣裤，他们两口子都有正式工作，只周末在，平时没人看摊，我就让郝洁过去帮忙。刚开始时，郝洁干得一般，总算错账，还丢过东西，战友有时跟我抱怨，观察过几次，每天也不卖货，就坐在那儿看书，发愣，我比较为难，只能解释，好话说尽，郝洁毕竟以前没做过类似工作，再给一点时间，有损失的话，我们来承担。半年过去，郝洁逐渐上手，又赶上市场全面改造，二次搭建，摊位重新规划出租，战友算来算去，经营这么长时间，没赚什么钱，还不少操心，就决定将生意停掉。我问郝洁，你要是还想干，咱们就自己投资，借点儿也行。郝洁想了想，说，还是算了，对服装实在兴趣不大，不如休养一下身体。

　　那段时间，我和郝洁的情绪都不太好，原因是我俩本来想要个孩子，半年多过去，也没个动静，去医院一检查，钱没少花，最后的诊断结果是，我没什么大问题，郝洁先天性输卵管狭窄，很难怀上。我得知这个消息后，不太能接受，因为一直比较喜欢小孩，觉得很失落，提不起精神来。郝洁的心理负担也重，有时半夜醒来，自己悄悄抹眼泪。

次年春节前夕，警察找过我一次，我没告诉郝洁，询问我的基本情况，提及三眼儿，问是怎么认识的，什么关系，最近接触过没有，我一一告知，最后问，你的妻子郝洁跟他联系过没，我说应该是没。我问警察，三眼儿什么情况？警察没接话，只是说，如果有动静，记得及时汇报。都是套话，走个过场。临走之前，警察又问了一句，三眼儿当时什么兵种？我想了想说，普通义务兵。出门后，我点了根烟，恍惚记起，三眼儿干过一阵子侦察兵，练过越野、泅渡和野外生存，身体条件一流，在新兵连表现很好，看着精瘦，其实有劲儿，浑身腱子肉，当年他被挑走时，我还很羡慕，后来因为犯了错误，才被撤回来的。

大年初四，家里聚会，按照惯例，新媳妇的第一个春节，亲戚长辈得给红包，我叔我婶啥的，都能折腾，好个热闹，给红包得讲条件，过年聚餐没别的，主要就是喝酒，我跟郝洁因为怀孕的事情，心里不太痛快，我还能勉强装一装，郝洁本来就不喝酒，两杯过后，脸拉下来，谁说话也不搭理，去厕所吐了一次，进屋剥橘子看电视。我叔逗我说，这媳妇，脾气大，我看你也管不住啊。我笑了笑，没吱声。喝到半夜，我有点醉，进屋跟郝洁说，大过节的，你在这摆脸子，给谁上眼药呢。郝洁也没好气儿，说，喝完没，赶紧回家。我说，问你话呢，别他妈逼装没听见。郝洁不吭声。我又骂了几句，越说越来气，没控制住自己，加上酒精作用，上去就抽她个嘴巴子，下手不轻，她没预料到，直接被打得倒在地上，手捂着脸，大口喘气，说不上来话。家里亲戚听声音不对，连忙过来劝，维护着郝洁，劝她说，小两口儿，闹着玩呢，别往心里去。不劝还好，越说我还越来劲，想接着动手，从楼上追到楼下，好几个人都拽不住，在雪地里跑，摔了一跤，爬起来还要去追，别的亲戚赶紧给她拦了个出租车，郝洁坐上就走了。我在外面待了半天，才缓和过来点儿，回到楼上继续喝酒，给我妈气得不行，过来就扇我，说我不是个东西。我也哭，他妈的，我这一肚子委屈，跟谁说呢。年前，单位几个同事聚餐，其中一个跟郝洁家住得近，知道一些情况，只要一提到我，所有人就都在笑，没怀好意，我有点不舒服，问他们笑啥，也没人说。散场后，我逮住一个，抄着啤酒瓶子，逼到墙角，他才跟我讲，哥，按道理，这话我不该说，但你媳妇是咋回事，咱都知道，妈生病时，去了趟大连，拿了一笔钱，本来说给个老板生儿子，结果办法用尽，也没生出来，让人退回来了，哥，我现在想想，也不算啥，都有过难处，他们笑，那确实不对，没素质，但人不就这逼样么，恨人有笑人无，喝点酒来了情绪，不是不能理解，抬头不见低头见，算了，别跟我们一般见识。我把瓶子放下，撒开领子，掉头自己往家走，继续琢磨这个事情，一码归一码，家里困难，出去图钱，我能理解，但这么大的事情，始终瞒着我，折腾去医院查好几趟，那我接受不了，拿我当啥呢，反正肯定没当人看。可再一想，当时不是我自己让她别告诉我的么，我也就又有点糊涂。

郝洁走后，第二天也没回家，我妈让我出去找，我没去，沈阳这么大，能上哪儿去找。大年初十，单位上班，郝洁还是没动静，我有点急，毕竟一个礼拜了，不太放心。我回她家的老房子看过，租给了一个外地户，也说没见到。她平时没什么朋友，就一个弟弟，还联系不上，实在没有头绪。外面找不到，我就在家里乱翻，看看有没有什么线索，郝洁自己的东西不多，衣服就那么几身，一只手数得过来，书是不少，这半年攒的，我挨本查看，也没夹什么东西。倒是有一个笔记本，上面记着一些她看书时的想法，我翻了几页，不太懂，也就放下了。她在第一页上写了点话，我读好几遍，印象很深。郝洁的字写得小，一笔一划都清楚规矩，像是印出来的，上面写着：

> 这世上没有一样东西我想占有。
> 我知道没有一个人值得我羡慕。
> 任何我曾遭受的不幸，我都已忘记。
> 想到故我今我同为一人，并不使我难为情。
> 在我身上没有痛苦。
> 直起腰来，我望见蓝色的大海和帆影。

底下一个破折号，然后是个外国人名。我合上笔记本，脑袋里反复都是这几句，我跟郝洁认识快三年了，时常会有陌生感，觉得并不真正了解她。我想起来，我们在北京时，她看完书跟我说的，人跟人之间，相互理解就这么难。

二月中旬，郝洁自己回来的，穿的还是走时候那套，看着没大变化，就是瘦了一些，脸色发乌。她一进门，我心里的石头落了地，想给她道声歉，又不知道怎么说好，就当成什么也没发生过，上班下班，买菜做饭。郝洁表现得很正常，只是话少，问一句答一句。有时我很想问她，这一个月都去了哪里，怎么过的，但也没说出口。一周后，郝洁头一次主动找我，说想去看看她妈，快一年了，老是梦见。我说，那当然行，我陪你去。

下葬的日子未到，骨灰一直放在殡仪馆里。我俩起了个大早，坐公交车过去，那年温度偏高，路上的积雪化了大半，我举手抓着栏杆，一路无话，郝洁低着头，也不看我，车窗一个劲儿往下滴水，外面的世界不断变幻，她离我这么近，我却觉得她随时又要离开。郝洁不在的那些日子里，我妈跟我说过一句，走野了，再回来就费劲了。之前没当回事儿，她的性格，我以为多少了解一些，觉得不过是一时置气，总会回来的。当时我还不明白，人在哪里，始终是次要的，心要是不在，那说啥也都晚了。我挺怕这个。

骨灰盒统一存放在三楼，她家的格子在倒数第二排，紧靠着窗台，上数第七个，位置不错，不用登梯子就能祭拜。格子里面摆着各种物件，假的冰箱、电视、八仙桌等，郝洁全部重新擦拭一遍，来回调整，寻找恰当位置，我靠在墙上，想起这一年里发生过的事情，觉得很不真实。东西放好后，我走过去，行了三个礼，心里有点过意不去，没敢抬头看相片。郝洁低声念叨着，具体说啥听不清，我在旁边来回打量，看看隔壁都住着谁，活到多大岁数，观察几个，心里开始犯嘀咕，这一排靠西面，离窗户近，西照日头，常年被晒，许多纸糊的祭品都已发白，但刚才祭拜时，她家格子里的那几件却很新，没什么变化。我本想再扫一眼，郝洁已经把玻璃门锁好，大步往外走了，也没叫我。我连忙跟了上去。

年后上班，我路过汽配城里的一家经营点，看见正在招聘销售人员，卖摩托车油，都说销售来钱快，我也想去试试，看看能不能干好。这家的老板是女的，叫陈红，我早先就知道，在这一片儿挺有名，四十岁左右，个子不高，衣着讲究，总是浓妆艳抹，离好几米远就能闻到香味儿。面试时，陈红问我都干过啥，我说，之前也在这边上班，环境熟悉，主要是体力活儿，销售没做过，再往前数，自己倒弄过烟草，多少也算有些经验。她又问道，为啥想做销售呢。我就实话实说，家里条件一般，听说这个比别的好赚钱，具体业务虽然不懂，但以前当过兵，爱琢磨事儿，韧劲儿在，不怕吃苦。陈红想了想，说道，那你要学的估计很多，我这边呢，基本工资不高，主要靠提成，给个机会不是不行，要是三个月内不达标，那我也没办法，你看能否接受。我说，这没问题，干啥咱就守啥的规矩。

经营点面积不小，上下两层，将近三百平，东西少，只几张桌椅，看着发空，平时里面没几个人在，一个财务大姐，六八年生人，姓吴，我管她叫吴姐，心宽体胖，很爱说话，比较热心，跟着陈红多年，每天念叨着孩子的升学问题，还有一个管库房的，老吕，外加一个司机和我，就这么几个人。我刚去时，陈红递给我一堆图册，好几大本，其中两本是我们代理的产品介绍，还有一些是别的品牌的。她跟我说，所有型号和特点，都得了解一遍，最好能背下来，不同季节用哪款，几个月一换，这些都得清楚。我点点头，开始学习材料，白天在公司看，晚上回家继续，之前没接触过，摩托车油还比较复杂，分SW、SF、SG、SJ等许多类别，不同型号对应着不同的发动机，门道挺多，S表示是汽油发动机用油，接下来的字母越靠后，说明质量等级越高，W表示冬季专用，还有数字号牌，表示适合的环境温度，要全部记住，也不容易。虽说都是润滑油，功能近似，也有高下之分，加上品质好的，踩油门的声音都不一样，不仅动力强劲，还可形成一层油膜，减少摩擦损伤，积碳也相应降低。总之，这里面有点学问。

岁数一长，记点东西就费劲，我也着急，产品了解不透，说话没底气，我把材料带回家里，让郝洁帮着我背，来回考我。记得差不多了，我就去跟陈红汇报，问她具体要怎么进行销售推广，她也一知半解，让我自己看着办。中午吃饭时，我问吴姐，陈总自己的买卖，怎么能不明白呢。吴姐说，她不指着这个赚钱，这是新项目，跟对方关系不错，就帮忙做个代理。我说，那她靠啥营利呢？吴姐说，陈红还有一个物流公司，几年前开的，很多车辆挂靠，跑运输，她啥也不用管，每年只是帮着缴纳税费、办理道路运输证之类，旱涝保收。我说，这买卖好。吴姐说，好是好，一般人也干不了，方方面面，都得疏导。

我想不出太多办法，只好去复印社打了一堆传单，骑着自行车在街上发，见到有摩托车停着，便塞过去一张，对方要感兴趣的话，就再简单介绍几句。当时沈阳骑摩托的不多，过了那劲儿，有钱的都买私家车了，还在骑的，多数都守在街边拉脚儿，三五块钱，载人一程，大部分也不是好车，不太注重润滑油的质量。一段时间下来，收效甚微。

通常情况，白天我在外面发传单，下午五点回到公司，跟陈红总结汇报，她不是每天都在。五月份时，陈红有一天问我，有没有驾照？我说，倒是有，在部队时集体考的，没怎么摸过车，不敢上路。陈红说，有就行，雇的司机辞职开出租去了，我看你销售能力一般，不如抓紧练练车，过几天给我当司机。我犹豫着答应下来，心里还是发憷，毕竟好几年没碰过方向盘了，只好求助战友，让他带着我跑了几天。

陈红这个人不坏，做事也讲究，就是脾气不好，性子急，第一天给她开车，定的八点钟到楼下，结果九点才出来，上车就告诉我要去外地见客户，已经约好，让我快点开，只说了个大致方向，便躺在后面睡着了。我很紧张，不太认识路，手心都是汗，边开边打听，费了挺大劲，一路曲折，好不容易开到地方。我松了口气，喊她说，陈总，咱们到了。她也没反应，还在睡，头一天估计没少喝，我只好按了几下喇叭，她醒来后，问我现在几点了。我说，将近十二点。她揉揉眼睛，劈头盖脸就是一顿骂，说跟客户定好了时间，十点半开会，结果现在都中午了，还骂我是废物，干啥啥不行。我倒是不生气，只是内心难受，她说的没错，退伍这几年，我确实没做过一件像样的事情。我解释道，很长时间没开过车，不太熟悉，以后保证按时完成任务。陈红没理我，摔门下车，进到楼里去谈事情,我在外面等了好几个小时,烟抽了不少,也没见她出来。直到晚上七点,她跟着好几个穿西服的一起走出楼门,告诉我说去饭店吃海鲜。我开车送她过去,又在楼下等待,半夜十一点多,饭局才结束,出来时,她连路都走不稳了,非要跟人挨个拥抱告别。我扶她上车,没开到一半,全吐车上了,味道难闻,我也不敢开窗,怕她受风。停好车后,陈红清醒不少,我本想送她上楼,她说不用,自己没问题,让我找个地方去洗车,走之前问我一句,这工作能适应不?我说,没啥不适应,主要这是头一天,没太进入角色。陈红说,那就行,以后看你表现。

我到家时,已是后半夜,刚一推门,满屋都是中药的味道,我妈给郝洁找了个中医,说是能治她的病,郝洁去看过几次,每天在家熬药喝。这股浓烈的草药味道,与我身上的汗臭味、呕吐后的味道,混在一起,令人不住地反胃。我连忙脱去衣服,跑到厕所冲了个澡,回到卧室时,发现郝洁还没睡着,正在台灯底下看书。这些日子,我总觉得那些书像是一道屏障,拦在我们二人之间,郝洁躲在后面,将自己藏了起来。我问她怎么还不睡觉。郝洁说,睡到一半,做了个梦,就醒了。我说,梦见啥了。郝洁说,梦见你开车肇事,跟货车撞在一起,车盖变形,好几个人躺在地上，旁边全是血，当时还下着很大的雨，那些血迹也没冲掉，不停从车里往外淌。我说，瞎担心，盼我点儿好。郝洁说，货车司机一出来，我才发现是我弟，他也很意外，不知所措，跑过来抱着我哭，向我道歉，跟我说，姐，我对不起你，姐，不是故意的，我更不知道怎么办好了，也抱着他哭，哭着哭着就醒了，你说这梦，到底是啥意思。我说，啥意思都没有，就是你想三眼儿了，这都多长时间了，也没个影儿。郝洁没说话。我又说，三眼儿能不能压根儿就没走，还在沈阳呢。她叹了口气，把被子蒙过头顶。我这么问，不是完全没道理，总觉得他一直躲在附近，或者走了不久就回来了，他这种性格，看着张牙舞爪，其实不行，恋家，在部队时就这样，虽然以前总跟郝洁吵架，心里还是惦记，这么长时间没出现，肯定有原因。

　　开车的头一个月，陈红给我开了一千七百块钱，把我吓了一跳，上班以来，头一次赚这么多，老实说，有几回我是真不想干了，老是挨骂，心里过不去，但见了工资，觉得还是得咬咬牙，坚持一下。再往后，我逐渐发觉，开车不算累，陈红不是每天都忙，闲着的时候，我就在单位擦擦车，喝点茶水，跟吴姐聊上几句。七月份时，我跟着她出了趟长差，开车到河北、河南，跑了几个厂家，摩托车油销量不行，她准备换个项目，改做冷冻机油之类，具体不知道，反正我就一边开车，一边听她抱怨，偶尔回应几句，无非是谁家说话不算数，谁家要多少回扣，有时她会谈谈自己的事情，亲戚管她借了多少钱，孩子在寄宿学校的情况等，聊得多了，我也帮着出点主意。我这个人别的不行，考虑事情往往比较周到，愿意站在别人的立场上看问题，她也认可，觉得我说的有几分道理，其实很多事情就是当局者迷，跳出来一步再看，没那么复杂。

　　回沈阳那天，刚到市内，陈红跟我说，这些天比较辛苦，舟车劳顿，准备请我吃顿饭，犒劳一下。我说不用，分内之事，陈红很坚持，我也不好拒绝，我俩就先把车送回去，在附近找了个饭馆，点了几道菜，还有啤酒。陈红的情绪不错，那天没少喝，我陪着她，也有点醉。陈红说了不少以前的事情，从小过得苦，没妈，爸也不怎么管，跟着姑姑长大的，姑父睁眼闭眼看不上她，读了个技校，在工厂上班，也总挨欺负，手脚笨，不受待见，经人介绍认识了前夫，当兵的，对她不错，就是事业方面一直不太顺利，婚后有了孩子，开销渐增，赶上前夫失业，常出去喝酒，为此两人吵过多次，忽然有一天，这人就消失了，了无痕迹，撇下她和孩子，无依无靠，一步一步走到今天。我当时虽然头晕，也觉得话里有疏漏，很多事情只一两句带过，绝不会这么简单。但又一想，她怎么说，我就怎么听，打工赚钱，没有必要较这个真儿。喝完酒又去唱歌，就我们俩人，一首接着一首，嚎了大半宿，连跳带闹，筋疲力尽，到了后半夜，稀里糊涂就跟她回了家。第二天早上起来，头疼欲裂，我想起了郝洁，十分愧疚，死的心都有，穿上衣服就走了，连个招呼也没打。

我妈和郝洁不在家里，我独自躺在床上，还是觉得恶心，酒劲儿怎么也退不下去。同时，我很自责，觉得谁都对不起。郝洁最近与我关系冷淡，可毕竟还有感情，至于陈红那边，我也并不讨厌，有时甚至愿意跟她分享一些看法，出了这种事情，到底是同情居多，还是好感居多，很难分得清楚。我也想过辞掉工作，不过目前条件不允许，我妈和郝洁都在吃药，每月花销不少，指着我的这点儿钱维持，突然没了收入，说与不说，都得跟着上火。

再去上班时，陈红对我的态度明显有变化，说话声音轻，笑脸也多了一些，有时跑个手续或送一笔款，她要是没时间，也放心让我去。一开始我没那么适应，后来也习惯了。很多事情，有了第一次就有第二次，不知怎么，我逐渐进入到另一个角色里。那段时间，我跟家里说单位最近忙，常要出差，其实都在陈红那边，有时一个月能回家住个三五天就不错了。每次回来时，我妈很热情，炒好几个菜，话说个不停，怕我在外面受累，郝洁则十分客气，如同对待陌生的亲戚一般。我的心情很复杂，她们越是这样，我就越是不想回去。

国庆期间，我妈过生日，我提前回来，张罗着一起出去吃饭，总共就三口人，没点几个菜，过程不太愉快。我妈跟我说，工作这么忙，顾不上家里，要不然回头换个活儿，她这边还有点积蓄，不妨做个小买卖，给自己干怎么也比打工强。郝洁没说话，低头夹菜，放在盘子里，也不吃，我看她一眼，心里就明白了。这是她们商量过的主意。郝洁平时不言不语，内心很敏锐，这么长时间我不怎么着家，估计多少有些预感。我当时跟我妈说的是，经济形势不好，先对付着干，过了今年再看。我妈也就没再多问，事实上，我已经抽不出身来，原因是，陈红怀孕了。

转过年去，陈红渐渐显怀，行动不便，公司方面的业务，大多由我处理，每天去跟厂家对接，与客户交涉，她在家安心养胎，岁数有点大，一切谨慎为好。刚怀上时，陈红问我，想不想要，不要的话，她就去打掉，要的话，咱们再谈下一步。我想了好几天，她的意思很清楚，如果要这个孩子，就必须负起责任，包括家庭问题，都得妥善处理，孩子生下来没爸，那她肯定不答应，说不过去。我一度很犹豫，最终还是决定让她生下来，没办法，我实在是太喜欢孩子了。我的那些战友，很多都有了下一代，聚会时看见他们跟孩子一起耍闹，心里特别羡慕，场景在脑子里面盘旋好几天。我总幻想着，有那么一天，也能有个自己的孩子，我很清楚，无论从什么角度，这都说不过去，也知道不对，但放在自己身上，就是没办法克服。

孕晚期时，我接连几周没回过家，不是在处理公司的事情，就是照应陈红，到了这个阶段，瞒是瞒不住了，加上陈红那边，明的暗的给过我不少压力，只好选择摊牌。我找了个周六的上午回到家里，郝洁没在，我妈说她最近找了个工作，在楼下的面包房帮忙，赚的不多，但也不累，半天的活儿。等到中午，郝洁回来了，提着半口袋面包，见到我时很惊讶，问我要不要吃，刚烤出来的，还很热乎。我说，郝洁，你先坐下，我们谈谈。郝洁有点愣神，直直地立在我对面，我想了半天，不知如何开口，她看着我这样，也很着急，跟我说，有啥话，你就直说，我能承受。我把我妈也喊来卧室，思来想去，扑通一声，给她俩跪了下来，磕了三个头，原原本本把事情讲了一遍。

我妈听完后，双手捂着心脏，差点儿没背过气去，郝洁赶紧给她拿来硝酸甘油，我也害怕，不敢言语，在一旁听从发落。直到傍晚，我妈的情绪平复一些，躺在床上睡着了。郝洁跟我说，要不要出去走走。我说，好。

我们一路往西，街旁都是树，长得茂密，枝叶在高处合拢，形成一个隐秘的通道，幽沉且昏暗，密不见光，地面不平，有碎石与水潭，往深处去，愈发空荡，居民楼被拆得只剩一半，钢筋裸露在外。我们走在明渠的桥上，停于中途，河水在下方缓缓流淌，风吹过去，水面褶痕涣散，由远及近，形成一道道的金色波浪。

郝洁望向河水，问我，辽宁二字，取啥寓意，你知道不？我说，唠得挺大，这不清楚，要不还是说说咱俩的事情，究竟怎么想的，有啥要求，你来提一提。郝洁没接话，继续说，以前辽河总发大水，岸上百姓苦不堪言，深受其害，于是将这里取名辽宁，意在祈祷辽河流域永久安宁，沈阳两个字，你肯定知道，沈水之阳，居于浑河的北面，各个区的名字来历也有说法，和平区以前是日租界，叫作千代田区，解放后改名为和平，祈祷太平无战，铁西区就是位于铁道西侧，于洪区的历史更长一些，面积也最大，几乎将市区包围，本意为御洪，身先士卒，抵御滔天洪水，守卫城区，后来字不好写，改成干勾于，意思就变了，人于洪水之中。我说，这方面你懂得多，比我有知识。郝洁说，忘记从哪里看来的，反正记住了，今天想起来，跟你说一说，以后这样的机会少了。我不知该说点什么，只好沉默。郝洁说，我也总怀愧疚，过去的事情，以为真的能过去，其实不行，不是说你，我自己也很艰难，迈不动步，多少年了，就困在这里，有时做梦，走在夜里，身后是水，一点一点不断迫近，只能朝前走，不敢回头，前面又是一片黑暗，什么都看不见，就想放弃，等着洪水吞噬，可怎么等也不来，人要是一旦不抱希望，等待死的降临，反而很漫长，不太好熬，这种守候没有尽头，后来你在我身边，拉着我的手，试着往前迈几步，我转头看着你，也看不清楚，人在咫尺，却又无比模糊，身边一切都是影子，自我之外，空无一物，什么都没有。我说，对不起，对不起。郝洁说，所以，今天你一说，我反而轻松一些，人与人之间，没那么亲密，花了不少力气，想往一起走，还是不行，以前不理解，现在体会过了，就能明白一些，你照顾我这么长时间，我很感激，现在时候到了，水往上升，奔涌过来，将我们冲散，避也避不过，但我想，总有一天，它会再次变得舒缓、宁静，水面如镜子，阳光照不透，我从水中站起身来，低头看见自己，抬起头来，兴许还能看到你，倒影也好，幻景也罢，总能让我想起那么一些时刻，即便之后就要沉下去，我也心满意足。我说，对不起，郝洁，对不起。

办完离婚手续，不顾我妈的劝阻，郝洁执意离去，收拾了半天东西，大多是书籍，衣服还是那几件，我知道她没什么积蓄，就提议给她租房子住，她也拒绝了，走得悄无声息。我依旧很少在家里住，偶尔回去一次，我妈跟我说，有时她自己坐在客厅，总以为郝洁还在，向屋里喊一声，也没人应，她就对着空气骂，说我没良心，狼心狗肺，对不起郝洁，骂着骂着，就开始哭，说这么一走，也不知道啥时还能看见，让我有空去找找她。我随口答应着，一直没去找过，不是不想，一方面是忙，公司事情多，陈红那边马上要生，另一方面，要是真去看望，也不知道说点什么，那么多的亏欠摆在那里，清清楚楚，还不起的。

两个月后，我的儿子出生了，七斤八两，个头儿不小，哭声嘹亮，跟吹小号似的，我给取了个小名儿，叫康康，祈盼身体强健，除此之外，别无所求。陈红属于高龄产妇，当时是剖腹产，术后没少遭罪，疼得几宿睡不着，我一直忙前忙后，雇了个月嫂，还是照应不过来。此前，因为准备在家里坐月子，陈红怀着孕，不太能动，所以我把家里的东西全部归置过一遍，沙发、电视、床和茶几都换过位置，装好婴儿床，以前的被褥、衣服清洗整理一遍。收拾壁柜时，我在夹层里发现了一本影集，两个公文包，我随手翻开影集，有陈红自己的艺术照，有她跟前夫的孩子的生日照，百天的，半岁的，依照次序放好，还有一家三口的合影，可能是在劳动公园，身后的假山我有印象。这是我第一次见到陈红前夫的模样，戴着蛤蟆镜，个子挺高，得将近一米八，烫了卷发，还挺时髦，再往后翻，还有军装照，浓眉大眼，目光狡黠，手里端着枪，颇有几分威严。这个人我看着眼熟，死活记不起来在哪里见过，待我再翻证件时，三个字映入眼帘，李德武。我一下子想到几年前的四一〇大案，李德文和李德武两兄弟，心里说，也许不过重名而已，再往后看，确定就是同一个人，各项特征都符合，这样一来，跟陈红相处时的很多状况，也就都想通了。算日子的话，李德武被毙有几年了，我想到郝洁以前说的，过去的事情，以为真的能过去，其实不行。我不知道陈红现在怎么想的，以及还要隐瞒多久，我反正是想好了，她不说，我也绝对不问。我把东西一一收好，放回原处，当作什么都没发生。

我妈嘴上不认陈红，心里惦记着孩子，满月过后，我把康康带回家里，老人一看见孩子，心就软了，成天抱着不撒手，亲个不停，这是个好现象，至于她和陈红之间的关系，慢慢也会有所缓和。陈红提出来过，方便的话，可以让我妈帮着带一带孩子，自家的老人过来照应，总归细致一些。我想了想，暂时没有同意，主要是我妈的身体也不好，老犯毛病，怕她过来后，情绪又有波动，指不定谁照顾谁。在这点上，我跟陈红有一些分歧，她觉得我妈过于固执，始终心存偏见，不肯接受。我很难解释，只是劝她说，都得有个消化过程，等孩子再大一些，兴许就好了。其实我心里清楚，这根本不是时间能解决的问题。

陈红在家带孩子期间，公司业务大多由我处理，谈生意少不了吃饭喝酒，各种场合都要经历，我偶尔夜不归宿，住在酒店或者洗浴中心，客户有需求，也得作陪。陈红对此心态较为矛盾，一方面公司是她的心血，打江山不易，不能轻易舍弃，另一方面她很不想让我出去交际，希望能在家里陪伴。我又何尝不是这么想的呢？可也实在没有办法。我们之间的矛盾就这样一点点积累下来。

有一次，我请几位比较熟悉的客户喝酒，都是各自单位的领导，不好得罪，一行人吃过海鲜，喝掉四五瓶白酒后，又去了洗浴中心，我当时醉得很厉害，但是吐不出来，这个很要命，年轻时喝酒，喝多了就吐，吐完也就舒服了，还能再战，现在不行，酒精顶在胃里，烧着心，怎么也倒不出去，只能一点一滴慢慢消化。几位客户冲洗一番，便上楼去叫小姐，我没有这个嗜好，就找了位搓澡师傅，寻思舒缓一下，喝杯热茶，上楼睡个好觉。我往案子上一躺，眼睛就睁不开了，喊了个套浴，连搓带敲背，刚开始几下，我没反应过来，后来觉得手法略重，就让他轻点儿。搓完正面，我起床翻身，见他好像戴着口罩，只露了眉毛，就问，澡堂子里还戴口罩，不怕闷啊。他说，习惯了。我说，浴池要求的么，挺讲卫生。他说，嗯。我说，你话挺少，以前我来这边，边搓边给我推荐各种项目。他嘟囔一句，新来的，不了解，然后还说了句什么，我没听清，就没再问，后来松腿时，我睡了过去，半夜澡堂里没人，只有哗哗的流水声，显得极为空阔，还做了几个梦，各种场景纷飞，极速切换，先是陈红，梦见她大着肚子，羊水破了，马上要生，我开车跟她去医院，到处都在堵车，眼看着医院的高楼，却怎么也开不过去，最后我把车丢在道边，背起陈红一路疯跑，直接闯入急诊室，正是午夜，里面没人，我跺着脚大喊数声，护士和大夫才从里面出来，将陈红接了过去，送进分娩室。我在外面等得很着急,不停踱步,不一会儿,来了一位女医生,安慰我说不要紧的,应该没问题,送得很及时,我刚想问几句,抬头一看,竟然是郝洁,我不知说什么为好。这时,我忽觉下颌一阵冰凉,如被锐物抵住,一个声音闯入梦里,问我,胡子刮不。我半醒过来,搓澡师傅站在我的脑后,不知从哪儿吹来了一阵凉风。我心头一惊,连忙摆手,跑去卫生间,洗了把脸,吐了一次,又要了杯热水,直接上去休息了。我在次日上午醒来,口干舌燥,嗓子哑得讲不出话来,忆起昨晚的经历,怎么想怎么不对,套浴怎么可能给客人刮胡子呢,这个不该。我下楼在浴区扫了一圈,问了服务员,对方说,人没在,已经换班了,赶上几个客户也出来了,嚷着去吃早点,我也就随他们离开。

  康康一周岁时,陈红的身体恢复得差不多了,打算回来工作,按照我的想法,她最好多陪孩子一段时间,但她很坚持,我也就不好说什么,请了个阿姨来帮忙照顾。陈红回公司后,有点失落,发现很多事都是我在安排,几天下来,跟我抱怨说,现在公司变成你的了。我说,咱俩在一起过日子,还分这个。陈红说,今天吴姐跟我说,账不太对,出入挺大。我说,你信她还是信我,她这是挑拨呢,对我有看法,不是一天两天了。陈红说,我看未必。我说，陈红，你要是觉得这里面有问题，我回家带孩子，还是你来经营，我没所谓，正合心意。陈红想了想，说道，也不是这意思。我有点不高兴，说道，那你到底什么意思呢，我这一天为了谁呢。陈红没有说话。

有了这次经历，我发觉陈红跟我有所疏远，时时提防，话也总是只说半句。再往前想，这种情况也不是一天两天了，或者吴姐早就跟她联络过，那天不过是个试探。不说公司业务，近半年，我俩的感情也确实有些问题，老是吵架，全是琐事。有时她没处发泄，就拿康康撒气，这点我不太能接受，孩子还很小，刚会走道儿，能听懂啥，一件事情做得不好，连踢带打，嘴上骂个不停，我对她这点很不满。有一次吵得厉害，陈红转身就是一通大骂，说康康笨得要死，跟他姐不能比，我在一旁听不下去了，就说，笨不要紧，你不想带，我自己慢慢教，好或者坏，品行指定不差，以后不至于杀人放火。陈红愣在那里，盯着我的眼睛看了半天，问我，你听谁说的。我说，不用听谁说，以为我跟你过日子容易呢。陈红说，没有我，你今天能有啥。我听见这话很愤怒，无论什么角度，都等于是一次彻头彻尾的羞辱。我说，那咱们这样，孩子归我，其余都是你的，以后你做生意，我也不参与，一拍两散，互不相欠。陈红哭了半天，孩子也跟着哭，我听得心烦，摔门而出，在外面过了一宿。隔了两天，陈红跟什么都没发生过似的，给我打电话，问在哪里，叫我回家吃饭。我说在外地，不方便，就挂了电话。我当时状态不是很好，开车去了一个朋友那里，打算休养几天，也想一想事情。

有天夜里，我正喝酒时，陈红打了两个电话，我没接到，后来是一个陌生号码，我直接挂掉，以为还是她，十分扫兴。次日酒醒，收到一条信息，陈红发过来的，说康康病了，高烧好几天，开始还很有精神，没耽误玩儿，就在家吃吃药，昨天忽然倒地抽搐，口吐白沫，昏迷过去，连忙送到医院，大夫检查后说状况不好，可能颅脑有损伤，有耳聋的风险，让我速回沈阳。我一下子就慌了神，连忙返沈，一刻未停，直接奔去医院。康康躺在洁白的小床上，面无表情，见到我也不讲话，烧是退下来了，看着一点力气也没有，神情气色，都跟换了个人似的。我极为气愤，质问陈红怎么当的这个妈，她不说话，眼神里全是恨意。医生跟我们说，孩子刚脱离危险，千万别受惊吓，情况尚不稳定，还需进一步观察。我很心疼，在床边抚摸着他的掌心，轻轻喊着他的名字。康康瞪大了眼睛，直直望向天花板，一点反应也没有。

康康入睡后，陈红跟我说，这几天有人来查过公司，账都封了。我说，封吧，随便。陈红说，咱俩都脱不了干系。我说，像我在乎似的。陈红说，你的那些事情，别以为我不知道。我说，爱他妈知道不知道。陈红说，现在这局面，不是你我能说了算的，到时候怎么办，你自己想好。我说，我早就想好了，不用你操心，无所谓，反正我儿子这次要是有个三长两短，我跟你肯定没完。

半夜睡不着，我走出病房，坐在楼下的花坛旁边抽烟，连抽好几支，想着公司的事情，自己的事情，想着生病的康康，头疼得不行，便躺了下去，风吹过来，一时觉得眼前群星乱闪。我听到了一些喊声，有水流奔袭的声音，抗洪时战友的口号声，也有别人叫我名字的声音，夹杂在一起，错乱起伏，我努力想要辨清其中一个，却什么都听不清。不知过了多久，我听见齿轮摩擦火石的清脆声音，半梦半醒之间，我感觉到有人在我身边坐了下来。他摘去口罩，嘴角上扬，看着我笑。我对着夜空说，好久不见。他说，五年零三个月。我说，我是做梦呢吧，三眼儿啊。三眼儿说，说不好，这些年啊，谁过得都像一场梦。

我说，三眼儿，有两下子，能找过来。三眼儿说，没想找，也是赶巧，我来办个手续。我说，给谁办。三眼儿说，我姐，肝病，晚期，没几天了，移不起，脸色跟洋蜡似的，今天在这儿碰上你，这都是命。我说，我没照顾好你姐。三眼儿说，现在说这话，有点晚了，但得病这个事儿，赖不到你头上，还是那句，都是命。我说，这几年来，你跑哪儿去了呢。三眼儿说，哪儿都在，哪儿都不在。我说，无论白天晚上，老觉得你像影子似的，跟在我身旁，始终也没敢忘，你的事情，不用谁说，我多少也能猜到一些，这样躲下去，肯定不是办法，自己选的路，还是得自己走完。三眼儿来回搓着大腿，笑了一声，跟我说，话说多了，自己都信啊，修炼得到位。我说，郝洁的事情，今天我知道了，一定尽力去帮，你放心。三眼儿叹了口气，说，我本来有机会，不止一次，想来想去，没下得去手，毕竟你也照顾过我姐，这点我不像你，有的事情我分不清楚，那几次回去后，又有点后悔，总要做个了断。我说，三眼儿，你姐有病，我也不好受，别的先不讲，这事儿我得管。三眼儿说，不必，我姐跟你没关系，我也一样，都不需要你，她兴许想见你一面，问你点事情，有些话，你来说最好，人死灯灭，你得让她走的时候心里亮堂那么一下，这要求不过分，跟着我过去，几步上楼，不是啥难事儿，咱们得把梦做完。

我说，要是不去呢。三眼儿说，那说不过去，在这里碰见，咱们就得认，一面都不见，于情于理，不合适，不说我姐，咱俩之间，也得有个交代。我说，没听明白，你到底什么意思呢。三眼儿说，以前在部队没看出来，你确实是个人物。我说，你现在的情绪，我都能理解，听我的话，我送郝洁走，说到做到，你何去何从，自己好好琢磨。三眼儿说，你这么说的话，咱们就没意思了。我说，这又从何说起呢。三眼儿说，那好，我脑子比不上你，这个事情我想了好几年，从退伍时开始讲，好像有点早，不然的话，从你给李德武打电话开始吧。五年前，陈红跟李德武离婚，孩子跟着陈红，李德武之前在干货车运输，赚过也赔过，离婚后，买卖转交陈红，李德武有赌瘾，输得一塌糊涂，亲戚借遍，你当时没找工作，你妈下岗之后，生了一场大病，你给李德武打了个电话，至于说了什么，我不清楚，也许只是认认亲，问候一下，他问你是谁，你没讲名字，只说以前在同一个连待过，是他底下的兵，他问你在干啥，你说在卖烟，没正式工作，后来相约见面，可能就在于洪广场附近，我猜的，喝过几次酒，比较交心，李德武跟着他哥刚做完一个案子，出手阔绰，见你有意，便邀来入伙，你也许犹豫过，三番五次后，还是提供了一点线索，就是在九路市场批发白糖的业主，好打牌，总过来买烟，于是你们定好时间，入室作案，这个应该没错，也是你帮忙踩的点儿，在广场上卖烟，这个条件得天独厚。我说，你发烧了吧，三眼儿，满嘴胡话。三眼儿继续说，抢劫当日，李德武带着另外两个，估计你在外面放风，具体情况不知，也可能压根儿没参与，案件发生后，李德武没联系过你，人间蒸发，这里面有你的一份，后来也没拿到，这些都是我推测出来的，可能不确切，大方向应该不差。我说，有点意思，接着编，我当故事来听。三眼儿说，你这个人，心思比我深得多，也确实可恨，你跟李德武说，你叫郝鹏飞，外号三眼儿，出事之前，我就有预感，还记得吧，当年有一次，深更半夜，你骑着李德武的摩托回来，车号三六四九四，起先停在巷口，进屋后，装着睡了一会儿，悄悄起了床，出门将车推回屋内，第二天一大早，就又骑走了。我将烟点着，吸了两口，递给三眼儿，跟他说，三眼儿，这些年你经历过啥，我不多问，要是再这么讲下去，我也该给你挂个号了。三眼儿说，要不是你跟陈红在一起，我也想不到案子里有你，你给陈红开车，其实藏着心眼儿，当年李德武抢到那笔钱，预感不对，去广州探监李德文，这段儿电视里还演过，李德文问他这次做得如何，他皱着眉头，说不太漂亮，回来后，他把钱转交给陈红，你找不到李德武，也没慌，因为事先摸过一遍他家的情况，便盯住了陈红，李德武有没有供出过郝鹏飞这个名字，我不清楚，可能有所忌惮，没敢提，但我也不能露面了，风声在外，他不说，不代表别人不说，更不代表不被知道，人是毙了，尾巴还留着，东躲西藏，五年零三个月啊。三眼儿讲得断续，我一根接一根地抽着烟，思路完全不在此处，我想着陈红和生病的郝洁，很多遥远的事情，有那么一瞬间，夜晚忽然变作清晨，她们好像两个裸体的女人，正从大海里面走出来。

　　三眼儿说，我问过我姐，出事之后，你经常回到广场，假装卖烟，顺带看看留没留下什么痕迹，我以前干过侦察，有这个敏感度，我跟我姐说过这些猜测，她不信。三眼儿停了下来，咳嗽一阵，我忽然想到，几年前的一天下午，我回到家里，郝洁正在哭，我问她哭啥，她也不说。三眼儿继续说，你跟陈红在一起，这事儿复杂，我不知道你们发生过什么，你又是怎么跟她说的。我隐约记起，那天郝洁一直哭到傍晚，眼睛通红，挽着我的胳膊，要跟我一起散步，往于洪广场那边走，这一路比从前热闹许多，我们买了一包瓜子，用报纸卷着，坐在路边，一颗一颗嗑完，路灯亮了起来，天气愈发闷热，我浑身都湿透了。三眼儿说，我刚离开时，应该有人找过你，你说了一些，也瞒了一些，那些话不见得直接指向我，但是一定会误导对方,我确实不得不走,你给我设了一个套儿,想来想去,我是怎么也钻不出来,只好躲着,你可能不知道,我姐刚得病的时候,我去找过一次陈红,日子难啊,想要点钱,她挺着个大肚子,在市场买菜,一脑门子汗,我跟了她几天,最后还是不落忍,怕给孩子惊到,这一点我不如你,或者说,谁也不如你。我说,三眼儿,好故事,讲得不错,陈红和李德武的事情,我早都知道,不想再提,也不用你来告诉,其余都是梦话,我现在看着你,也分不清是现实还是做梦,不太重要,我就在想一个事情,人活在世上,要是什么声音都听不到了,到底是坏事儿,还是好事儿呢,我总觉得很多人在对我说话,我却什么也没听到。三眼儿说,嘴里说出来的,各讲各的,混成一团,但心里的话,谁也骗不过,清清楚楚,抗洪抢险那年,还记得吧,我走在你前面,低着头,渡轮开在江上,水往上涨,连续好几天,我发了高烧,体力不支,实在走不动,跌了下去,赶上洪水涌过来,把我卷走,你当时在前面,不顾阻拦,扎进水里,往深里游,硬是给我拽了回来。我上岸之后,听到三句话,第一句是我妈的,她说,早点回家,饺子包好给你留着呢,我说好,我退伍回来,在家守着我妈;第二句是你的,跟我说,别乱动,信我,我带着你上岸,我说好,你把我救过来,从此往后，你无论说啥，我都跟着你干；第三句是我姐的，跟我说，直起腰来，就能看见你想要看见的，好几年了，这个实在太难，一直没做到，驼着背，夹着尾巴，四处乱窜，但我想，今天也许是个机会。我转过头去，望着三眼儿，他的眼神至为恳切，恍惚之间，我甚至觉得他说的一切都是事实，无可怀疑。我沉默许久，没法辩驳，便从台阶上起身，准备离开，三眼儿紧追两步，来到身侧，单手握着匕首的刃，只留锋利的尖，轻轻抵住我的颈部。我说，三眼儿，到此为止吧。三眼儿说，像你说的，自己的路，还是得自己走完，你和郝洁，我跟我姐，还有咱俩之间，还剩下最后这么几步，互相伴着，走完就散，别有负担。

　　三眼儿会不会扎进去，我并不在意。我只觉疲惫不堪，无所适从，如果他能陪着我走，也是个不错的办法。我们行在石阶上，一前一后，如当年在江边，不过位置颠倒过来，亦或者被水浪吞没的是我，而浮起来的是他，我不能确定，也不愿再去回忆，在这样的夜晚里，一切悬而未决。我没有选择，只能直起腰来，走出瀑布，进入海中。夜幕垂落，远处楼群正如帆影，扬起一角，俯在天边的云端，缓缓移动，与我同行。

活人秘史

　　我时常提醒自己，鉴于如今已经成为一名小说作者，所以一切诉之于此的言论理应更为清晰，确切，严谨，坦诚，富有良心，不失风度。换句话说，需要展示的是，自身并非仅仅处于一座安全的语言堡垒之中，且与时代境况亦可构成一种拓扑学意义上的关联。这比写作本身要更为复杂，卓绝，致命，并且邪恶。甚至必须要提供一个符合诸多臆想的答案，在这个含混而温吞的回应里，势必存在着某种特定的联系——它被指涉的同时又是缺席的，被包容的同时又被排除在外；往往以个体经验的迁移之旅作为粗糙的缓冲地带。仅举一例，在部分场合里，我将生涯分成乐评人与小说作者两个阶段，看似递进关系，事实上，它们均不存在，统为虚设，精神历程从未中断，只是一种叙述的策略，一次混浊的遮蔽。在写乐评时，我是一个小说作者，不仅是技法方面，伦理上也是如此；而在写小说时，必须承认，那一刻里，音乐以一种不可想象的速度离我而去，双耳再也无法追逐事物的歌声，那些大地上无限膨胀或者不断缩紧的音律，最终也只化作一个休止符，一种无处回荡的空响，远非呜咽。所谓的毕达哥拉斯文体，其走向也是一种想象的未来，而不是关于未来的想象。愈是如此，某种向内的引力却像骨刺一样挣扎生长，不可逆转，炽烈而广泛地挑动着动脉与静脉，令人迫切想要抓住一些蛛丝马迹，像困于魔山之中的矿工，不间断地寻求着自己的病，同时忧虑着将要亡于这个漫长而徒劳的历程。我抹平区域和年代，消除性别与词语，所有的姓名均以俭省的符号来取代，剔掉事物之间不必要的关联，妄图提取一种谐和之律。结果却发现，许多文本更接近于数学公式，或者一道条件不充分的证明题。比方说，$A \times C + B \times C = (A+B) \times C$，乘法分配律，再加上另一些四则运算法则，便可成为契诃夫的某篇小说；又比如说，∫cosxdx=sinx+C，C作为一个常数，形似永远也等不来的戈多。再复杂一些，$\lim_{n\to\infty}(a0,a1,a2,...,an)^n$ 之类，显然会使人想到莫里斯·布朗肖的《黑暗托马》等，也如其所言：你要么注定沉默，要么只是通过一种永恒的错觉来逃离。所以，在接下来的陈述里，我将试着放弃一些不必要的抵抗与修饰，不为遵循契约、原则，或摄取聪颖、喜悦与自在的情绪，或迫近某种无法持存的本质，或成为潜能与本能的狂热信徒，而是向着那种永恒的错觉——如潜入拂晓时的森林，黑夜洗涤过后，庄严密布其中，仅以瞬息变幻的光线作为一道信号，一种启示。

我不知道应如何去定义首都这一庞大的概念。至少在我回国那年的夏天里，它并非仅意味着一种权威的统治与存在方式，其主体更像一种可供量产的人造工艺品，四面玲珑，形态浮夸，若立于桌上，可承住轻微的吹拂与震动，从而维持着美妙的平衡。与此同时，它也被烙上诸多无从验证的谣言与传说，自然，谣言也是宣言一种。若以虚构之物比拟，那么，从飞机落地的那一刻起，它便如一只只摇头摆尾的年兽，迎面袭来，时而乖顺，时而挑衅，伴随着不绝的锣鼓之声，于我的胸口轮番抽打，无可闪避。倾斜的落地窗将晚霞精准分割，一部分被大理石地砖所完全吸附，另一部分随着身后拱起的跑道渐渐离去。这种情景使我产生一些错觉，比从前离开时更为强烈：不止一场庆典，而是一个崭新的世纪正在到来。我常对此抱有不切实际的期待，仿佛即将与无数的人们产生共振，相互强化，无休无止，进而创造出来一种隐秘的韵律——完全从属于这个世纪。它不是故事，亦非诗篇，而是纯粹的精神与意志。怀着无比壮阔的思绪，我拖着沉重的行李箱向外面走，轮音阵阵，如履带碾过地面。等待发车的间隙，天幕黯淡，抬眼望去，几束无声的焰火跃至半空，在楼群之间反复起跳，像星与星的对话，溅起一片光的水花。这一瞬间，我忽然很想演奏。

当年研究生毕业后，我立刻办理手续，以留学的名义飞往N城，实际不久便被除名，我所学专业为景观工程，主要研究城市水系的格局分布与相关影响，全天候计量规划，测算斑块密度与形状指数等。对于一个长期生活在内陆少水城市的人来说，这项课题无异于在描述一种抽象的想象关系，为虚无赋予意志。那些数理模型像是一道道法令，功能不止于捕捉真相，探访规律，而是驯服心灵，将自身变成一枚齿轮，遁入世界的空转之中，我为此倍觉困顿，沮丧透顶。学业休止后，我在以冶炼工业闻名于世的郊区租下一间狭小的寓所，晨昏颠倒，白天读书睡觉，日落时出门，乘坐地铁四处观看音乐表演，有时在体育馆，有时也在酒吧、公园，或者地下通道，甚至一丛M字型毒藤的侧后方。积蓄很快便花光了，我不想回国，也无法再向家里索取，好在英文尚可，于是重操旧业，撰写数篇唱片与演出的相关评论，很少涉及技术层面，只是大量的、搅成一团的块状情绪，难以化开，显然，我在模仿一位了不起的欧洲作家，不仅是遣词造句的方式，还有他那绵长、庄重、炙热的动人语调，以及永远凌驾其上的叙述位置。我将这些文章分次投递，静待回音，过了两个月，本地一份名为《画布》的私印报纸发来邮件，请求刊载并说明可以支付一点点的报酬。虽微不足道，也着实令我振奋了一段时间。《画布》的出版者是一位结实的黑人，五十岁上下，身材矮小，体态臃肿，举止略显笨拙，讲话时声音从胸腔内里振出，嗡鸣如同金属，听来像在布道。其长相肖似一位橄榄球明星，杀气也在，但没那么凶悍、嗜血，换句话说，近似一头营养过剩的幼年虎鲨，视觉不良，在暗室里吃力游动。他经营着一间唱片店，以售卖七十年代之前的福音音乐为主，自己却从来不听，也不允许购买者在店内播放。在他看来，真正的音乐是演奏你所感受到的东西，而不是知晓的那些。正是这一点，使我对他多了几分敬仰，有那么一段时间，我经常去他的唱片店坐上一会儿，我们不开灯，不喝啤酒，不听任何音乐，静默无音，如潜在水底。偶尔，他从那堆陈旧的唱片架里颤巍巍地站起身来时，我会有些惊惧，觉得他像一艘满载着幽灵的沉船，不顾一切地起航，妄图从我的身体上碾撞过去，然而这也从未发生。他只是审视，只是批判，只是谈论观点与理念。话语如同刀锋。我记得，他为我讲述过一位早逝的日本乐手，根本不在意听众，只是对着椅子演奏，为了发出那种能将其震飞的声响。一种孤绝的、彻底的身体化。我对此有些不屑。很奇怪，无论他说什么，在第一时间里，我总想着要去反对，即便理由并不那么周全。我回应说，这不是什么音乐或物理能量的问题，而是一种思维的传递与输送，背后往往有着缜密的逻辑，称作哲思亦不为过，它可以是过程而非结果的呈现。他也讲过，大约二十几年前，那时他还是一名造型夸张的风琴手，坚定地认为自己来自土星，平时有几个不错的合作伙伴，还灌录过两支单曲。一次假期，他来到我的祖国，在一间地下俱乐部里看过演出，场地广阔，音响很差，台上是几位枯瘦的年轻乐手，栗色鬈发，脸上堆满过分客套的笑容，披着不太合体的西装，衣服的肩部耸在臂膀上，袖口遮住半个手掌，有的也穿一件翻毛皮衣，提至颈部，如被一只鼬科动物扼住喉咙，演唱时，一直抻着脖子喊叫，拼了命地挣脱。那些歌曲很难描述，有的接近于宣言或者口号，律动生硬，没办法跳舞，却很容易引发合唱；有的又十分荒凉、悲壮，与一些西部片的配乐有几分相像，杀人的同时也在抚摸，不过最终却非绝尘而去，只是盘旋与下坠，遽然中止。

演出结束后，他有些困倦，不想饮酒，便与朋友告别，并保证自己一定可以找到返程之路，之后走出门去。按照他的描述，当天应该是一个什么节日，乘坐三轮车赶来的路上，他见到过许多提着礼物的行人，脚步匆匆，表情木然，佩戴一顶造型奇特的帽子——垂下两块毛皮，正好将耳朵完全盖住，只露出一张脸来，如在襁褓之中。他当时还在想，这里的人到底害怕听见什么呢。转至大路，许多自行车从其身侧匀速经过，骑车的人往往按两下车铃，以示存在，铃声喑哑，也如疲惫的问候，后座上则是他们的爱人或孩子，身躯贴紧，难以分离，他忽然就理解了之前读过的那句诗——为我的朋友豹采摘葡萄，这些豹可是拉车的豹。的确，这片大地上活着无数拉车的豹。同时，他听见数声爆破之音，有远有近，他探出头去，来回张望，天空晴朗，行人无动于衷。午夜时分，从俱乐部走出来，如同改换一个世界，雨声淅沥，四周昏暗，他在一条极窄的巷内来回穿行，道路在记忆里愈发模糊，向左——向中——向右——向左——向左，那么现在一切就应该是反过来的，也像另一句诗所言——全部的转折失而复得，你的来路无非一面镜子。他走了很长时间，最后不得不承认，自己迷了路，不知身在何处，没有光线，也没有任何认得出来的标识。他打了个哆嗦，可能有点发烧，或者主要是恐惧，不是因为那些排布规整得如同一座大型坟场的低矮房屋，而是刚刚听到的音乐正在头脑之中分裂重塑，旋律与歌词拧结在一起，变为环环相扣的锁链，形成了一种他可以准确辨识的语言，甚至预言，有血也有命，勒紧了他的心脏。白天里的爆破声再次出现，像是鼓点，或者一次述说，愈发密集，从四周缓缓入侵，他喘着粗气，快步走去，无论方向，好像这样就可以摆脱那条虚构的、无处不在的锁链。行至一个路口，他望见了一盏灯，被雨水孤立托起，倒盛在白色瓷盘之中，像某种祭祀用的法器，散发着残存的光亮。他拉紧衣服，走入光里，闭上了眼睛，那一瞬间，他想过要跪下来祈祷，但自己不是教徒，估计没有什么效果。那些声音拒绝被宽恕，它们在此时更接近于一种矿物：内部构成复杂而团结，其颗粒就好比是原子或离子，正反运转，以一种规则的、重复的几何图案组合排列，并堆积过来。他感到一阵眩晕，靠在泅湿的暗色墙壁上，低头干呕，抬起头来时，发现一个年轻人站在面前，穿着一身旧军装，打了绑腿，腰背挺直，略向后倾，肩上挎着一只半人高的棕色皮匣。年轻人皱紧眉头盯着他看，他有点困惑，这身装扮与俱乐部舞台上的萨克斯演奏者一模一样，但他对那位乐手的长相也没有太深的印象，无法判定是否同一个人。他试着讲话，描述自己的处境，以一长串的英文进行问询，对方没有反应，只是摇了摇头。他又将单句缩短，咬牙切齿，吐出几个关键词，对方还是一头雾水。他很无奈，叹了口气，准备放弃沟通，那位年轻人却开口讲话，也是一长串，连说带比画，表情严肃，给他的感觉像是一次宣判，或者一场伟大心灵的倾授，数分钟过去，仍未中止，他有些慌张，因为忽然记起来，有位朋友对他说过：这里的人跟死人说的话要比活人更多。于是他也开始说话，作为一种错乱的、无望的抵抗，后来想想，觉得当时也许是在背诵一首惠特曼的诗，多年以来，他始终相信惠特曼具有一种原始、庄严而无愧的力量，那些诗句就像是彗星，能在宇宙间自由飞行。片刻过后，双方几乎同时停下来，彼此凝望，接着，年轻人平伸出一只手来，悬在他的身前，他果断地握了过去，用力攥紧。那只手相当冰冷，像岩石。于是，二人迎着雨走去，年轻人带路，他紧随其侧，前者行动矫健，步伐极快，双足踏地时，动作坚定而铿锵，将那些围拢过来的声音逐一踩灭，他有点跟不上。这一路上，他们不停地说着，虽然无法彻底弄清楚对方的意思，但尝试着交流总比不交流要好。他想哼唱一段刚才听到的旋律，却怎么也唱不准，最后只得作罢。后来，他又想出来一个手势，双手握拳，拇指翘起，一上一下置于胸前，并将一只拇指塞入唇间，其余手指来回摆动，头向后仰，模拟吹奏萨克斯时的情态，痛苦地沉醉其中，口腔里发出怪异的声音，最后指了指对方肩上的长匣。年轻人忽然有些惊愕，收紧笑容，又点了点头。不知过了多久，一道模糊的光亮倚入巷内，年轻人定住脚步，路标似的，摆出一个朝前的姿势，他很兴奋，紧跑几步，走过去一看，正是来时经过的那条忙碌的长街，几辆军车飞驰而过，气势汹涌，这样一来，对于所处的方位，他差不多就清楚了。回头望去，年轻人站在巷口，收腹立定，两肩向后微展，又向他敬了个礼，他也学着回了一个，并说了句谢谢。所学过的那些汉语里，他只记得这么一句，尽管发音还很不标准。之后，那位年轻人倒退着走入巷内，消失在黑暗里。雨差不多停了，凭借记忆，他向着近处的那座灰瓦古楼走去，明暗之间，一道墨绿色的光隐约其上，如大雾

缓步

之中的灯塔,黯淡闪烁不歇,似有悠远低沉的钟声从其内部传出,平缓向外舒展,延至远处的海面。他走了不过几十米,钟声骤然停止,不知为何,他也放慢了脚步。紧接着,清脆的响声落在身后长街的枝杈里,如植物的果壳爆裂,种子从中弹射出来,简练干净,没有回音。这时,他才意识到,之前的那些混乱与喧嚣,已如潮水一般迅疾退去,或者说,被这样并不陌生的一声所终结。他想,就是这样,也只能是这样,自己的过去从此一笔勾销,那些绝对的与相对的,遭遇和情景,道理或者主义,在这样的声响之后,近乎全部失效,不可感知,亦无法再次唤起。很快,旅行结束,他回到了N城,看似毫发无损,实际上,只有自己清楚,如被施加了一种恒久的压迫与暴力,其聆听已被蛀空,其演奏已被肢解,对于音乐,很遗憾但又不得不承认的是,他已经丧失了全部的感官体验。这个道理并不复杂,如一位奥地利作家所言,那些逃脱了塞壬的歌声的人们,却永远不能逃开她的沉默。当然,他依旧可以无限地想象、注视、言说,乃至争辩,接受或者反驳种种的修饰,却无法再次置身于那条冷僻的长巷之间。

航程大约十三个小时,取道北极航线,我一直没有睡着,思绪在N城的公寓与首都的巷内反复摆荡,像一枚接近磁极的罗盘，无法正常指认方向，它们分属不同的记忆时态，重述如同一次循环，被迫地经历自身的发生，直至成为如今秩序的必然组成部分。我在写给C的信件里，时常提及这一点，半年以来，她一直想要撰写一篇人物报道，关于一位身世漂泊的中西部农场主。事实上，很难说这个人具备何种典型性，或者有过什么非凡的事迹，无非在不同的国家生活过，体验着相似的动荡，在他身上，时空坍缩为一个原点，体积无限接近于零，引力却急剧增大，历史在此无限回归。这是C的说法。她很沉迷，也可以说是执拗，为此越洋采访，不计代价，收集了大量资料，却还没动笔，至少，我们在N城见面时，她是这样对我说的。后来在邮件里，她又改称，自己的婚姻每次遇到危机时，总会跟丈夫结伴旅行，两个人单独在外，形似放逐里的一次重逢，相依为命，关系或有所缓解，在此之前，他们已经去过了西藏、沈阳和香港，分别带回来一块石头、一双拖鞋和一副对联。石头摆在阳台的角落里，天气湿热，生出一层浅浅的青苔；拖鞋她还在穿着，大小合适，底子柔软，质量也不赖；对联早已不知去向，但她还记得上面的那句话：舟渡春雨至，桨落影无声。这一次来到N城，她还不知道要带点什么回去。我想了想后，将竹笛送给了她。她推辞一番，犹豫地接了过去，擦擦吹孔，试着吹了两下，没有发出任何声音。

只是一阵消逝的气流。我却仿佛窥见了一道生命的弧线，一次卓越的冒险，以及和盘托出的内在部分。她的双唇翩然掠过我所触碰的位置，时空在此折曲。我有些颤抖，内心命令自己平静下来，于是，我想到了我那位唱片店里的朋友，身躯就在不远处，影子却在那条长巷里独自徘徊，却从不为此惋惜，反而觉得触及一点点的真谛。他坐在地板上，眉头锁紧，严正说道，你的那些想法，截获鼓手的节奏，窃取钢琴手的和声，从贝斯手的线条里跳脱出来，以自己的声响将它们重新缝合在一起，必须要说，这是一种绝对的威权，解离了真实，脱开了本质，远非世界主义。我不置可否。如今回忆，正是这一点，最终导致了我们之间的疏远。对我而言，音乐上的世界主义，其所意味着的，仅仅是一种恍惚。我更想抛开惯用的语汇性音型模式，凝集引力，将所有的声音、情绪与所有的人，鸟语和车铃，黏滞的苦难，恨及其友，全部钉死在我的演奏里。不得不承认，在他的影响之下，我重拾幼年功底，开始严格练习，所用乐器为萨克斯、竹笛与黑管。很快，便有了几次登台机会，都在不太起眼的酒吧里，于正式演出结束之后的段落，听者甚少，不过，我对此也很满足。坦白来说，迄今为止，我仍很难完美地吹奏一支标准曲，技术不足是一方面，另外也缺乏耐心，与之相反，我很着迷于即兴，不是无拘无束，而是有悖于构想与猜想，从记谱法的局限里逃逸，无限次地将自身拖到速度之外。英语里有个比喻，乘一艘慢船去中国，用以形容一个漫长的、无所事事的过程，在演奏时，我认定自己就是那位船长，竭力抵抗一次中速的洋流，创造一场句法的弥漫，徜徉其间，狡猾而无常，没人知道我真正的底牌，也没人知道我的次中音萨克斯盒子里还装着一把透明的斧头。

我最后一次见到他，大约是在七个月前，那次交谈过后，我便背着琴箱去市内演出，心情不算太好，原因是觉得正在失去一位值得尊重的朋友，道路已然至此，无法再去挽回，我想他同样可以感受到这一点。所以在告别时，他站在门口，头颅低垂，长久不肯回去。一个孤寂的、无可抵达的、被声音所遗忘的沉默之人，或许也是我在未来的投影。不是背叛或者抛弃，只是经此再次觉察到自己的流离失所。过去的一段时间，我似乎在努力修葺一处废弃的建筑，如今暴雨将至；或以所学专业作比，空间区域上的收缩与扩张，内部结构上的更新与变迁，无时无刻不在发生，而我个人的时间尺度却是停滞不前的。

缓步

我在演出场地附近的一家快餐店里待到很晚，一杯又一杯地喝着饮料，记起一些过去的事情，并非怀念，而是想要从中获取某种灵氛。刚来N城时，我在某座大厦的天台上听过一次讲座，那位华裔演讲者信誓旦旦地对所有人承诺：时间是一种晶体，没有此刻，只有过去与未来的折射互映，思想之力可以穿透其间。可惜具体方法尚未展开详谈，便被几位忽然闯入的警察拷走了，开始我还以为是演习，或者一次艺术行动，很配合地双手抱着头，趴在地上，眼睁睁望着他离去，他既没高声喊叫，也不垂头丧气，仿佛对这一切早有预知。后来追忆起来，心里陡然生出几分钦佩。之所以参加这次集会，是此前有人跟我介绍说，这是一次辽菜厨师的公开课，在N城里，你可以吃到川菜、粤菜、西北菜与各式新晋快餐，却没办法吃到正宗的辽菜，那段时间里，我的欲望与乡愁同样无处安放，于是准备学做几道菜，或者说，只是想看着别人为食材挂糊过油，借以自我疗慰，至于登上天台的理由，他们所给出的也很具说服力：这里的厨房没有安装排油烟机。

　　当晚，我走入酒吧时，已是九点三刻，演出的乐队是一组光滑而无趣的三重奏，总想带领听众们重返六十年代的容光盛景，简而言之，就是赖在台上，迟迟不肯离场。贝斯手晃动着肥硕的屁股，故作陶醉，疯狂弹奏着毫无张力的根音，钢琴师则像一位渐冻症患者，所表达出来的情绪与音符愈发稀少、有限，口齿不清。我听了一会儿，实在有些不适，所以，未经允许，我擅自提着萨克斯与竹笛登上舞台，架好麦克风之后，给了鼓手一个眼神，此前我们合作过两次，他很聪明，立刻领会了我的意思，在军鼓与踩镲之间打出几个跳进，我顺利加入进去，只是几个点缀的高音，随后，我便按照自己的思维一路突进，斩尽杀绝，不出五分钟，台上就只剩我和鼓手了。他企图维持着时值，尝试与我对话，挑起一个问题，强弱滚奏，等待跟进与答复，我却置之不理，或者说，以一种很难解释的方式进行着回应——完全是封闭的，灼热且黏腻，没有任何敞开的可能。那天我的情绪很差，用尽了力气，矗立于极限之间，满眼金星，近似苦斗，直至产生幻象：我换上竹笛的一瞬间，分明看见一具蜡样的尸体，没有裹布，只覆上一层泛黄的叶片与栎树枝，被几个顶着黑色贝雷帽的人抬着，从格子窗前徐徐经过。

我的演出不过二十分钟，却耗空了全部能量，所以在C将一瓶啤酒摆在面前时，我已近乎虚脱，呼吸微弱，瘫倒在沙发上。C也不讲话，只在对面坐了下来，她披着件类似斗篷的长衣，剪裁不对称，里面是一件黑色打底衫，下身穿着直筒牛仔裤，一双脏兮兮的短靴，偶尔露出来一截白皙的小腿，皮肤有点干燥，使人想去舔舐。我收紧外套，觉得越来越冷，她仿佛带来了一阵古老的凉意，在我们之间来回打转。我举起桌上的啤酒，朝着她点头示意。她说，演得很动人，我都哭了。我说，谢谢，你认识我？她说，不认识。我说，那怎么知道我是中国人？她说，很明显啊，不是么。我笑了笑，没再说话。过了一会儿，她又说，其实不是，刚才在演奏之前，你说了句脏话，我听见了，你自己可能都没意识到。我说，明白了，我总是这样。她说，我想问问，最后的那一部分，有几个小节，你是不是模仿了王西麟的第四交响曲，或者说，在向他致敬。我说，你是学音乐的？她说，不是，我是记者，跑过来采访，顺便玩几天。我说，来采访我？她说，那你想多了。我说，不管怎么说，你的感受力很好，记忆力更是，的确如此。她说，我就知道，他的作品我太喜欢了，有一段时间里，几乎每天都在听，那种迷茫，彷徨，混沌，艰难，思索，以及无法分离的祈盼，你怎么理解他的作品呢？我说，矛盾，虚伪，贪婪，欺骗，幻想，疑惑，简单，善变。她说，太对了。

我跟C走出酒吧时，午夜刚过，她走路速度很快，脚掌很难完全脱开地面，基本上是在趿着向前，手里拎着我送的竹笛，如一位持短剑的高级武士，随时上演一击必杀。我问她住在哪里，她说离得不远，然后又说，可能也不算近。正是这一句，让我觉得有了点机会，于是对她说，要不要去我家里坐一坐，咖啡不错。同时，我也向她表明，不仅可以聆听交响乐，还有一些诗集和小说可以读，看电影也不是不行，我收藏了一批很罕见的默片。她说，你喜欢读小说？我说，何止喜欢，事实上，我正在着手翻译一本，书名暂时保密。她说，讲什么的呢？我说，其中比较有趣的一部分，涉及某一神秘宗教，有一位男性教主，基本是个虚位，还有一些女主教，通过扶乩进行预言，主要是她们在控制着那些教众，所信奉的圣人是维克多·雨果。她说，法国作家雨果？我说，是。她说，听着有趣，我很喜欢雨果，我们就活在悲惨世界里，没有被听见并不是沉默的理由。我说，他的诗歌写得也不错——裹尸布与襁褓同道，你的到来，不过为了离去，你是带我远离的襁褓。她说，是吧，很神奇啊，我小时候看过一本漫画，情节记不太清了，大概就是外星人要入侵地球，双方征战，电闪雷鸣，打得不可开交，那些外来者的目的，不是要占据这里，进行繁衍生息，只是为了收集雨果的作品。我说，也就是说，雨果是太阳的轮廓，诸多行星之核，全宇宙的浩瀚遗产，而不止于人类。她说，我觉得是。我说，我也是这么想的，我平时很少跟人谈论这些。她说，我也是，身边没人可以聊。我说，也许这样讲很冒犯，也像个病句，但我还是想说，不知你能否明白，我总觉得与你相遇之前，一直都在与你相遇。她说，那确实。我说，是吧。她说，确实是很冒犯。

我不讲话后，她反而觉得有些愧疚，想要再次拉近距离，不断为我描述着她的日常工作，采访对象，所读过的书籍，刚看过的展览，以及这几天在N城的生活感受，并提了一些答案显而易见的无聊问题。最后，她自言自语道，决定去我家里坐坐，嗯，去看一会儿书。听起来更像在说服自己。我实在搞不清楚她到底什么意思，但觉得不妨一试。我们花费了很长时间，才抵达住处，此时已是凌晨一点，房间温度很低，进屋之后，她脱掉长衣，从书架里抽出一本诗集，躺进沙发里，头枕着扶手，蜷起双腿，扯过一条毛毯，盖在身上。我烧了一壶水，为她沏了杯茶，又给自己开了瓶啤酒，坐在沙发的另一侧，尝试着向她接近，她却一直在躲闪，缩入角落。我有些茫然，问她要不要听一点音乐？她说，先不吧。这时，书里夹着的一页纸掉落在地上，她拾起来，轻声读道：词语枯索，无人骑乘／不知疲倦的马蹄，环环轻叩／与此同时／从池底升起的，那些恒星／操纵着命运。我忽觉极其羞愧，无地自容，甚至有些恼怒，那些词语如松针一般，纷纷刺向我的心脏。她问道，这是你写的吗？我连忙说，不是，随手译的。她说，很好啊。我喝了口酒，不准备再谈这个话题。她坐起身来，笑着问道，命运被恒星所操纵着，是不是。我没讲话。她继续说，也没有咖啡，是不是。她的眼睛不停闪烁着，我转头避开，还是没有说话。她叹了口气，说道，为什么你总在做一些内心并不认可的事情呢？我说，什么意思？她说，比如，你不想让我来到你这里，至少刚才不想，也不会想要跟我发生点什么，至少现在不想了。到了这一刻，我觉得我的整个夜晚都被毁掉了，无限次地分裂又破碎，我不想关心任何的天体，恒星与行星，也不想关心任何的文学，诗歌与小说，我只想去做一件事情，那就是将我近乎沸腾的双手伸进毯子底下，去握紧她冰凉的脚。我知道她很冷，轻轻发着抖，也许还有点怕，而这是完全没必要的，要知道，就在此时，我比她要更加挫败，失落，不知所措。我对自己感到极度的厌恶，也很委屈，她就像一位技艺高超的前锋，来回撕扯着我的防线，终场哨声却始终未响。我低着头，一句话也说不出来。夜晚落在窗后，她想了想，合上那本书，从身后抱了过来，双臂紧紧环绕，将自己变成一道鬼影，悄悄附在我的身上。

C走得很急，离开我的房间时，只带走了那页纸，背面写着我的邮箱地址。她说，以后写稿子时，可能有些关于N城的问题，还得向我咨询一下，不麻烦的话，还请保持联络，另外，如果能帮她拍几张相关的照片，那就更好了。我随口答应，并未认真。直至十几天后，收到了她发来的邮件，措辞严谨，没有开头与落款，没有分段，读起来像是日记，或者一段剖白：

> 有时，我会期盼一次真正的灾难，重新洗牌，从而可以摆脱一点什么，至少轻松一点，从容地去面对生活，无论与谁。我总会憧憬着新的生活场景，恰如所有理想的伴侣。坎坷又美妙。事实也许并非如此，福克纳说，他们在苦熬。他们就是我们：一边有着超人的意志，以精神相互维系，凌跃于诸多沟壑；一边不断被现实所胁迫，进退维谷。今晚，我走在水边，有那么一瞬间，快要跌过去。我想我也可以明白，哪怕洪水退却，这里仍是一个旧世界，必须要去经受，那些无尽的变迁、消亡与幻灭。半年以来，我试着去写下关于Y的那些故事，越是深入了解，越觉模糊，抓不到任何实际的事物。我每夜都会失眠，躺在床上，无须

侧耳，便可闻见心击如鼓，像读过的一篇小说的末尾时刻，湖影上升，声音垂直降落，向着二人环抱而来。但没有两个人，不是你或者Y，也不是任何人，只有我自己。《圣经》上面说："唯我一人逃脱，报信于你。"作为一名记者，我曾觉得可以成为一位报信者，传递隐秘的言说，以及言说的隐秘。但无数的困境，无数的误解，它们的存在如此坚固，语言最终无法达成一致，恰如我的那些不切实际的愿望。忽然想起来，我们上次见面，你还没登台演奏，我好像就知道你要怎么做了，有时就是这样，一个眼神，一个举动，一次彼此的触及，完全胜过任何的语言，无须解释，所有的犹疑、猜忌与困惑，全然不在。人是信徒，仅为这样时刻而存在。

读过之后，我立刻感知出来，她在N城时不止与我上过床，当然，还有她的那位采访对象。想到这里，我竟然生出一种强烈的恼恨，像是经历了某种意义上的背叛，同时，我也很清楚，自己没有理由，也没有任何资格去产生这样的情绪。这滑稽无比。但那几天，相似的念头却挥之不去。我辗转反侧，不知如何回复。我很想问一问，那支竹笛的状况如何，她有没有吹响，或者什么也不说，只发去一段演奏时的录音,但听了几段,均不大满意。三天之后,我收到了她的另一封,仍无分段,这次的情况更加不妙,完全没有提及我:

Y为我讲过一个故事,有点奇怪,说是关于一位朋友的祖父,当然,我觉得可能是他自己的家族故事。我还没想好如何放进稿子里。暂且整理记录下来,至于主角的名字,我也用Y来代替。Y曾在一间监狱里服刑三年,原因是削去了邻人的一只耳朵,作案工具始终未能找到——按照他的说法,那是一柄透明的斧头。不知为何,同一片土地上,他所种植的作物总是更为繁密茂盛,生长迅速,嫉妒之心引发不可调和的矛盾,邻人认为他施了法术,并想方设法地去侵占Y的土地。他自然不能接受,怒不可遏,犯下恶行的那一瞬间,对他来说,也许是体内所流淌着的血液发挥了一点不良作用,这是他在监狱里意识到的。年轻的典狱长是淘金者的后代,思维开明,信奉改革,公开反对传统神学决定论,反对羞辱与酷刑,热衷于在各个场合强调一些不太新鲜的治理主张。诸如:所谓犯罪,无非一种道德之疾,并不是无药可医,刑罚便是一种治疗,监狱亦非为谁复仇,更谈不上偿还,而是中止、诊断与改造之所。以及：惩罚并不是固定不变的，没有一种真正超越社会结构的正义与秩序可言，必须如舵手一般敏锐、机警，不断审视，适时调整。Y在服刑的第一年里，监狱实施分房隔离，所住监舍约七英尺长，三点五英尺宽，狭小逼仄，常常生霉，白日劳动时不允许任何交谈，违反者将遭受鞭打惩罚，有人因此发了疯；到了第二年，随着新狱舍的落成，改革也步上正轨，静默被打破，典狱长很注重对于罪犯的感化与教育，所以，在农场劳作之余，职业与文化课程也被纳入日常。也即在这一年，Y有了一点属于自己的时间，偶尔翻读杂书，其中一册提及他的那些祖先，步骑结合，骁勇善战，里面说，他们对祭祀毫不在意，只将双眼得见之物视作神灵，比如日、月、星、火、河流等，除此之外，他们的生活只有狩猎和战争。虽然时代不同，但对于这一点，Y可以说是心有戚戚，眼前之人不过是猎物罢了。区别在于，他不需要另一个人的皮肤与毛发，也不准备以任何方式进行享用，对他的心灵来说，死亡仿佛具有使其充沛、丰盛之功效，像是一种彻底的上升。出狱之前，典狱长与Y进行了一次长谈，前后近三个钟头，内容涉猎广泛，从监区管理制度的合法性到农场劳作的分工流程，再到那些新移民所引入的枪械膛线技术等，不一而足。如两位无所事事的老友，各持一杯凉透的茶水，端坐在午后的房檐之下，互不相视，目光只望向远处的尘暴。它变幻出许多形状，或者说，事物就在其中隐藏着，窗帘、铃铛、马车、墓碑，几乎全部的未来生活的象征。典狱长单手托住下巴，侧首倾听，眉毛始终向上挑着，并不时点头，生怕错过Y的任何一个词语，态度至为恳切，事实上，在内心深处，他也沿袭了一些淘金者的狡诈特质，某些时刻接近于亡命徒，虽然他自己并不能意识得到，或者只是不愿意承认。在谈话里，他像是猎手，设下许多陷阱，不断试探，以检验Y是否如其所述，自身之疾已被完全治愈。Y的话很少，表情稳固，几乎不做过多回应，这让他有些摸不准。谈话接近尾声，典狱长起身，叹了口气，走向窗栏，惋惜说道："有时候我会觉得自己相当失败，事实上，走到今天这一步，不得不承认，曾经信任的惩罚制度已经全盘落伍，甚至可以说是破产的；唯一成功的事情，便是剥去了你们——我深爱着的朋友的自由。"Y没有回应，待到典狱长转过身来，准备告别时，他仍低着头，像在聆听伏于地下的那些魂灵的低语。三年之后，监狱发生暴乱，典狱长逃之不及，被一位本是牧师的犯人击翻在地，以绳索勒住脖颈，从办公室拖至监区通道，他的嘴被几个不大不小的金属十字架交叉撑开，涎水横流，没办法讲话，牧师则一路高声唱诗。在此之前，他那些暗自实施的虐待行径，已是犯人们恒久的噩梦。在被一张嵌着长钉的木板凿穿脑袋之时，他所看见的，既不是那位牧师，也不是Y或者其他犯人，而是死去多年的父亲，头顶灰檐礼帽，叼着卷烟，两手空空，只沾着一些湿润的泥土。他站在棚屋之外，仿佛刚从河床归来，仍一无所获，身上却闪着金光，他眯起泛黄的眼睛，讪笑着，轻蔑地吐出几圈烟雾。典狱长一点点地倒在地上，四肢发抖，在呕出的秽物里抽搐。此次事件，为当年最大的新闻之一，波及甚广。Y对此并不知晓，早在一年之前，他便被那位只剩一只耳朵的受害者结束了性命，彼时，他的孩子尚在襁褓之中。在此前的审判，以及与典狱长的那次谈话里，Y都隐去了相应事实：正是他的父辈，将枪械的膛线技术引入此处，并发扬光大，他自幼便懂得如何开槽制刀，拉削膛线，在那些失眠的夜晚，郊狼嗥叫，Y持着挚爱之物，出门迎向月光，在属于自己的平原上游荡。猎物总会适时出现，人影相交，他扳起肩膀，连开数枪，待回音消逝，再去埋葬。大地血流不止，这是他与作物之间的秘密。

缓步

飞行期间，我再次想起这封信件的内容。当时读毕，便产生一些莫名的猜测，开始在网上搜索她的名字，C的本名较为少见，结果相对精准。内容不多，除去一些简短的通讯和推介软文之外，还有三篇她所采写的长稿，故事类型较为杂乱：一篇是发生在中部地区的金融诈骗案，着重刻画涉案父子之间的关系，相互并不信任，行事警觉，处处提防，而除去彼此，他们又并不真正拥有任何东西，换个说法，她所写的不是案件本身，而是当前世代里某种幻觉的维护者和寻租者；一篇是假药生产厂家的普通工人的日常生活记录，涉及一点道德困境，人们并非不知是在造假，糟糕的家境与债务情况又使其只得在此工作，隐隐触及当地的产业结构问题，不过，我认为她想要表述的是，很多情况之下，看似有所选择，其实并没有，不是命运或勇气的问题，而是无限迫近的现实，整篇报道通读起来，更像是她为自己进行疏导与劝慰；还有一篇，大概有四五千字，她写了一位在异乡生活的年轻人，没有朋友，也没什么经济来源，深居简出，过着清教徒似的生活，观看岩石，去山上挖笋吃，行事稍显偏执，大部分时间用于练习演奏乐器，也写一些相关的文章，少有登台或发表的机会。看似内心安宁，实则狼狈不堪，头脑一片混乱，常常陷入污浊与焦灼之中，简而言之，三流的音乐家，二流的乐评人，一流的失败者。根本不存在无我与忘我，到处只是碎裂的自我。在文章的结尾处，她提及一个场景，那位年轻人来到午夜空旷的山间，对着沙沙生长的植物进行吹奏，为岩石安排词句，像在召唤鬼魂，令人遗憾的是，那些乐句十分简单，幼稚，气息不畅，经不起任何意义上的推敲，抵此之前，年轻人跟她说，他在以演奏时的瞬间直觉去消解童年、时间与潜意识。C写道：吹奏不过十几分钟，如同一次热身，回音消逝得很快，一切仿佛从未存在。黑夜降临，山影混沌，难以分辨，天空正在上演着一幕哑剧。他可能也意识得到，那些声响正如其生命里闪逝的片断，无始无终，如梦如影。树木安静，没有掌声与欢呼声，他放下了乐器，发出一阵无能为力的啜泣。

  我查看了一下日期，发现最后的这篇报道刊于七天前，进一步印证了我的猜测：C不是一位诚实的记者，反而像是写小说的，这些所谓的非虚构文章存在着严重的道德问题，不但不够客观，且掺杂着大量的谎言与捏造成分，原型错乱，细节仓促，她是在以想象、经验、技巧来填补自身与现实之间的沟壑，极具欺骗性。显而易见，最后这篇报道有一部分来源于我的经历，包括她描述的对话情景、生存状态、居住的公寓环境等等，如出一辙，我自然非常不满。此类报道的吊诡之处就在于此，若提出抗议，她完全可以说你不过是在自作多情，文章所述另有其人，这又是没办法反驳的。我也不想束手待毙，任其涂抹，于是平复心情，给她回复一封很长的邮件，先是肯定了她的语言与叙述方式，认为信里所讲的是个不错的故事，值得一写，也委婉提出几个可供尝试的视角，推荐了一些书籍，谈了谈自己的生活，询问关于Y那篇报道的进度，最后说道，刚好读完她之前所写的文章，觉得自己变成了素材的一部分，不是不可以，但在未经允许的情况之下，总归不太妥当，倒也不必致歉，只请日后尽量注意为好。邮件发出后，我的气也消了大半，毕竟说到底来，文章写得十分隐晦，均是化名，许多场景也是虚设，没有触犯到我的实际权益。不出五分钟，便收到C发来的新邮件，里面只有一句：我什么时候说要跟你道歉了？

我很无奈，决定不再回复。从此开始，C的信件却不曾停止，几乎是每天一封，偶尔两封，三封，如待支付的账单一般，相继传来，时长时短，长的有数千字，短的不过一两行，经常谈起所处的现实环境，偶尔也有一些随机记下来的句子，不明所以。比如：真理一而再地谋杀着所有的活人。又比如：走入你的格勒，一边是海螺，一边是花朵。再比如：我是你不得不使用的词语，我是一行犹豫不决的诗。那些描述自身境况的邮件，也是真假难辨。这半年里，她流露出来的信息包括但不限于：第一，N城返回之后，便办理了离婚手续，当天夜里与我见过又匆忙离开，主要因为此前跟丈夫发生了一场激烈的争吵，她坐在地毯上哭泣，丈夫向着空气挥出一记刺拳，她想继续哭，又不太敢，丈夫脱掉裤子，走去卫生间，对着她的一堆化妆品开始手淫，她摔门而去，找了家酒吧买醉，正好见到我在演出，发生了当天的那些事情，后来，她想到丈夫也许正在四处找她，于心不忍，也就没有留下来过夜。第二，离婚之后，她搬去首都，换了一份工作，还是做记者，薪水尚可，压力有一些，心情好了不少，重金租了一间高级公寓，住在此处的女性居多，每一个看起来都很孤单，却又很好看，像一颗颗小小的彩色磁石，她觉得自己很适合，暂时没交男友，也不太需要。第三，Y的故事，她写到一半时，准备放弃，主要有两个原因，其一，她不想再轻慢地对待被访者，而所得的那些材料，若如实消化再写出来，又觉索然无味，实在不知应如何继续下去，其二，自己最近胖了一些，主要长在脸上，看着颇为慈善，过度温和，她很忧虑于此，无暇顾及其他事宜。第四，她在网上找了许多视频，也请教了朋友，想试着学一学竹笛，却始终不得要领，每次吹响时，她总会想起我来，情绪空落，以及，经我的建议，她也开始写一点小说，相比时事报道，她觉得也许这是更为诚实的表达方式，没料到的是，它们给她所带来的，不是满足与快感，往往是一种深切的羞耻，循环缠绕，使其皱缩。第五，她仍旧失眠，偶尔睡着了，又总会做着同一个梦，梦见自己很老了，又矮又小，走在一望无际的赤褐色荒漠里，口里很渴，声带退化，喊不出任何声音，她要去寻找一个人，一个等了她许多年的人，太阳升起来，始终不落，晒在裸露的皮肤上，愈觉刺痛，地上都是耀眼的金光。她很疲惫，也很恐惧，因为每走出去一步，便会忘掉一段藏在心里的回忆，她走了很久，能记起来的越来越少，这使她明白了为何襁褓里的婴儿总在哭泣，宛如新生也是一种巨大的痛苦啊。像一只失控的热气球，必须不断舍弃，才可能继续上升。天空往往空无一物。她不知到底能否找到那个人，也担忧自己一不小心就会忘却，但别无他法，只能这样走下去，在剩余的记忆全部耗尽之前。

夜里很热，空调不太管用，我躺在酒店的床上，降落时的激荡心绪一点点消散，无数锐利的碎片不断隐现，使我再次陷入混沌之中。自从C离开N城，这种体验不止一次奔涌而来，渐渐淡漠的记忆与纷沓而至的信件共同构成了我的另一重生活：我仿佛就在她的身边，暗自注视，日夜不息，不曾离去。如 C 所行之事，我也以想象、经验、技巧来填充不可逾越的物理距离，不是感同身受，而是时刻与之同在。我经常逼迫着自己思考，对于 C 来说，我也许不过是一个黑洞，向着中心点不断坍缩，吞噬着声音与物质，思维的无定形态以大于光速的逃逸速度在此湮灭——她只想倾述，并不需要一个真正的对话者。只一瞬间，我便又倾身没入信件之海，那些文字使我无比坚决地认定，她确实是在对着我说话。唯我一人，不存在其余的可能。时而像在抚慰，将自身降低一个维度，喃喃低语；时而像在叫喊，以一种不可置疑的腔调，驳斥着所有的沉默。我反复阅读，发现在那些信件里，如若要提炼出一种特征，那么也许不是事件、情绪与讲述方式，而是一种流质的存在与发生，如一段足够漫长的混响，在聚集与滚动之间垂落而成。那些细菌式的语言，不由分说地注入我的内部，安息繁衍，进行着分裂生殖。

这几个月以来，我丧失了聆听与演奏的兴趣，一直躲在房间里写作，大部分是对 C 的信件进行着回应，也有一些零碎的诗句与小说片段，均不太成立，也从未发去过。我无法辨明时间，总在出神，长久地陷入她所叙的系统与环境之中，不愿或者无法挣脱。书写作为一种纯粹的行动秩序，依旧难以缓解这些忧郁，反而令我向着窒息的边缘迈去，尤其是最近的四十天，毫无征兆，C的来信忽然中断，没有任何原因。在我的世界里，她如同恒星一般，逐渐变得遥远而渺小，而其炽热的灰烬，却依然维持着我的体温。我没有别的联络方式，只好一遍又一遍地阅读书信，尝试着从中寻获痕迹与线索：一无所得。之后，几乎是以哀求的方式，我每天给C发去数封邮件，有刚写好的，也整理了部分旧作，言辞混乱却恳切，满怀热望，以期回应。这种不间断的吁求与呼叫，近似荒岛之上的妄念，狱中的自白书简，日复一日的劳动与祈祷。我想，作为这个异境的创生者，她或许可以听得到，进而释放她的怜悯，哪怕只是很少一部分。

一周之前，我终于收到C的回信，只有短短的一句话，上面说，若你方便，可以回来见面谈谈，底下是一个手机号码。我连忙又发去几封邮件，问询情况，那边却没了动静。我想来想去，无法决断，在一个失眠的凌晨，我实在不堪折磨，便订好了机票，收拾行李，准备回到首都。我的行程事先没有跟她说过，我想的是，要么直接奔向她租住的公寓，守在楼下，直至她出门发现了我，或是惊喜，但这样的行为不太必要，且会显得比较愚蠢；要么我装作不经意，随便找一个借口，跟她说已经回来，有时间不妨一见，而这与信中所述的心境又颇不符合。最后，我又冲了个澡，关掉所有的灯，决定如实汇报。我给她发去消息，告诉她说，今日下午已抵首都，刚安顿好，住在公寓不远处的酒店，此行没有任何目的，只是想与你再见一次，亦不强求，依你安排。此外，这里的夕阳相当美好，使人沉浸，你离开N城之后，我再也没有演奏过，萨克斯也生锈了，高音嘶哑，无处咆哮。那些锈点如字迹，无法破解的暗码，衍生扩散，密布周身，也像我的心脏，前所未有的超负荷，透支劳作，不堪一击。有天夜里，它们轮番行去，化作哨声与鼓声，迎向窗外的山势，赤色天空的运行，各自分解，倒伏或者伫立，线条笔直而迅捷，形成不同的峰值与夹角，召唤着所有的血液，流淌着前去聆听。好了，说了很多，期待重逢，我很想念那只竹笛。

　　直至深夜，仍然没得到C的回复，我也想过打个电话，又觉不大礼貌，既然已经回到这里，便不应再去催促，我们之间也不是以此方式维系，或许可以再等一等。我辗转反侧，一夜无眠，当然，也有时差的原因。凌晨，我起床出了门，天光昏暗，乌云潮湿，没有风，附近是一座古代亭阁，朝露萦绕，壁上隐有尚未蒸发的水渍。我沿着外墙行走，看见一个女的正在打羽毛球，穿着一身绛紫色的运动装，站在草地上，手持球拍，半屈着膝盖，蓄势待发。我看不到她的对手，也没有喊声，双方以墙作网，那只羽毛球孤零零地从墙内升起来，又在这边缓缓下落，她侧跃几步，俯身挥拍，上挑击打，动作十分矫健。由于无法根据对方的动作进行预判，也听不到击球的声音，她看起来就像在与一片空无对垒。我很想跟她说些什么，但球一直没有落地，我点了根烟，快要抽完时，她反手挑出一个高远球，几步奔了过来，顺势把拍子塞入我的手里，我很紧张，立马摆好架势，严阵以待。等了半天，球却没有再飞过来。她摇了摇头，又将拍子从我的手里抽走，对我说道，结束了。我说，什么？她说，以后再来。我说，以后？她说，对。我说，不一定能来。她说，随你。我说，你在跟谁打球？她说，没谁，就我自己，不来算了，拜拜。我说，等等，可否一起吃个早饭。她没理我，用毛巾将拍子仔细擦拭一番，放入一个棕色的皮包里，之后迅速合拢，背在肩上，径自向前走去。我认出那是一只装中音萨克斯的双肩背袋，同样牌子的我也买过，价格不算便宜。我跟上去问，你会吹萨克斯？她说，不会。我说，这个包是用来装萨克斯的，你知道吧？她说，我想装什么就装什么。我说，家里有人懂乐器？她说，你怎么那么多废话啊。

午间，C发来几条消息，当时我正在酒店里补觉，没有及时读到。醒来后，头晕目眩，花了一点时间，才记起自己身在何处，距她发来消息时，已经过了三小时十八分钟。C发来的是一个餐厅名字，跟我说道，这里见，晚上七点半，你先去占地方。那是一家东北菜馆，名字普通，位置不难找，我提前二十分钟抵达，隔着塑料门帘，亦可觉出室内的混乱与嘈杂，能量超载，无处倾泄，像为此处筑成一个小型的防御工事，声浪如同火力，不断跃动着向周围辐射，将入侵者击倒在地。没有包房，我守在一间敞开的隔断里，一面是方砖砌成的石垛，沿墙而落，放着几个久未洗过的苇草坐垫，另一面是崭新的木质长椅，覆上一层薄薄的清漆。我的左边是一桌聚餐的中年酒鬼，嗓音粗粝，久违的乡音，桌上摆满了空瓶，讲起话来节奏鲜明，此时在谈论着一位经历坎坷的女性，不屑的言辞之间又充斥着某种辉煌的向往。右边是两个女孩，穿得很凉快，露着大腿，相对而坐，没喝酒，桌上只有两盘凉菜，脑袋凑在一起窃窃私语，表情神秘而夸张，听不到在说些什么。我发消息告诉C说，已到达饭店，环境比较吵闹，说话听不太真切，问她是否需要更换地点。她没回话。七点五十分，我已经喝掉三瓶啤酒，C终于赶了过来，我很惊讶，有点不敢认。如其所述，她的确比半年前胖了一点，或者说，不止一点，行动依旧迅捷，刚进屋时我就发现了她，我喊了一声，抬手示意，她朝着我这边看了一眼，毫无反应。隔着半高的栏杆，我只望见一颗孤单的头颅在半空里漂浮移动，身体的其他部位像是埋了起来，换句话说，如一架在地底行走的推土机正席卷而至。另一方面，她的打扮也相对随意，神色不佳，没有化妆，半长的头发凌乱披在脑后，套了一件短袖T恤，上面是一只脏兮兮的卡通老鼠，眼神迷离，神态惊惧，像是刚吸了毒。我在N城与她初遇时，那银矿一般的神秘、肃穆与冷淡，全部消失不见，如被魔鬼窃去。我立即想到，不止于她告诉给我的，这半年以来，一定有什么更为激进的事物在她身上轰然驶过。

C落座后，既不抬头，也不讲话，只是翻着菜单，从头到尾，一次又一次，如在审查。我低声问候，说了几句并不要紧的话，她一直不理。我有些失落，挑衅着说，你看起来好像有一些变化。C果断说道，我没有！我说，有什么事情发生？她说，没！我缓了缓，说道，没别的意思，请不要误会，我很想念你，回来也是这个原因，见你是我此行唯一的目的。她没说话。我又问，小说写得如何？她说，跟你没关系。我说，期待读到你写的东西，什么都行。她喊道，你以为你是谁啊！我摇了摇头，不再说话。这时，C开始落泪，以一种夹杂着愤恨与不甘的方式，双手捂紧脸庞，不断地倒着气。我有点走神，也没有进行任何劝慰，她在此时的哭泣，使我意识到在这样一片混淆与嘈杂之间，哭声仍具备着锋利的穿透之力，相当奇妙，类似于思想，独立于时间和空间的存在，塑为自我本身的形体。过了好几分钟，我才反应过来，C哭得有点缺氧，于是站起身来，准备坐到她身边。这时，右边的一位女士探了过去，在另一位的脸上狠扇了一记巴掌，声音清亮，然后若无其事地回到原位。挨打的那位低着脑袋，当作什么都没发生，一侧的脸颊迅速红肿，我的目光被吸引过去，觉得两人长得都很好看，或称得上端庄。紧接着，左边的那桌一齐唱起歌来，几位男性放低喉部，模仿着中音，长短不均，相互给予肯定的眼神，那声音听来十分骇人，如同一群快要死去的驴，病痛缠身，不断地发出绝望的哀嚎。我想到一位作家曾说过，真理就是快要死去却怎么也死不掉，以及C在信里所说的，谋杀着所有的活人，很显然，这种歌唱与真理近似。我想把这些统统告诉给C，却发现她已倒在长椅上，闭着眼睛，脸色发白，接着侧过身体，开始干呕，一声又一声，像是有人从她的胃部向着喉咙击了几拳。我忽然特别崩溃，极为无助，不知怎么做好，更想不清楚，我这次回来到底是为了什么啊。

我拖着C走出饭店,她很没气力,几乎瘫在我的肩膀上,此时差不多十点,我说,要不要打个车,先送你回去。C没说话,向前挪了几步,小声问我,能不能去我的酒店休息。我没拒绝,进入房间后,她去了卫生间,半天没出来,只有无尽的水声,我很怕她偷偷自杀,又觉得理应不会,既然她拥有伪造另一重生活的能力,那么对于在自身上发生的,也会有办法进行消解。我烧好热水,为她沏了一杯茶,想起此景与在N城时的那个晚上有几分相近。我疲惫地坐了下来,点了根烟,之后是另一根,快要睡着的时候,她终于出来了,躺在我的身边,头枕着扶手,双腿蜷着,挨近我的手臂,也没有讲话。我将茶杯递去,她起身喝了一小口,接着便吻了过来,只是轻轻几下,点到即止,然后问我想不想跟她做爱。很奇怪,我回来并不是为了这个,这很明确,加上刚才发生的一切,按理说实在没什么心情。但此时,我却有了不小的兴致,甚至无法忍耐,顺势向她压去。C的头发刺得我有些痒,我将其分在耳侧,她用小指又挑起一缕,遮在脸上,用嘴死死咬住,不肯放松,像是在挑逗,或者准备就义。我匆忙进入,她将我的肩膀推开一点点,表情坚毅,我顿时有些扫兴,也向后撤去,她马上又抱了过来,跟我说,你不要走啊，我很害怕。

　　第一次时，我的表现不算太好，草草收场，无法集中精神，做的时候一直在想，她到底在害怕什么呢。几乎没有间隔，便又来了一次，结束之后，已经半夜，我有些乏力，但并不困倦。我们赤裸着身体，以最大面积覆住彼此的肌肤，我用力抱紧，想让她融入我的怀里，贪婪地把她呼出来的气息吸入自己的肺部，仿佛我将以此重生。此时，我再一次确认了那种无可言明的依存与迷恋，并不全部出于个人的情爱，她在我身边时，一切趋于无限，像未尽的长音，在耳畔萦绕回响。所谓的终点，总也无法抵达，C将直线距离抻扯为一道曲线，弧度一再抛高，如过河入林的秘密时光，平静而无惧，长久燃烧，不曾衰减，或者凌晨遇见的那只羽毛球，一次又一次，上升或下降，最终不过是暂时隐匿起来，在新的一天再次出现，永远不会落到地上。

　　我想，既然余下的时间为她所建造，那么有必要赋予或者偿还一部分，所以，在C提议要我陪她出门时，我没问去往何处，只是默默跟随。上车之后，我坐在后座里，紧张地握着她的手，行至中途，她开始发抖，我问她是不是有点冷，她没有回答。出租车在小巷的入口处停了下来，在我的搀扶之下，她来到街上，有人在近处喊叫，声音很大，好像此刻整个世界都处于一个极端亢奋的状态，如赌徒一般，双目猩红，言语凄厉，准备孤注一掷，将自身炸得粉碎。巷内是一排待拆的平房，光线暗淡，很少有人住在里面，C侧身走入，熟练地引领着我，绕过残败的围墙、水洼泥潭与贴着封条的窗户，向左——向中——向右——向左——向左，都很狭窄，部分区域仅容一人通行，我从来没想过，里面竟如此逼仄复杂，像是植物叶脉之间的神经网络，或者从天空俯瞰下来的城市水系图景。C吞吞吐吐地问道，是否认为她所写的文章在很大程度上都是虚构的。我说，至少看来如此。她说，其实不是，我从不讲述他人，而是在以自己的命运去写啊，故事早已存在，一点一点重新结晶，它们在我的身上一再地发生，这无比确凿。我没说话，她又补充一句，但是，我不能真正将它说出来，只是承受，持续地承受，这是我们共同的悲剧，像你在信里摘过的那句诗——为了获得，而放弃；为了生，你要求自己去死，彻底地死。说完这句，我瞬间感知到，死亡是一名技巧高明的打击乐手，埋伏在前方漆黑的角落里，推动着演奏，我们服膺于其内在的驱力，踏着它的音符行去；驱力消磨着我们的时间，往复直至耗尽；欲望创造着新的时间，无法被真正满足，所以始终神圣。死亡的演奏无非是将驱力的满足神圣化，结果仍是空无，写作则恰恰相反，它在自身的循环之中上升。这一时刻，我很想回到N城的公寓里，坐在桌子前面，迎着日光，一字一句，完成一篇关于C的小说，包括她的那些挣脱与束缚，已经发生与尚未发生的，无垠的寂静及其回声，而在小说的开篇，我也许会先谈一谈自己。

楼梯如一个悬着的铁环，焊在砖房外侧，台阶卷折，有时需要扯开步伐跨过，C恢复了体力，灵活地向上攀去，我跟在身后，小心翼翼，来到了二层高处，一阵风吹来，带着钢锈的味道，涂了绿漆的铁门立于面前，痕迹斑驳。C的鼻尖渗出汗珠，我很想将她拂入怀里，她不看我，只是深吸了一口气，将门缓缓推动。门的后面是一条半拱形的通道，一眼望去，深不见底，不知通向何处，也许抵达不了任何地方，像这座城市里一根废弃的血管，凝满了灰尘，没办法再疏通，不过是一条死路。通道的底部似有防腐的海绵，踩着很软，我在其中行走，很快失去方向感，只觉是在下行，这里的通风不良，类似沼气的古怪味道不时传来，再往前走，温度也有明显的升高。前方依稀闪光，时隐时现，轻轻地颤动着，我有点紧张，感受到了一种狂热与躁动：比如古城邦的废墟，遗民流落于此，隐秘集会，高唱昔日的诗篇；或被焚毁的防空洞，燃烧着的平原，岩浆向外流淌，喷吐着火舌与歌。事实上，走到尽头时，我发现这里如从地表处渗下来的一座活动房屋，面积要大一点，至少近半个足球场，室内相对空旷，水泥地面开裂，没有什么设施，只是几把残破的折叠椅子，贴着墙摆放。此时，这里已经有了七八个人，或闭目养神，或在活动手腕和脚踝，相互之间不说话。光线很难适应，四周墙壁上挂着几枚射灯，映出一片幽暗的绿色，绒状物与烟雾在空气中浮沉，那些光线返照在人们的脸上，看起来像是扣着一副青铜面具，我想那也是心灵的肤色。恍惚之间，一个人影从我的身边快速经过，没有起伏，像是游过去的一条鱼，头顶着的皮帽如鳍一般摇摆。

C跟我说，这是一座地下的旱冰场，无人管理，也没名字，或者说以前有过，也没人记得了。场地存在许多年，比较陈旧，仍可使用，每个夜晚都有人来滑冰，互不交流，天亮之前散去。我望向身后，发现入口旁边斜着一块报废的霓虹灯招牌，看长度的话，本应为四个字，但破损严重，电线外露，灯带垂落，只能辨清后面的两个字：乐园。地上凌乱地放着数双尺码可调的老式冰鞋，皮带破裂，看得久了，也会产生幻觉，那些滚轮仿佛正在自转，只要穿上去，无须用力，即可自动滑行。戴皮帽的人再一次经过，他的动作幅度很小，直立如同僵尸，正在绕场而行。C为我选出一双鞋子，掸去灰尘，递到我手里，近乎凶器的重量。我稍有迟疑，还是换上了鞋，其间不断有人进场，加入到队伍之中，恪守着某种承诺，沉默滑行。C说，你来过这样的地方吗？我想了想，说，来过，那是一间唱片店，都是几十年前的录音，但在那里，它们从未发出过声来。她说，有机会我也想去看看。我心里说，我就是从那堆深海的坟墓里爬出来才遇见的你啊。我问C，你经常来这里？她说，偶尔。我说，怎么找到的这个地方？她说，它来找的我，循着命定的频率，你也许不能明白，那也没关系。这时，一道暗影如水迹般滴落在我们之间，将地面一分为二，有人站立在中间，无须C的介绍，我几乎立刻知晓，这就是Y，或者说，我单方面认为他一定是。与之前的想象不同，那位精明、矮小、狡黠、无常的农场主，此时看来，更像一位深沉而庄重的贵族，个子很高，头发花白，并不稀疏，眼窝深陷，颧骨高耸如被刀塑，穿着一件旧得发皱的灰色衬衫，领部软塌，衣袖挽起来一半，周身透着清冷的气息。他低声说着话，那些字句晶莹，如同夏日里从蛛网上滚落过去的雨滴。同时，我也不知道为何会产生这样的印象：他刚从一辆产自东欧的黄色小巴车里走出来，先弯下腰，又探

缓步

出脑袋，眼球左右闪动，野兔一般机警，从不轻易迈出任何一步，好像此处正被鬼火灼烧，表面滚烫，无处落脚，随时准备蹿回车内，继续一生的逃亡。过去的许多年里，我想，他都是这样活过来的，轻易去相信一个女人，却绝不信任脚下的土地。前一点使其漂泊不定，无家可归；后一点使其摆脱噩运，持续存活。他拎来一把椅子，放在我和C之间，自己坐了下来，双手合在一起，像在祈祷或者沉思，又将双臂大幅度展开，地上的阴影如一双巨大的侧翼，收拢再舒张，庇护着我们二人。然后，他的头转向我这一侧，唤出了我的名字——那一刻，我简直以为他是在为我命名，差点哭出声来。我克制住不合时宜的情绪，点了点头，回以问候。C穿好冰鞋，抚着Y的肩膀站了起来，向前滑动几米，又退了回来，重新绑紧鞋带。再次起身时，Y伸出了左手，将C的拳头握在其中，似一次放任的吞没，Y望着她，眼神里荡涤着宽容与谅解，温柔得无以复加。Y松开了手，C向前滑去，双脚并拢，蹲下，起立，没有回头，逐渐行远，在第二个转弯口，她追上了其他人，之后迅速成为领军者，其余人变作她的随从或影子，一并向前冲去。这时，Y拍了拍我的肩膀，他的手停留在半空里，我侧身望去，很难说清那到底是一种什么样的器官——粗糙、干燥、布满沟挚，如一种深层次的语言，极度复杂的同时又极度准确。我预感到他即将开口，就又开始紧张，卑微至极，像要与久未谋面的父亲对话——我所有的背弃都在其预料之中。他说，她对你印象很深，自择其途，孤身献祭，在文章里，甚至写到了一部分的你。我想，一部分的我，没错，只是一部分，那么轻盈，那么少，简直可以忽略不计，没有任何一个人会记得，她的写作也不过是为了更好地遗忘，仅此而已。我回应道，那不是我，也许另有其人。Y笑了，摇了摇头，没再讲话。我意识到，今天的一切像是设好的陷阱，早在身处N城时，便已埋藏在不远的前方，静待我的坠入与尖叫，光线沉落，错误之径无法绕去，任何多余的话语无非是更为剧烈地揭示着那些失败与懦弱。我迫切想要知道，是否有人同我一起，长久淤滞于此，在这里彻底变为废墟的时刻。我像是一位丧失星空的迷路者，正在苦苦哀求着自己的向导，渴望得到指引，不舍让他离去，Y也许正在饰演这个无法拒绝的角色。C再次经过时，Y开始喃喃自语，如在施咒，我集聚精神，花了很大力气，仍然无法听清。场地里滑冰的人群愈发壮大，像一窝失控的马蜂，或者一条流动的巨蟒，发出密集灰暗的噪声，嘶嘶作响，齐齐涌来，只有我和Y尚未加入其中。我又想到，不仅是Y和我，所有人的角色都是如此，从来只是一位在场者，一位见证者，一位潜伏者，说得再清楚些，一位不可豁免的逃逸者。在每一个时代的夹缝里偷偷溜走，又悄悄回来，装作一切从未发生过，任何事物都无法真正远离我们。我们熟练地操控并滥用着某种致命的意识。想到这里，我深感疲惫，周身无力，眼前是无法撤回的契约。Y叹了口气，对我说道，人是燃料。我说，什么？Y说，我们不过是一簇燃料而已。说完之后，他站起身，活动几下身体，以冲刺的姿势迅速扎进昏暗的光线之中，切入整支队伍，我跟随在后面，无须用力，脚下的滑轮引领着向前荡开，转向又转向，直至与所有人融在一起。我想，他说的不错，我们无非是燃料，如在冶金，反复地行使与牺牲，执行或者审判，直至挥霍一空，全部的故事在这种循环之中上升。我渐入佳境，甚至感觉得到，我的轮子也即我的吹奏，我的书写，我的震颤，它们被裹挟在庞大的噪音之间，围绕着不存在的中轴线径自旋转。怠惰的引擎正在发动，将整个地方一点一点抬至地表，如同悸动着的骨骼，如同不断上升的海平面，航迹消逝，漫溢的潮水向外荡去，缓慢流淌，行至明日，浸没无处降临的白昼、黄昏与夜景。没有祷文，没有钟声与笛声，新的世纪正在诞生，它剖开黑暗与温水的挤压，撕毁火漆和热蜡，以势不可挡的姿态，穿过山石与峡谷，拂去细碎的枝条，来到襁褓之中。我在人群里加速行进，竭尽全力，超越了Y与他们的幻影，来到C的身旁，与其并肩。我们面目一致，同为活人，同为哑人。噪音像滚动的词语，公正并且充满尊严，在脚下与身后追逐不止，撞击着头颅，冲刷着唇齿，发出一阵阵不可磨灭的哀叹之声。没有起始，没有结束，唯存无尽的中途，只能一往无前。

羽翅

从杨柳青站下车时,我的背包里装着一套换洗衣物,两本书,一台笔记本电脑,半盒烟,以及一张工作证。证件边缘锋利,上面是我的照片,前几年拍的,神态傲慢,不屑一顾,如今看来,不免有几分羞愧,背面印着一篇小说的名字及评语,于去年春节时完成,出乎意料,发表之后,获得一个文学奖项,影响颇为广泛,之后是开会研讨,登台发言,领受荣誉。刚在火车上,我捧着工作证反复端详,仿佛借此可以捕取一些隐秘的线索,从而发现这个时代的某种密码与奥义，却事与愿违，一无所获，只是眼看着它被两侧的书名号渐渐勒紧。

三天前的会议上，我几乎一直处于梦游状态，批评与赞扬均不能打动我，那些壮阔纷繁的话语，于我而言，过度嘈杂，难以忍耐。我如坐针毡，有好几次，都想直接冲出门外，点上根烟，再溜回房间，收拾行李，连夜奔逃，但事实上，我却相当规矩，挺直身躯，严谨发言，像一台运转稳定的印刷机，不断复制着自己的谦逊与真诚，并将它塞进每个人的怀里。我在台上一边说着无用的废话，一边想象着自己也在台下聆听，脑海里不断涌出几句歌词，来自上个世纪的某支乐队，他们唱道：我们绝对安全地方谈论着这场革命，我们把手插口袋里前进着，我们只是一个酷爱他的观众。

会后聚餐，我连喝两杯白酒，浑身燥热，根本坐不住，便拎起外套，走去室外。酒店位于城郊，四周寂静，枯树遍布，远处有几座仿古民居，勾画出荒凉的轮廓，夜色覆压及肩，我忽觉无比沉重，于是绕到后院，靠着石墙点了根烟，给刘婷婷打了一个电话。我跟她说，打算晚回去几天，刘婷婷问及原因，我说，遇上一位以前的朋友，许多年没联系了，如今在杂志社当记者，也来参与报道活动，结束之后，他要去做另外一个采访，跟一位隐居许久的音乐家对谈,机会难得,我准备同去,也许可以顺便写一点什么。据说那位音乐家住在郊区,租了一间很大的房子,深居简出,没有家具,睡在地上,室内空旷,而他的全部乐器只是一套鼓,你还有印象吗,我们刚在一起时,每天都在听他的录音片段,从早到晚,循环播放。刘婷婷说,叫什么名字来着?我随口编造了一个,她说,对,我想起来了。

挂掉电话后,我低声哼起一段旋律,并非来自那位虚构的音乐家,而是一首耳熟能详的流行歌曲。曾有一段时间,我在沈阳租房子住,小区略显偏僻,化工厂旧址,后来盖了商品房,也卖不出去,传说水质有问题,某种元素超标,黑压压一片楼,入住率很低,夜间的灯火如同星光一样稀有。我走在回去的路上,总能听到这首歌,道边是数不清的树,间隔没有规律,但正值壮年,夏天里,树冠高扬,几乎将天空全部遮住,四五家练歌房分列两侧,招牌破损,装饰随意而陈旧,门口往往摆着两台冰柜,压缩机噪声极大,旁边是成箱的、落满灰尘的空酒瓶。无数做工粗劣的外放音响挂在头顶,唱着同一首不切实际的歌:如果我有一双翅膀,我要离开这个地方。整条街就像一条梦的河流,时间在此不停折返,刚进入时已是尾声,在中部却又遇上前奏,离开之后,所有的音符重新凝聚在一起，将你奋力向外掷去，水雾消散，前方的航路渐渐清晰，回首望去，半数的霓虹灯隐约闪烁。

那时我在出版社做编辑，没有开始写小说，有一次，被一位作者拉着喝了不少酒，打车回家，走到一半，胃里难受，急忙喊停，在路边吐了一次。吐完我问自己，图啥呢。也答不上来。正好听见这首歌，顺着声音钻进其中一间练歌房，进入到包房里，叫了箱酒，没喝几口，倒在沙发上睡着了，半夜起来时，发现外套盖在身上，身边躺着个女的，烫着金黄的卷发，缩成小小的一团，手脚攥紧，像只狮子狗，也在睡觉，呼噜打得挺响。我把她的脸扭过来，看了半天，确认自己并不认识，便将她晃醒，问，你是谁啊。她眼睛也不睁，拱进我怀里，说，别管我，行吗，困。我说，不行，我记得我一个人来的。她说，我也是啊，谁不是，咱们都是。我说，这样不好。她说，包房我开的，上个厕所工夫，回来发现你躺在沙发上，喊也没反应，还多了一箱酒，账我都结了，给我唱首歌，我原谅你。我说，不会唱，我把钱给你，我回家了。她说，你回家干啥。我说，继续睡觉。她说，在哪儿不是睡，你是干啥的啊。我骗她说，写小说的。她从我的怀里抬起头来，睁了一下眼睛，又迅速闭上，自言自语道，等我睡醒，能不能也给我看看啊，我挺爱看小说的。

我说，你叫啥。她说，刘晓羽，拂晓的晓，羽毛的羽，好听不。我说，名字一般，解释得挺好。她说，其实我不叫这名儿，但今天就想叫这个了。

我在北京住了两个晚上，谁也没联系，去前门附近看了一场演出，那支乐队当天的表现不如人意，我有点失望。除此之外，每天就是吹着空调看电视，外面很冷，节目里却还是夏天，人们穿着短袖，裤子提得很高，背起手来，谈论着三峡水库的水位已经落至一百六十五米，不必恐慌。在此期间，刘婷婷给我打过一次电话，告诉我说，女儿有点发烧，做梦直说胡话，问我何时回家，我说快了，又问我那位音乐家的境况如何，我说，不好描述，他最近做的事情相当奇怪，你知道，年轻时他在一家电子市场里打过工，对各种电器元件非常熟悉，去年开始，那套鼓已经卖给一位出租车司机，换来一堆奇怪的设备，比如旧硬盘、观鸟器、调幅收音机、日光灯的镇流器等等，他将之拆卸，进行二度组合，与笔记本电脑连接起来，延展、扩张，做成新的演奏乐器，比方说，昨天演示的是，接通两块转速不同的硬盘，使其相互振动，齿轮与轴承发生物理反应，以麦克风收取这类声音，作为素材，再附上效果器的调变，最终呈现的声响非常诡异，像来自另一个空间。我编得正兴起，刘婷婷听着很不耐烦，没等我讲完，便打断说，刚测好体温，三十九度二，等不了你，烧迷糊了，我带她去医院。

我躺在宾馆里，心绪失落，也担忧女儿，种种情绪汇在一起，复杂难解。烟抽完后，我出门去买，楼下转了两圈，也没找到超市，只好向更远处走，不过晚上八点，街上已经罕有人迹，一是由于天气，据说今天是北京入冬以来气温最低的一天，很少有人出门，二是地理位置，我住在老城区，周围都是平房，更近似于县城，陈旧，破败，毫无生机，只有漫无边际的黯淡。一阵风吹过来，红白相间的交通锥筒从街边平移到路的中央，塑料底座掠过柏油地面，发出空荡的坼裂之声，如一枚侧杀出来的棋子，或者一座低矮的墓碑，划分夜晚的界线，将我拦截在外。

我在路边坐下来，掏出手机，定了一张明天的返程车票，想给刘婷婷写一条很长的信息，却怎么也说不明白，删改数次，两只手都要冻僵了，也没什么进展。有些话很难表述，一旦落在纸面上，每个字都流露着无可回避的自私，演变为拒绝与推卸，所有的句子不会有任何明确的表面含义，它们交织在一起，只会让对方无限次地投射在自己身上，并且认为，你所谓的纠缠、困惑与痛苦，与她目前所承受的相比，并不值得一提；或者更进一步，她也许能想清楚，我们所有人的纠缠、困惑与痛苦，都没什么可说的，终会化作一个傲慢、羞耻、令人痉挛的玩笑，许久挥之不去。我写到一半时，大风反复刮开屋上的毡纸，如同掀动着结痂的伤口。一位盲人经过此处，戴一顶棕色棉帽，穿着皮夹克，手持细长的竹竿，在地面上来回斜扫，像在默写一列长诗，轻盈，漫不经心，也像在挥动独翼，使自己飞离地面，抬升一点点，以跨过重重障碍。有那么一次，竹竿的一端触到我的鞋子，他仿佛有所感应，只是稍作停顿，打了个哈欠，什么都没说，继续向前行去。

刘婷婷发来消息，告诉我说，烧退下来了，还需做几天雾化治疗，急性喉炎，嗓子说不出话来，问我几点能到沈阳。我读到这条信息时，火车正驶过一座大桥，声响剧烈，窗外晨光刺眼，我尚未清醒，按灭手机，低着头向下望，左前方是一座简陋的体育场，四周被铁网围绕，没有看台，只有十几位球员，穿着两种颜色的对抗背心来回倒脚，动作松懈，出球绵软无力，我以前干过体育记者，跟着足球线，想起来这里是火车头队的训练场，铁路直属，号称中国的阿贾克斯，青训搞得有一套，出过不少好球员，一代人的青春回忆。我正想着那些球员的名字时，列车上的广播响起来，通知全体乘客，前方是杨柳青站，由于停车时间较短，请没有到站的旅客不要离开车厢。我揉揉太阳穴，犹豫几秒，之后拎起背包，来到车门处。列车减速，外面的风景逐渐明晰。

除去远近闻名的年画，我事先对杨柳青一无所知，从车站出来后，一阵浓烈的油漆味道扑面而来，十分刺鼻，辗转进入古镇后，愈发难以忍受，仿佛刚经过一次装修翻新，砖雕照壁也才刻好不久。街衢冷清，几无游客，许多卖画的店铺刚刚开门，我没走几步，就相当后悔，一切景色均在想象之中，并无新意。唯有古运河里的水，没有任何波澜，倒转白昼，将晨光反射到岸上。

我在附近开了间房，烧壶开水冲茶包，还没喝几口，就倒在床上，准备补觉。我想，如果顺利的话，睡到中午，冲个澡退房，出去吃口饭，买张稍晚的票，这里距沈阳差不多是四个小时的车程，到站之后，估计也赶得上地铁。背包里还有小半本书没看完，前面讲的是什么，已经快要忘光了，只记得一句话，从爱中逃离，也是对爱的完全屈服，年龄越大，便会被这种爱所奴役，在这世界上，没有一条河能将人们从这样的陷阱里解放出来。或者不是这样说的，恰好相反，年龄越大，便越不应该被爱所奴役，在这世界上，唯有河流，能够冲没这样的陷阱。记不清了。

刚睡着不久，手机铃声响起来，我看了眼屏幕，是一位老朋友，马兴的号码，我跟他许多年没联系，以为拨错，没有去接，十几分钟后，他再次打过来，我只好坐起身，斜倚在床头，极不情愿地接通电话。马兴的声音听起来很亢奋，先是问候，然后跟我说，刚看见新闻，得知我获奖，太厉害了，特意打来电话恭喜。我说，浪得虚名，不足挂齿。马兴说，不容易，这么多年了，还在坚持。我说，不能这么讲，主要是除了这个，也不知道自己还能做点什么。马兴说，谦虚了，兄弟，不错，真是不错。我说，有空喝酒，下次去北京提前叫你。马兴说，我不在北京了，在天津工作，这边政策好一些，能落户，就跟程晓静一起来了，我俩都挺想你的，时间过得太快了。我说，是啊，多少年没见了。

说完这句，马兴和我陷入思考，想着上一次见面是何时何地。我说，应该是在交道口附近的饭店，那次我想看一场话剧，你在加班，来不及去，程晓静跟我一起看的，吃饭的时候你过来了，点了个青椒土豆片，跟我说要做个音乐类的网站，弄得像一本杂志，内容结结实实。马兴说，有点印象，好像是冬天，没怎么大喝，酒太凉了，胃不舒服。我说，对，你骑自行车来的，驮着程晓静回的家。马兴说，我怎么记得还有一次，你来北京开会，还是做什么，反正挺忙，没时间吃饭，住在美术馆附近，我们约在一起逛了个书店，我还买了一本期刊，上面有你的小说，本来也没想买，你非得让我们看一看。我说，对，那天我先到的，等了半天，书店空调坏了，很热，坐在那里直冒汗，我特别渴，你们给我带了听冰镇的荔枝饮料，好喝啊。马兴说，这两次，到底哪个在前面呢？我想了想，说，实在是记不清了，都得有个三四年。马兴说，不止，不止。

那一瞬间，我忽然非常想见他们，诸多安眠许久的时刻，一点一点被唤醒，每个人好像都有那么几年，只轻轻一跃，便可登上天台。我很怀念那段时光。我说，马兴，我在杨柳青呢。马兴听后惊讶，抬高声音问道，你在哪儿呢，现在。我说，也在天津，杨柳青，这会儿刚到。马兴说，我天，兄弟，怎么不早说啊。我说，来处理一点事情，有空的话，咱们晚上聚一聚。马兴说，太好了，肯定有空，我赶紧告诉程晓静一声，保持联系，等我定好地方，告诉你位置。

外面的阳光很烈，击穿纱制窗帘，晃着我的眼睛。我睡得不踏实，做了一场梦，十分吵闹，醒来之后，仍有声音在耳畔回荡。我梦见与几位朋友一起去看音乐节，天气炎热，尘土飞扬，令人焦躁，程晓静站在我的左边，右边是马兴，一个我们都不太喜欢的乐队在台上演出，主唱装神弄鬼，浑身是血，说着呓语，其实相当可笑，演出效果不好，音量给得很足，我们只能趴在对方耳朵上讲话。他们说的是什么，我也听不清楚，只能礼貌地点点头。后来马兴皱紧眉头，跟我说了句话，让我转述给程晓静，我不太情愿，也不好表现出来，只是拍了拍他的肩膀，将啤酒递到他手里，迎着一段平庸的旋律，扎进前方的人群，冲撞身体，像沉溺于一片炎热的海水之间，不知过了多久，音乐结束，人群散去，我回到原地，筋疲力尽，却无论如何也找不到他们的踪影。夕阳渐落，风越来越冷，抽打着身体和心脏，我一直在回忆，马兴跟我说的是什么来着。

　　收到马兴的消息时，已是下午，他连续发了好几条，跟我说，想来想去，没什么特别合适的地方，不如去家里喝酒，问我是否可以。还没等我回答，便发来了地址，非常详尽，坐几路车，怎么换车，打车的话怎么跟司机说，走哪条路，然后又说，程晓静听说你来，非要亲自下厨，现在请假去买菜了，你来尝尝，她这两年厨艺有进步，其实还是在家里好,是不是,没说没管,在外面受约束。最后一条是,千万别带东西来,咱这关系,别扯没用的。

我起床洗了个澡,看了会儿电视,想继续关注三峡的水位,来回调台,却没人再提,只好换件衣服,轻装出门。时间尚早,我决定坐公交车去市内,路上的风景少有变化,幽沉的黄光垂在树与房屋上,随着前行,趋于黯淡,像是正在退场,我又想起早上看见的那支球队,征战乙级联赛数年,未有佳绩,境况艰难。有一次我与他们同赴客场,俱乐部为所有球员买的是卧铺车票,为了节约住宿成本,球员坐了通宵火车后,直接出场比赛,踢满九十分钟,随后也不得休息,带着一身疲惫与汗水,又踏上返程的火车。我站在公交车门处,想着那次旅程,也许现在的境况仍无不同,他们刚刚结束训练,正要前往车站,明天上午,这些经过一夜颠簸、可能根本无眠的队员们,将站在陌生的阳光下,在尘土飞散的场地中央,面对空空的看台,踢一场无人喝彩的比赛,终场哨声响起后,又要躺回到狭窄逼仄的铺位上,返回原地训练。我真的很想知道,这些年里,他们到底是如何克服自己内心的绝望的。

我在食品街附近下车,本来想买些礼物带去,转了一圈,没挑出什么东西。所谓的本地特色,他们大概已经避之不及，我看着也没什么食欲，最后在门口超市选了瓶国产红酒，七十五块钱，上面蒙着一层浮灰，服务员用抹布帮我擦了擦，也没包装，我直接拎着出了门。

马兴发我的地址离古文化街不远，附近有一处文庙，我进去歇息一阵，此时已近傍晚，起了一点风，吹开池里的浮冰，小鱼藏在下面，一动不动，夕阳斜照，像是存于琥珀之中。旁边是孔夫子的石像，整个文庙里只有我一个人，抬眼望向前方大殿，四处斑驳，一片萧索，有钟声若隐若现，时间仿佛在这里裂开缝隙，我闭目钻入，是一道峡湾，水面平旷，缓缓回落，远处有几艘静止的轮船，偶尔发出一句长久的笛声，形似呜咽，表示即将离泊，亦或横越，启程航行。过了一会儿，我看看时间，给马兴发信息，说，我到附近了，在文庙，有什么需要我带过去的。马兴回复说，好地方，我也总去，能静心，你好好拜一拜，啥也不用，你从那地方要给我带啥啊，都是文物，不要违法，出来了联系程晓静，她在家里，我预计稍晚回去，开饭之前。

小区以前是工厂宿舍，后来起了新名，铁门锈迹斑驳，进出随意，门口有自行车库，不过已被用作麻将室，接了一排日光灯管，洗牌的声音从里面不断传出来。前后一共四趟楼，每趟五个单元，中间有个园地，没种任何植物，只是一片坚硬的冻土，仿佛永远无法开化。我走进楼里，闻到一阵饭菜香气，每户做饭时都半敞着门，再往上去，楼道崎岖，我被一辆拴在窗框上的旧婴儿车绊了一跤，好不容易爬到六楼，左侧是马兴家，棕红色铁门，上方有接线的老式电铃，我试着按了几下，没有声音，只好用力拍门，喊着马兴的名字，也没回应。我坐在楼梯上，给程晓静发去信息，说已到门口，不急，看见了就给我开一下门。大概过了五分钟，里面有脚步声传来，门被打开，程晓静探出脑袋，她穿着一件褐色毛衣，化着淡妆，胸前挂着卡通围裙，图案是一只小熊举着锅铲，兴高采烈地在炒菜。见到我后，她笑着说，你可真能耐，自己都能找过来，敲门了吗，刚在厨房里，开着油烟机，什么都听不见。

程晓静递我一双棉拖鞋，跟我说，家里乱，刚搬来不长时间，别嫌弃啊，来不及好好收拾。我说，挺好，比我家强。她说，不至于吧，你家那位不做家务啊。我说，不知道，没太关注。程晓静说，真能胡扯，你随便坐啊，马兴跟你说了吧，他晚点回来，我先做饭去。我说，要不我来帮忙吧，还有啥活儿。程晓静把电视打开，开了罐啤酒，跟遥控器一起推到我面前，跟我说，不用，准备得差不多了,你先喝一罐,看会儿电视。说完便回到厨房里。

我来回换了几个频道,实在没什么能看的,便将电视关掉,来到书架前,里面错乱地摆着一堆书和碟子,有九十年代出版的中外小说、文论和诗集,书脊泛黄,也有几本新闻学的教材,横放在一侧,我想起来,程晓静也当过几天记者,算是同行。那些碟子看着很亲切,当年我们听的都是这些,现在不好找了,没想到他们一直还保留着。我们三个以前是在音乐论坛上认识的,程晓静跟我一样,沈阳人,大我三岁,马兴是锦州的,在沈阳读书,跟程晓静同龄,当时马兴有点名气,在论坛里很活跃,经常发言,分享资源,几乎没他不认识的乐队,还办过几场演出。我第一次跟他们见面就是在演出现场,那时他俩还没在一起,马兴学的是兽医,在农业大学,毕业有点问题,跟导师不太对付,程晓静是师范学院的,分到一所乡村中学实习,比较偏僻,没想好到底要不要去。结束后,马兴张罗着一起吃饭,在附近的大排档,拼了四五张桌子,二十多人聚在一起,硬菜没要几个,全是花生毛豆,酒倒是一直在上,一半喝掉,一半洒在地上。到了后半夜,马兴准备去结账,先把我叫到一旁,悄悄问道,兄弟,今天兜里宽绰吗,我说,有几十块钱,估计等会儿还得打个车。马兴拍拍我的肩膀，说，没事，回去再喝点儿。过了一会儿，我看见他转到另一侧，跟程晓静低头说话，两人挨得很近，程晓静一边侧着耳朵听，一边在底下翻着钱包，夜晚正在凝固，路灯照射过来，将他们的影子拉得很长，越过碰杯的声音，越过喊声与歌声，投在更远处。一辆出租车开了过来，慢速经过此处，无人起身，只好又独自驶离，没人知道这样的夜晚到底是如何结束的。

书架下层摞着几本新书，我在里面发现了自己的小说集，抽来翻看，老实说，自从出版之后，我还没仔细读过，主要是不知如何面对，写的时候凶悍勇猛，无所顾忌，回头再看，情与物在文本之中孤独矗立，冷漠悬于其后，一览无遗。我只读几行，便极其羞愧，恨不得立即焚毁，于是把书放回原位，坐在沙发上，饮下一大口啤酒，望向窗外，对面楼体正在施工，给外墙刷保温层，屋内没开灯，有点闷热，暖气烧得不错。我环视四周，发现屋子的格局跟我以前租住的很接近，进屋是客厅，南面两间卧室，一大一小，双阳朝向，北面是厨房和阳台，户型不算规矩，住起来倒也合理。喝完一罐酒，我站起身来，想去跟程晓静聊上几句，问问在天津住得是否习惯，

缓步

房子是租的还是买的，价格大概多少，刚出房门，一阵猛烈的咳嗽声从旁边卧室里传来，我吓了一跳，没料到屋里还有别人，谁也没提过。我将那间房门推开一道缝，室内光线昏暗，窗帘拉开一半，门边是洗漱铁架，上面摆着红色脸盆，挂着毛巾，底下是几块肥皂，一张单人床占去大部分空间，有位干瘦的老人正躺在床上，眼窝深陷，颧骨突出，身体不断起伏着，呼吸得相当吃力，他也发现了我，将头偏过来，目光垂向门边，我只好再推开一些，朝他点头问候，老人面无表情，嘴唇紧闭，忍着咳嗽两声，茫然地看看我，又将眼睛阖上。

我靠在阳台的门框上，向后比画手势，问程晓静说，那是谁啊？程晓静正在炒蒜薹，刚把肉片下到锅里，油花四溅，跟我说，刚才没顾得上，忘跟你说了，马兴他爸，跟我们一起住呢。我说，啥情况。程晓静说，病了两年，也没别的亲戚，就这一个儿子，只能我们来管。我说，你俩都上班，白天可咋办？程晓静说，请了个保姆，也住附近，今天我回来得早，就让她先走了。我说，之前没听你们说。程晓静说，这事儿有啥可讲的，谁都指不上。我说，老人身体如何，得吃药吧。程晓静说，租房三千多，保姆两千，治病能报销一部分，自己也得花一些，算上日常开销，每个月我俩也剩不下来什么钱。我问，意识清醒不？程晓静说，能听明白话儿，但是说不出来，别看瘫痪在床，脾气还挺倔，保姆喂饭从来不吃，也不许别人换洗，天天就等着马兴回来，能喝小半碗粥。我说，不容易啊。程晓静说，我倒没啥，马兴多孝啊，谁能跟他比，反正他自己也乐意，妈没了，就剩一个爸，老跟我说，只要还有口气儿喘，那就得全心全意伺候，你说我俩这日子，都不知道给谁过的，孩子也不敢要。我说，这没办法，都得赶上，生老病死，回避不了。程晓静说，你女儿多大了现在，我总去翻你发的照片，长得可真逗。我说，马上两岁。程晓静说，会说话了吧。我说，会，都能组词造句了，但跟我不亲，态度不友好，就愿意跟妈在一起。程晓静说，女儿嘛，小时候都这样，将来就好了，肯定还是向着爸，这我可有经验，你别着急啊。

程晓静做了四个菜，孜然羊肉，清炒西兰花，肉片蒜薹，花菇炖鸡，加上一盘切好的熟食，一盘拍黄瓜，凑满一桌。我开红酒时，马兴正好进屋，先给我来了个拥抱，双手掐着我的肩膀，说，这些年了，你也没啥变化，跟上学时一样，挺好。我说，心态还可以，得失随缘，心无增减，爱咋咋的。马兴说，文庙没白去，受教育了，有效果。程晓静说，还去文庙了，不早点过来。我说，主要是路过，也算逛个景点儿。马兴说，你看我，有啥变化没。我退后一步，盯着马兴，好像比前些年更黑一些，也更瘦，眼睛依旧有神，我说，没变化，更立整了。马兴对程晓静说，你听听，多么客观，总说我见老，我现在的同事，平均年龄比我小十岁，每天跟年轻人在一起，很受鼓舞。程晓静说，开饭吧，给你爸的粥熬好了，在小锅里，你看这几道菜，他是不是也能吃一些。马兴低头扫了一圈，转身去厨房取来勺子和铁碗，夹了一块鸡肉，两块西兰花，细细捣碎，跟我说道，我先进去喂我爸，他只认我，别人谁都不行，完后咱俩好好喝。我赶紧说，你先忙，我这边不用你陪。

程晓静给自己倒上半杯酒，跟我碰了一下，问我说，哪个菜好吃啊？我说，都好，挺长时间没吃家里的饭了。程晓静说，再忙也不能不回家吧。我说，也不是忙，就是有时愿意自己一个人待着，想点事情，其实也说不清是在想啥。程晓静说，这样不好，长此以往，两口子的感情都生分了。我说，不至于吧。程晓静说，听你语气，都觉得心虚。我换了个话题，问她说，最近有没有回沈阳。程晓静说，前年春节回去过一次，不太高兴，我爸和我妈不早就离了么，各自又都找人儿了，搭伙过呢，所以我就是多余的，在哪边待着都不合适，感觉是在破坏别人家的团圆氛围，他俩都跟我说，只要我好就行，也不图我啥，你听这话说的，就好像我要图他们什么似的，回来之后，越想越来气，去年和今年就都没回去，打电话拜个年，寄了点东西，就算完事儿，以前的同学朋友也很少联系，不是带孩子，就是在生孩子，还有打官司闹离婚的，没工夫搭理我。我说，都是这么个情况，人到中年，万事无解。程晓静给我盛了半碗鸡汤，说道，我看你这两年过得不错，风生水起，小说集我也买了，不过还没看完。我说，写得不好，随便翻翻，下一本送你们，这次忘了。程晓静说，应该支持的，对了，你还记得小飞吗。我没想起来，问道，哪个小飞啊？程晓静说，也是以前论坛里的，爱听金属乐，抚顺人，跟你挺像，也给音乐杂志写过文章，后来跟我同年去的北京，开始还一起合租来着，他现在自己开公司了，搞科技的，具体不懂，规模不小，融资好几轮，特别厉害。我说，一点儿印象都没。程晓静说，有次喝多，你俩还打过一架，不知道因为什么，给我吓哭了都，后来你就不在论坛里玩了。我说，想起来了，东北大学的那个吧，学计算机，我记得他当年追过你啊。

这时候，马兴端着碗从屋里走出来，跟我俩说，又唠小飞呢。我说，是，她要不提，我都忘了这个人了。马兴说，一码归一码，小飞的人品，肯定是不行，但脑子确实够用。程晓静说，人品为啥不行。马兴说，他行，那你跟他过呗，我也不拦着。程晓静放下筷子，说道，你讲点理，好不。我说，扯远了，马兴，快过来喝酒，等半天了，你追一追进度。

马兴将餐具洗好，仔细擦净，晾在窗台上，在我旁边坐了下来，没有讲话，先夹几口菜，又端起酒杯跟我碰，欢迎我来做客，紧接着，那只玻璃杯在半空里停留几秒，划过一道曲线，敲了敲程晓静的酒杯，再一饮而尽。程晓静盯着他，说道，慢点喝啊你俩，也不是外人。

我与马兴将红酒迅速喝光，又换成啤的，三口一罐，不用杯子，也不就菜，全靠感情，酒下得很顺，不到两个小时，一箱见底。马兴有点醉，情绪亢奋，一直在谈着自己的新工作，翻来覆去，我装作专注，其实兴趣不大。程晓静听得直犯困，连打几个哈欠，跟我们说，她先去收拾厨房，好久没做饭，搞得一片狼藉。客厅内只剩下我和马兴，他低着头，眼神发直，前后摇晃，拍拍我的大腿，拉长声音说道，兄弟啊。我说，听着呢。马兴说，你不知道，我现在对很多事情，都无所谓，看得很开，除了我爸。我说，能理解。马兴独饮一大口，舌头有点捋不直，声音含混，继续说道，都以为我爸啥也不知道，他心里一清二楚，就是不爱讲，跟谁也说不上，每天晚上，我进去喂他时，他悄悄跟我唠几句，你信不信，这些程晓静都不知道。我说，那我信。马兴说，比如，昨天问我，还记不记得在锦州时，有一年刚入冬，突发奇想，想带你妈和你去滑冰，结果冰场还没营业，正在浇灌，三个罐车拉过来的开水，几个工作人员接上胶皮管子，穿着雨靴，站在场地里来回放，那天特别冷，白雾一阵阵地往外冒，滚落在脚底下，咱仨就在旁边看着，死把着栅栏，腾云驾雾似的，很怕会飞起来，冰没滑上，但也不错，是个好景儿，一般人没见识过，晚上回来你就发烧了，折腾好几天，你妈给我好一顿骂，我有点想你妈了，你妈这人挺好，我以前有时候不知道珍惜，总爱闹她，也不为啥，一种惯性，过日子就是这样，不闹没意思，现在有点悔，这话也只能跟你说，千万别告诉你妈，没必要。我捏着空的易拉罐，低头四处找酒。马兴继续说，可我妈都没了六年了，我跟谁说去。我说，节哀。他说，刚才我跟我爸说，今天有重要客人来，他就跟我讲，沈阳来的吧，我说对，他说，一般人你也不能往家里招。实际上他都有数，然后说，自己不能乱咳嗽，必须憋住，严肃一辈子，不差这一阵儿，少吃几口，喝点稀的，嗓子就松快点儿。

我说，马兴，还有酒没。马兴说，我爸还说，他今天躺在床上，想起一个事情，不知如何是好，我也跟你说说，你帮着参谋参谋。我说，好，酒没了。马兴走向厨房，隔着玻璃拉门，跟程晓静说，没酒了，帮我们再买几罐，要凉的。我在这边喊，不喝也行，马兴，差不多了。马兴摆摆手，说，还没到位。程晓静没说话，用围裙擦干双手，散着头发，披件羽绒服，穿鞋下楼，一气呵成。

我说，马兴，再往下喝，程晓静该不乐意了。马兴说，不用管她，我方便一下，回来再战。马兴起身上了个厕所，扭头问我几点了，我说九点过一刻，马兴说，到时间了，我得去给我爸换一下底下的，再翻个身，不然要生褥疮，那可太遭罪了。我说，走，我去帮你。马兴把我按回到椅子上，说，你好好歇着，等酒，我天天干这个，三下五除二。马兴回到屋内，将门轻轻带上，仿佛进入洞穴之中，与外面的世界隔绝开来，听不到任何声响。我来到楼道里，点了根烟，心里想着，抽完这根，也该回去了，趁着还不太晚，再往下喝，局面不好控制。晚风从走廊的窗户里钻进来，我打了个冷战，猛吸两口，听见下面有隐约的脚步声，缓慢而沉重，像是一只被放逐的巨兽，如约而至，夜夜将我逼迫。

程晓静走上来时，我刚点着第二根，她问我，马兴呢？我说，在屋里伺候他爸。她点点头，进屋将酒放在鞋架上，又掩上门，转身来到楼道里，瞪大眼睛，笑着看我，仿佛带着巨大的热情，却无话可说，笑容也很快收回去。感应灯灭掉，在黑暗里，她轻声问我，你抽的是什么烟啊？我说，利群，来一根。她说，我哪会，你也不是不知道。我说，嗯。她说，给我看一看。我掏兜取出烟盒，向她递过去，她跺了跺脚，灯光亮起来，翻看几次，又抛还给我。我一下子没接住，烟盒掉在地上，我们看着对方，都没去捡。直到灯光重新灭掉，在黑暗里，巨兽来临，就地生长，变为一株柏树或者一束百合，根系向下，汲取养分，朝着我伸出叶片与花瓣来。我把烟熄灭，咳嗽一声，跟她说，到量了，就等你回来告个别，我准备回去了，明早还要赶火车。程晓静长舒一口气，说道，那好，下次再聚，我让他送你。我们一起回到屋里，她对着另一间房门轻敲几下，没有回应，轻轻将之推开，然后转身看我，忽闪着眼睛，摇了摇头，一脸无奈。我走到门边，看见马兴正蜷在床尾，如婴儿一般，缩紧身体，面向父亲，无声无息地睡着了。

出租车刚开不久，我接到程晓静的电话，问我在哪里，有没有到宾馆，我说，放心，还在车上，没喝醉，到了告诉你们。程晓静说，那就好，明天一路顺风。我说，没问题，你们什么时候回沈阳，随时喊我。程晓静没有说话，我听到对面声音嘈杂，有极大的风声，便问她在哪里。她说，在楼下扔垃圾，顺便散步。我说，都几点了，外面冷，你也早些休息。程晓静顿了一下，轻声说道，我过去找你方便吗，再说说话。我说，什么情况。程晓静说，刚才马兴醒了，见你不在，跟我吵了几句，莫名其妙，我就出来了，想自己待一会儿，实在不爱上楼。我说，早点回去吧，省得马兴担心，他喝多了，你也别计较。程晓静说，你住杨柳青那边，没错吧，你的烟还在我这儿，我现在上车了。

我给程晓静发去地址，买了两瓶饮料，坐在宾馆大堂里等待，心绪颇不宁静，想着要不要告诉马兴一声，但这话怎么讲，好像都不合适。正在犹豫之际，程晓静推动转门，跟我挥手打招呼，勉强露出一点笑容。她坐在我的对面，也不说话，眼圈发红，低头看着手机，我拧开瓶盖，将饮料递过去，跟她说，互让一步，都不至于。程晓静叹息道，有很多事情，你都不知道。我说，那是一定的，过日子就是这样，现在这个局面，我很为难，本来想着多年未见，跟你们聚一聚，结果添这么大的麻烦。程晓静说，跟你没关系的。我不知道该说些什么，便拿起手机，继续给刘婷婷写那条很长的信息。过了一会儿，程晓静的一只手拄在下巴上，另一只将手机举在面前，开始看视频，外放音量很大，我听出来，是前几天演讲的实况录像，我在屏幕上登台发言，温驯自如，滴水不漏，如一片虚构的风景。我听见自己的声音在大堂里回荡，逐字逐句，凝为更广阔的静寂。我跟程晓静说，别看了吧，难为情，我们再聊一会儿，可以去我房间，或者去河边走几圈，然后我送你回去。程晓静望了我一眼，将手机收起来，跟我说，讲得不错的，我们出去走走吧。

河水在夜晚醒来，风使其舒展，倒影在深处激荡，向着四周喧嚣倾泻，走在桥上时，我忽然心生感动，仿佛我和她是两颗缓缓冷却的行星，经历漫长的旅程，徒劳无望，最终在此搁浅。程晓静靠着桥栏，抬起脸庞问我，你有没有想象过另一种生活？我说，我正在小说里度过另一种生活。程晓静说，我睡到半夜时，总会惊醒，睁开眼睛，看着周围的一切，陷入恍惚，想不起自己到底是谁，身在何处，那种感觉你知道吧，就是无论什么理由，都没办法解释。我说，也许不需要解释，不妨再把眼睛闭上。程晓静说，我就是这样做的，闭上眼睛，深吸一口气，想想那些无关紧要的事情，就能长出来一对翅膀，在黑暗里飞行，经过许多熟悉的场景，虽然一个也看不清楚。

偶尔有人在我们面前经过，我决定换个话题，跟程晓静说，来，我们玩个游戏，为这些路人编一点故事，比如刚过去的那位，也许今年四十岁，有过婚史，目前独身一人，刚刚回国，之前十多年里，一直在爱尔兰打黑工，与许多流放者共同吃住，条件艰苦，他在街上遭遇过枪击与抢劫，也在午间聆听过异乡的圣诗，阅历丰富，却没爱上过任何一个女人，由于语言不通，他平日极少说话，直到有一天，不经意间，他想起一首歌，或者只是其中一段的旋律，可能在年轻时，曾听一位女孩唱过，数年过去，他只记得几个小节，反复哼唱，怎么也想不起歌词，他鼓起勇气，问询几位同乡，并小心翼翼为其演唱，仍无人知晓，那些音符从他的口中哼出来后，与记忆大相径庭，他自觉挫败，辗转反侧，夜不能寐，十分痛苦，好像找不到答案就无法继续生活下去，最后决定收拾行李回国，他没有朋友，也不知道应该待在哪里，只能每天到处走一走，在桥底，在街上，在隧道里，期待有人会忽然唱起这首歌来，这样的话，他就很满足了，甚至不需要知道这首歌的名字。程晓静听后笑了起来，说，一个典型的属于你的故事。我说，现在轮到你了。程晓静说，我可不会。我说，没关系，我来帮你。程晓静说，怎么做啊。我说，下一个经过我们的，你猜会是什么样的人。程晓静想了想，说，也许是有点缺陷的人。我说，瘸腿、失明或者聋哑，选一个。程晓静说，失明。我说，好，先天失明。程晓静说，不是，因为一次事故导致。我说，也行，事故发生时，他多大年纪。程晓静说，十五岁。我说，那他记得一些事情。程晓静说，对，但这些记忆，正在一点一点消失，无法挽留。我说，夜晚，一位正在遗失记忆的盲人，独自来到河边。程晓静说，没错。我说，他为何来到这里，一，散步，二，跳河，三，迷路。程晓静说，迷路吧，我心没那么狠。我说，那么我觉得，也许是与爱人吵架，负气出走，迷失在河边，但不想向任何人问路，要讲清楚来龙去脉，实在太复杂了，他宁愿选择沉默，并且继续这样走下去，随处都是尽头。程晓静说，对，爱人今晚跟他说，我无法再跟你一起生活，没有理由，我这么编是不是不好。我说，没有好与不好，他想不清楚这个问题。程晓静说，不，他清清楚楚，只是不太能接受，短时间内。我说，经过我们之后，他向深处走去，手杖划过河水，像一柄船桨。程晓静说，不行，那还是跳河，他得在我面前停驻片刻。我说，然后呢。程晓静说，听我说说那些无关紧要的事情啊，也许就会好一点。说到这里，我提了一下衣领，转过头来，看着程晓静的侧脸，有点想吻过去，只一瞬间，便打消了这个念头。

我摆摆手,走下桥去,背对着大路,找到一棵树,对着它撒了一泡很长的尿。程晓静轻声唱起歌来,断断续续,淹没在水浪里。我想起多年之前,认识刘晓羽的那个夜晚,在昏暗的包间里,她也唱过这首歌,为什么我认识的所有人,在某一时刻,都像是同一个人呢。那天后半夜,我和刘晓羽睡醒后,又喝了半箱啤酒,互相敬献对方,她唱歌时,显得有点笨拙,跟不上字幕,总慢半拍,眼睛瞪得比屏幕还亮,可爱极了。我放下啤酒,从身后抱过去,下巴搭在肩膀上,被她的头发蜇得很痒。我说,你住哪里,没地方去的话,跟我回去。刘晓羽嘻嘻地笑起来,半转过头,跟我说,我就住这儿啊,是你没地方去,来到了我这里。

我一边接起刘婷婷的电话,一边往回走,程晓静立在桥侧,拦住一辆车,捋几下头发,冲我挥手,上车离去。在电话里,我对刘婷婷说,你猜我今天见到谁了。刘婷婷说,女儿又烧起来了,这几天医院患者太多,估计是交叉感染,病情有所反复。我说,我明天回去,中午就到。刘婷婷说,那就好,她很想你,梦里还一直喊着爸爸。我说,我也想她。刘婷婷说,记得带礼物,随便什么都行,她很好哄的,你知道。我说,知道。刘婷婷说,你刚才说你今天见到谁了。我说，一位朋友，估计你记不得了，回去再说。刘婷婷说，好。

我回到房间，将窗户掀开一角，冷风吹入，我向外望去，一辆车正停在不远处，街灯昏暗，但不难认出，从车上下来的是程晓静，她抱紧双臂，走到街旁，来回张望，不知道在等待着什么。道路沉寂，堤坝缓缓睡去，她走去岸边，倚在栏杆上，桥上无人，河水在其身后流淌。我又听见一阵低沉的脚步声，自身体的内部生成，集作一束，像是一位陌生的旅人，穿过夜晚与风暴，拾级而上，向我走来。我不知所措，无处可躲，只好闭上眼睛，想着生命中的某些命题：寒冷，巨兽，血液，虚构。我能感觉得到，一双无比坚硬的羽翅，正在脊背上隐隐挣脱。

凌空

　　头天晚上,沈晓彤喊我去她家,我以为有啥好事儿,结果是打麻将,三缺一,另外俩男的我都不认识,来了又不好走,硬着头皮玩半宿,五毛钱一个子儿,上不封顶,我输三百多,点子也是背。算完账后,正准备离开,沈晓彤让我再陪她待会儿,我把穿好的外套又脱了下来,开始收拾屋子,将满地的烟灰扫成一堆,开窗透气时,忽然觉得后背僵硬,颈椎生疼,便倒在床上,一动不动。沈晓彤洗完拖布,用手机放歌儿,跟我并排躺着,问道,你找对象没。我说，没。沈晓彤说，还等我呢。我说，想得挺美。沈晓彤说，我也不是不喜欢你，但是翻来覆去地折腾这么几次，实在是怕了，过意不去，我现在对所有男的都一个态度，没有感觉。我说，能理解。沈晓彤说，爱的时候，怎么都行，不爱的时候，说什么都没用，咱们还是好朋友，是不是，你要是有对象了，我替你高兴。这几句话直接把我干没电了，心思全无，起身告辞，沈晓彤眯起了眼睛，不再讲话。

感情好像也有惯性，分手一年多，只要她一喊，我还像个跟屁虫似的，连忙奔过去，也不知道自己是要图点啥，要说喜欢，真不至于，有时候想想都犯恶心，但要说一点感情也没有，那我这到底是在跟谁较劲呢？

隔天中午，孟凡让我给她唱歌的时候，我还在想这个事情。孟凡说，随便来几句。我说我五音不全，张不开嘴。她说，那你哼个调儿也行。我想起昨天晚上沈晓彤放的那首歌，就开始给她唱，第一段还没结束，孟凡跟我说，你快别唱了，我都要听吐了。

我平复一下心绪，跟孟凡说，你往下去一个台阶，再高一些，那咱就正好，不然我还得踮脚儿，费劲。孟凡转头看我一眼，几缕头发垂下来，半遮着脸庞，我想伸手撩开，她却往旁边一闪，向下迈步，先是左脚，然后右脚，向内扣着走，没办法，确实拘束，内裤勾在膝盖上，像一道手铐，稳稳锁紧。她的下身微微抬高，朝向我，我挺直腰板，向前冲刺，但没对准，她轻轻地叫了一声，哎呀，像一只叹气的小动物，我有点焦躁，捅咕半天，也还是没进去，越着急越不行。孟凡问我，又咋的了。我说，不知道，有点疲软，可能是太紧张了，这种场合，头一次。孟凡说，不行我就回去了。我说，别啊，要不你刺激我一下。孟凡说，我给你个大嘴巴子，能行不。我说，你给我讲讲余林，你们平时都怎么做，他这方面咋样，跟我有过比较没，仔细说一说，我听听这个，或许能行。孟凡说，你烦人不。我说，讲一讲，讲一讲。孟凡说，先下后上。我说，坐公交车呢，还挺有礼貌。孟凡笑出声来，直起身子，把内裤往上提，想要离开。我连忙拦住，说，别啊，你平时咋叫唤的，模拟一下，我觉得我快要行了。孟凡脸色一沉，说道，我从来不叫。

感应灯灭掉，有那么几秒，我们都没说话，楼道安静，只能听见彼此的呼吸，那一点点温热，在黑暗里回流、荡漾、旋开。孟凡转过身来，向我贴近，气息柔软，像一股泉水，不断地浇灌，先是下面，再盘旋向上，我满头是汗，呼吸急促，仿佛被未知之物所推拥、缠绕、攫取，周身僵住，无法动弹，只想投入其中，与之融为一体。隐约间，我听见外面商场放的背景音乐，调儿好听，名字想不起来，那些音符从门缝里挤过来，如一颗颗星星，于楼梯上来回跳跃，落在台阶上，一眨一眨地闪，我仿佛置身星河之间，摇摇欲坠，等待一道光，指引我进入湍急的深处。

我在柜台里等了二十来分钟，烟抽了两棵，孟凡才回来，走得不快不慢，气定神闲，头发重新梳过，还补了妆，看着好像什么也没发生过，双眼向两侧扫去，像一位监考教师，神情庄严，不可侵犯。我对她说，谁瞅你啊，还化个妆，挺老大个商场，一天也看不见几个顾客。孟凡说，你知道个屁，我这是对自己有要求，上了妆，就是进入工作状态，精心准备，热情服务，笑脸迎宾，礼貌待客，跟你似的呢，衣服都穿不立整。我说，我又咋了。孟凡说，自己合计。我说，我合计我自己挺好。孟凡说，那你就继续好，给我带的是啥。我说，一荤一素一面，豌杂面，口水鸡，裸体木耳。孟凡一边拆包装袋，一边问，你最后说的是啥。我说，裸体木耳，木耳蘸辣根，我雇的厨师总这么叫，跟他学的。孟凡哈哈大笑，然后说，你告他下次给木耳穿上点儿，别他妈感冒了，再给我传染上。

孟凡吃饭特别怪，讲究次序，从小就是，一样一样吃，拆一盒吃一盒，饭和菜分开，不知道谁养成的毛病，这点我说过好几次，依旧我行我素，最后口水鸡剩下大半，告诉我吃不下了，太辣。我点点头，说，不吃放那儿，等会儿我带回去，翻新一下，接着卖。然后点上烟，递到她嘴里，又给自己点上一根，抽了两口，往餐盒里弹灰。我问她，最近买卖咋样？孟凡说，不好，有时一天都开不了张，这楼要废，谁家都不行，三好街要完蛋操。我说，经济形势不行，办公用品肯定就卖得不好，你看大街上，那一个个的，兜比脸干净，分儿逼没有，还办鸡毛公啊。孟凡说，你那边咋样。我说，凑合，一天能卖几十碗，但干餐饮太累，也没个礼拜天，不得休息，辛苦钱儿，意思不大。孟凡说，对付干呗，我这以后还不知道咋整，柜台年底到期。我说，你最近去看你爸没？孟凡说，没去，看他干啥。我说，也不知道我叔过得咋样。孟凡说，过啥样都是自己选的，我拦不住，也管不了，我提前警告你，别跟着瞎掺和啊。

　　抽完烟，我拉了一下孟凡的手，跟她告别，从三楼往下走，整层零散、纷乱，毫无规矩，满地烟头、纸壳与碎屑，根本没人收拾，像一个巨大的库房，只有几个卖家缩在柜台里，或坐或卧，姿势随意，看着都要活不起了。

我站在滚梯上，静止几秒，结果它也没动，只好自己一步一步往下走，楼下有人在听半导体，声音很大，好像正在播报路况，青年大街拥堵严重，东西快速干道行驶缓慢，三个信号灯方可通行。我走到门口，双手推开门帘，午后的太阳过分明亮，照得让人睁不开眼。我转进一条幽僻的侧路，尽量沿着墙走，躲在倾斜的阴影里，一只鸟叫了两声，清脆好听，从我的身后飞到前面。我忽然想起我爸，小时候有一次，我俩在河边钓鱼，到傍晚时，本来都收竿要走了，又听见几声鸟叫，也不知道是什么品种，特别好听，唱歌似的，优雅，婉转，我爸说听着像毛阿敏，这动静好，能把许多东西串在一起，让人合计半天。我俩就抬头看鸟，找了很久，一无所获，于是就又坐在河边等，还想听两声，结果直到天完全黑下来，也没再听到，池塘里的鱼不断跃出水面。

我回到店里，身后跟进来两位客人，一男一女，风尘仆仆，拖着大号旅行袋。厨师横躺在椅子上睡觉，呼噜震天，我给他踹醒，说，来人儿了，下面条去。然后跟两位客人说，您好，请到吧台点餐。男的没动地方，跟我说，你这里有没有温水，先来一杯。我走过去，拎了拎暖壶，空的，估计都让厨师泡茶了，说，暂时没有，不急的话,现给您烧一壶。他说,那我喝不到嘴儿,烫得慌。我说,也有矿泉水,两元。他说,我不能碰凉的。我心里不满,琢磨着你这是来事儿了啊,但嘴上没表露,咽口吐沫,跟他说,那暂时没有。他说,啥饭店啊,温水都没有。我想骂几句,又一想还是算了,和气生财,深呼吸几口,调整好心态,跟他说,抱歉,要不您到别人家去看看。他嘟囔一句,怎么我喝个水就这么费劲吗,现在这小饭店就是不行,不规范,不人性化,服务不周全。我没搭理他,静默几秒后,男的拉着女的出门走掉,我跟着出去,站在门口,看见他俩拐进旁边的自选麻辣烫,越合计越来气,餐饮这行业就这样,利润低不说,起早贪黑,还得受气,谁花个十来块钱都能批评我一顿,平均每天有三点五个顾客批评我家的重庆小面做得不好,非常直言不讳,说底料不对,辣椒油不香,不是碱水面,我都一听一过,不往心里去,瞅你那样吧,能吃出啥正不正宗啊,重庆长啥样知道么,我都不知道。

  这份重庆小面的配方技术,是我特意花两千五百块钱去哈尔滨道里区学来的,制作流程相当复杂。当时吃住都在培训机构,我在那边待了整整一周,由当地餐饮名厨一对八教学,历经日夜训练,苦是真没少吃,出师之后,我自认为对火候和成本控制都有独到见解,回到沈阳，登门拜访数位东北川菜名厨，反复试炼研制，严选材料，精巧配比，用二荆条、小米辣、朝天椒和朝鲜辣椒面共同熬制底油，不惜时力，从而使味道更胜一筹，臻于完美，前调中调后调，极有层次，丰富繁杂，均匀和谐，但也没什么用，一般人都吃不出来。说实话，我挺灰心的。

厨师从屋里出来，问我，人走了啊。我说，走了。厨师说，面都下锅了。我说，人家也没点单，你下鸡毛面啊。厨师说，不按套路出牌啊，你应该给按住，让他们把账先结了，我煮了两碗的量呢，这可咋整，要不我捞出来吧。我说，你自己吃吧。厨师说，咋还吃面条啊，我这一天三顿了，营养不均衡。我说，不吃你给我，我倒下水道里。厨师说，那不浪费么，做买卖不能这样。我说，你教育我有瘾是咋的？厨师说，兄弟，你这人啊，啥都好，咋就不会好好说话呢，火气太大，早晚要吃亏。我说，来，你告我，上哪儿我能学习好好说话，我报个班，花点钱也行。厨师把毛巾往肩膀上一搭，摆一副臭脸，转身回到厨房里。

自从开上饭店，我的情绪就不太稳定，原来计划得太完美，半年突出重围，一年鹤立鸡群，三年至少开设二十家连锁店，结果完全不如所想，一步一个坎儿，时常措手不及，工商税务消防，各种手续不说，光是雇这个煮面的厨师，我都找了将近一个月，价给得低，都不爱来，给高了，成本又合不上。现在雇的厨师是沈晓彤的老舅，介绍时说是粤菜名厨，荣归东北，结果凉菜都拌不明白，我一个月给开四千块钱，还在附近租了个房子，绝对算是仁至义尽。其实我一直看不上她老舅，身上毛病太多，废话层出不穷，总爱管我要烟抽，一拿好几根，天天吵着累，营养跟不上，很招人烦，但这店目前还离不了他，他一走，我自己更忙不过来，只能忍气吞声，尽可量往好归拢。我都想好了，等我把兑店的钱赚回来，立马转让出去，到时候要是还有心情，再打他一顿，消消气，放松一下身心，反正我跟沈晓彤也没啥指望，正好做个了断。之前我一直在单位上班，没吃过啥苦，现在才知道，买卖可不是随便谁都能干的。

中午还有些顾客，晚上是真不行，都回家里吃了，面馆没生意。我待到八点钟，有点坐不住，便拉起卷帘门，开始往回走，经过桥上时，下了点雨，我扶着栏杆向下望，河水覆盖着一层薄雾，楼群的灯光映在上面，寡淡而曲折，形态有着细微的变化。远处是树，正值繁盛，风一吹过，便倒伏在叶片中央，夏天快要来了，我想起上学时曾写过的一句诗：一天的尾声只是个空缺而远非终结。

这句当年是写给沈晓彤的，大学四年，我追她三年半，套路用尽，无动于衷，正要放弃的时候，突然答应跟我处，我高兴坏了，功夫不负有心人，上天眷顾。后来问其原因，告诉我说，以前对象在国外有新女友了，俩人本来约好，等他毕业回国，就去领证结婚，然后带她移居海外，现在计划泡汤，落得一场空，我心里有点不是滋味，总觉得是个隐疾，但也不好讲啥，只是百般呵护，希望用我的真心慢慢感化，可还没到半年，就又跑了，跟我说，咱俩实在不合适。我整不明白，问她，到底哪儿不合适。她说，不是一类人。我说，你是哪类，我又是哪类，你细致点儿说，我有时间。她说，啊，我以前对象回来了。我当时痛苦极了，老想跟她同归于尽，花了很长时间平复，刚好一点，她又打来电话跟我哭了一通，说，以前对象在外国结婚了，回来只是度个假，压根儿没找她，现在假期也结束了。沈晓彤问，你还爱我不？还没等我回答，她又抢着说，我知道我不配得到你的爱了，可我们还是好朋友，对吧，有时间的话，过来陪陪我，好吗，打会儿麻将也行啊。

　　礼拜六，我从饭店打包几个凉菜，背着三瓶白酒，坐上公交车去看我叔，没记错的话，他今天过生日。有那么几年，每逢这个时候，他总来家里跟我爸喝酒，拌两个凉菜，车轱辘话儿来回唠，一喝大半夜，离了歪斜，回不去家，给我妈烦够呛。自打我爸走后，他就没再来过，这两年一到这时候，我还有点想他，人都有这毛病，说不明白是咋回事。

半年之前，我去看过我叔一次，单位在城郊，挺隐蔽，不太好找，这回我还是没找对地方，厂子太大，到处荒草，罕有人迹，我给他打电话，响好几声也没接，神神道道，不知道一天在干啥。我坐在马路边上吹风，很多卡车开过去，载着重物，震得地面直颤，我手里的烟也有点夹不住，落了一裤子灰。十来分钟后，我叔给我回过来电话，问我啥事儿，我说没事，来看看你，到这边了，找不到具体位置。他说，你在哪儿呢。我说，我也不知道这是哪儿，走了二里地，大门都没找到。他说，大门拆了，就前几天，违章建筑。我说，那我咋办。他说，附近有啥标志物。我说，啥也没有，旁边两棵树，一棵秃了，另一棵也秃了，身后是杂草，半人多高，再后面是墙，一股尿骚味儿。他说，你这样，往前走十米，再转过身，看看墙上有没有东西。我起身向前，照他说的办，走到对面，回头看墙，盯了半天，说，啥也没有，就几个模糊的字儿，标语口号。他问我，具体啥字，哪一条。我说，看不太清，精神病什么玩意，然后是，办法总比困难多。他说，那我知道了，你站那儿别动，在难字底下等我。我说，叔，我挑个别的字行不，不太吉利。他又补一句，不是精神病，前半句是，只要精神不滑坡，你那文化呢，还念过大学的呢。

我叔骑着自行车过来的，长袖衬衫，戴个前进帽，也不嫌热，到我近前，单脚点地，没下车，问我，手里拎的是啥。我说，好贺儿，你是今天过生日不，来瞅一眼。他说，瞅我干啥，瞻仰遗容啊。我说，想跟你喝点酒，咱往哪边去。他说，你上来吧，坐我后面。我说，我都多大了，自己走，你驮不动我。他说，你多大啊，小逼崽子，赶紧上来，道儿远，骑车还得好几分钟。他往前溜了两步，我跟在后面助跑，搂着我叔的腰，跃上后座，又一辆卡车从我们身边开过去，扬起尘土，自行车摇摇晃晃。他说，废物不。我说，啥。他说，找个地方都找不到，你说你干啥能行，跟你爸一样。我说，我干啥都不行，行了吧，就你行。他顿了一下，然后说，咋的啊，跟叔还来劲儿了。我没说话。他说，别不说话，有意见提。我说，我能有啥意见，刚才车一过去，土太大，有点迷眼睛。

缓步

厂子基本黄了，只留几个打更的，每天搬个板凳，瞪着上锈的设备，真不明白这东西有啥好守着的，谁能偷走咋的，白给我都不要。我叔指着那堆废铁说，经济滑坡啊。我说，那对。我叔说，原来几百个工人，现在都遣散了。我说，政策不行。我叔说，像你明白似的。我说，明白，主要赖我，行不，反正咋唠都是我不对。

我俩坐在收发室门口喝酒，菜摆在地上，列成一队，看着颇有气势，我叔爱吃炜的花生米，一把四粒儿红，一口小白酒，嗞溜嗞溜，喝得挺快，风采不减当年。我撑不上进度，没话找话。我叔问我，这几个菜，得多少钱。我说，不花钱。他说，赊来的啊。我说，不是，我开的饭店。他说，你不在出版社上班呢么，开啥饭店，学历白瞎了。我说，我也不想啊，单位闹转制，开不出工资，半死不活，不走不行了。他说，赔你钱没。我说，赔仨月工资，之前攒点儿，又从我妈那儿借点儿，开个小饭店，维持生活，总不能啥也不干。他说，买卖可不好做。我说，累点儿，对付着能活。他说，黄了再找别的呗，开啥饭店，你爸要知道这事儿，肯定得跟你上火。我说，上啥火，过两天我多给他烧点儿。他又喝一大口，问我，想你爸不？我说，不想。他说，做梦啥的呢。我说，我不做梦。

喝到晚上八点多，我有点大，问他，叔，法院判没呢。他说，判个屁，我都没起诉，之前那么说，主要是给小凡听，你可别给我说漏了，马淑芬自己带个孩子，那儿子也不立事，不容易，咱不能那么干，毕竟有过一段感情，愿意住就住着呗，我无所谓。我说，你是不是糊涂，马淑芬跟你过，到底图点啥，你心里没数啊。他说，你还能比我明白咋的，这事儿你少管，轮不到你。我说，那现在这算咋回事，家都让人占了。他说，我住得不也挺好，冬暖夏凉，还僻静，正好我不愿意跟人说话，老板还给我按月开支呢，捡钱似的，有啥不好。我说，那你最近看见小凡没？他说，没看见，你看见了？我说，我也没看见。

三瓶就剩个底儿，酒劲上来了，我脑袋直迷糊，只能听见风声，哗啦啦一大片，像是要来收割我，我有点坐不住，眼睛紧闭，心想今天这是没法回去了。我叔兴致挺高，跟我说，来，就咱这景儿，你朗诵个诗。我努力睁开眼睛，却什么也看不清，只有一盏灯，光线昏黄，左右摆荡。我说，朗诵啥啊。他说，小时候你不老背么，唐诗三百首，我一上你家去，你爸就让你出来表演，叽哩哇啦，这个那个的，一句听不明白。我说，都忘了。他说，完犊操。我说，叔，我困了，想喝白开水，还有点想吐。

他说，完犊操。又说，进屋吧，这点儿逼酒让你喝得。

半夜醒一回，吐了不少，我叔还没睡呢，收拾完给我倒了杯热水，在一边叹气，我喝下去后，舒服不少，就又睡着了。迷迷糊糊之际，听见外面有人在喊，孟庆辉，孟庆辉。我叔好像应了一句。外面的人接着喊，干鸡巴啥呢，开门。我叔就出去拉大门了，接着一道强光射进来，估计是车的大灯，我的眼前一片通红，滚烫汹涌，仿佛身处地火的边缘。车开进来，发动机半天没停，轰鸣作响，循环往复，像是报废之前的声声喘息。

我叔送我走，手里拎着一壶水，像去旅游，造型挺别致，说是怕我口渴。他这人粗中有细，干啥都不马虎，这点我挺佩服。他推着自行车，我在旁边走，到车站后，我说，叔，你有啥事儿，随时给我打电话。他说，我能有啥事儿，管好你自己得了，成天有点笑模样儿，事儿别老藏心里。我表面点点头，心里想，我他妈是真藏着事儿呢，憋了半宿，喝成那样也没告诉你，你姑爷子余林进去了，挺好的办公用品买卖不做，就在外面胡扯有能耐，客户也不去维护，非得出去跟人搞非法集资，钱没挣着，人倒是搭进去了，到现在俩月，一点说法也没有，孟凡天天守着个破逼柜台，根本不卖货，找我哭过好几次，这事儿我能跟你说么，跟你说有用么，咱都管好自己得了。

我等了二十分钟，公交车还没来。我叔说，你慢慢等，我先走，怕那边有任务，给你妈带个好，以后没事儿不用来，等过年的，我上你家去一趟，看看弟妹。我说，那行。他又补充一句，有空的话，你去多找找小凡，她就跟你好，你有文化，说啥她能听，别人信不过。我说，这两天就去。说完，他骑上车，没走几步，又返回来，跟我说，你少喝点酒，别跟你爸似的，见酒没够儿，昨天情况特殊，平时别那么整，你家有遗传，肝不咋行，这你得听我的。我说，叔，我听你的，啥都听你的。

返程路上，经过许多平房，正在拆迁，满地瓦砾，一副破败景象。我想起来，刚跟沈晓彤在一起的时候，她家就住在这样的房子里，有上下水，但冬天还得烧煤，满屋一层灰，她爸一直在外地打工，好几年也不回来，说是在埃塞俄比亚挖矿，正在攒钱，要送她留学，去美国考个专升本，我听了都想乐，但沈晓彤就信，成天做美梦。平时就她跟她妈两人在家，我有时过去帮着干点活儿，走访送温暖，她妈挺认可我的，觉得我实在，有一次在厨房里，她妈一边做饭，一边跟我说，晓彤啊，就乐意想那些不着边儿的事儿，心性不定，跟她爸似的，无论多大岁数。我说，姨，我懂。她妈说，自己的孩子啥样，我自己知道，我对你没啥看法，挺仁义的，但你也别伤着。我说，姨，我心里有权衡。

毕业之后，沈晓彤没找到合适工作，有阵子在药房干收银，晚上也值班，我过去陪她，吃饱了没事儿干，就看看电视，沈晓彤爱看外国旅游节目，世界真奇妙之类，景色也未见得多美，电视里的人就是一顿惊叹，我觉得很假，她看得津津有味。我问她，要是结婚，你想去哪里旅行。沈晓彤说，哪儿都行，哪儿好就留在哪儿，不回来了，反正结了婚，肯定不在药房待了，没意思，成天觉得自己也像个病人。我问，那你最想待在哪里呢。沈晓彤说，加利福尼亚。我说，挺好，阳光雨露，遍地梦想，歌儿里总唱。沈晓彤说，以前看过一个电影，就发生在那里，一个爸爸，有点精神病，住院时看过几本书，坚信此处埋有宝藏，出来后也不去工作，胡子拉碴，成天拖着女儿去寻宝，历尽艰辛，女儿为了照顾他的情绪，也一起跟着疯，俩人在超市里打了口井，特别深，她爸跳入其中，不知所终，总之特别荒唐，女儿清醒过来后，一阵痛哭，对自己也有怨恨，整挺难受，电影的最后一幕，女儿掀开父亲让她买的洗碗机，你猜怎么样，全是金币，闪着光，照亮她的脸，天啊，可真好，她爸没骗她，我看完后，对加州就很向往，相信也好，不信也罢，人在加州，无论许什么愿，上帝都能听得到，在沈阳就不行。

饭店的生意是一天不如一天，天太热，大家不爱吃辣的，也能理解，这点我之前没考虑到，正琢磨对策呢，房东忽然给我来了个电话，说租期要到了，打算涨价。我说，刚干没几个月，你就要涨，这不合适吧，有合同在。房东说，你从别人手里兑过来的店，跟我有啥关系，这地理位置，我必须一年一涨，租不租吧，不租有的是人要。我有点为难，之前的存款基本都搭里面了，没几个能活动的，想来想去，觉得怎么也要坚持一下。我的朋友不多，境况也都一般，只能去找孟凡借钱，毕竟有个买卖，按说条件过得去，手头多少能宽裕点儿。我拎了几个菜过去，孟凡没在商场，柜台用蓝布蒙着，落了一层灰。我给她打电话，问在哪里，她说在外面办点事儿，我问是不是余林的事情，她说对，没有具体说法，还是得等，她合计花点钱，人在里面能少遭点罪，另外也看看有没有缓儿，不太乐观，涉及金额挺大。我说，祝你顺利，有消息了说一声，省得我跟着提心吊胆。孟凡说，你来找我干啥，有事儿你就直说。我想了想，跟她说道，本来想管你借钱，短点儿房租，现在这个情况，算了，我自己想办法。孟凡说，差多少。我报了个数。孟凡说，你别急，等我两天，给你打卡里，卡号先给我发过来。

我等了一个礼拜，银行卡里也没有进账，那边房东催得挺急，我只好一五一十地跟我妈交代，我妈坐在旁边听着，也没回应，她一直不太支持我干饭店，觉得不务正业，当天没表态，过后还是去了趟银行，破了张定期存折，回来把钱递我手里，就跟我说了一句话：利息都白瞎了。我心里不太好受，但这状况，进退两难，属实不好办，只能咬牙坚持。

盛夏时，我新上了几款凉面，用心调制，量大实惠，也配上外送，生意略有好转，一个月算下来，能剩个几千块钱，比上班时稍微强点儿，但就是真累，天天在厨房里熬油，浑身不是正经味儿。我也没联系孟凡，没时间，也没心情，还一个原因是，我跟新雇来的服务员处对象了，她人挺好，长相不提了，性格稳当，扎实肯干，对我也不错，老家在本溪，挨着城边儿，条件虽然一般，但是家里有地，就等着动迁分钱呢。

我本来都快把沈晓彤忘了，结果接到了她的喜帖，告诉我马上结婚，让我过去随礼。我越想越不自在，她结婚当天，我大醉一场，挨桌敬酒，很不得体，新婚丈夫是那天麻将桌上的一个人，谢顶，眼神像鹰，不太友好，至于叫啥名字，我早就记不得了。婚宴结束后，我自己又喝了很久，沈晓彤及其家人在二楼吃团圆饭，剩我自己在大厅里，杯盘狼藉，其间，沈晓彤她妈下来看我一次，跟我说，孩子，差不多行了，都是过去的事儿了。我没吱声。她妈说，今天这个场合，你来这一出儿，不合适，但姨不挑你，姨是过来人，都能理解，你好自为之。我还是没说话。她妈从兜里掏出一个红包，塞到我口袋里，我低头一看，是我刚包给沈晓彤的，上面写着八个字：志同道合，喜结良缘。她妈跟我说，孩子，这个钱你收回去，到此为止吧。我想了想，也没客气，揣上红包，往门外走去。外面阳光很晒，像是金币散出来的，我走在路上，记起我们也有过一段相互依恋的时刻，虽然不长，但也够我回忆的了。想到这里，我心怀诚挚，向着天空祝福，加油啊，沈晓彤，前面有个加利福尼亚在等着你呢。

回到饭店，我看着我对象在弯腰擦桌子，露着半个屁股，横喘粗气，使了挺大劲，漆都要蹭掉了，我跟她打招呼，也没理我。沈晓彤她老舅坐在一边哼曲儿喝茶水，婚礼上我让他提前回来看店，估计不太高兴，跟我对象说了点啥，不然不能这样，我也不在乎。她在我面前走过来走过去，后背露出来的那截白肉来回地晃，我越来越晕，酒劲儿上来，吐了一地。

缓步

我妈不知道我处对象的事情，没爱告诉她，知道的话，肯定也是反对，没好下场。有时忙得晚了，我跟我对象就住在店里，桌子一拼，铺个毛巾被，倒头就睡，夏天太热，屋里更闷，我天天半夜都醒，睡不安稳，醒了就喝酒，一瓶接一瓶，直到天亮，进货来的那些酒，我自己得喝掉一半。有一次喝完，出去撒尿，回来时没留神，摔到地上，桌子翻了，啤酒瓶子碎一地，店里的地面一直没彻底清洁过，总是一层油，特别滑腻，我半天都没爬起来，像电影里的小丑演员，手一撑地，就又滑倒，再一撑，直接摔得仰过去，躺在玻璃碎片里，闻着麦香，就这样，我对象也没醒，鼾声盖天，我躺在地上昏睡过去，第二天早上一看，手上全是血迹，脸上也有，给她吓够呛。没过几天，我俩也分手了，这事儿她办得挺次，事先都没通知我，我头天晚上回了趟家，再到店里时，人就失踪了，连带着几样厨房用品，电话也打不通，我一开始挺着急，还想着去报警。她老舅跟我说，还报警呢，你自己咋回事，自己不清楚么，就你这德行，谁能跟你过啊。我想了想，觉得也有道理，这几个月活得不像人样，醉生梦死，必须要改变一下，重振精神，再次出发，于是抄起啤酒瓶子，在手里转了一圈，握紧瓶口，一个箭步，往她老舅的脑袋上砸过去，动作沉稳，响声清脆美妙，但效果属实一般，人还在那儿立着，一动不动，像被一桶凉水浇过，或者刚欣赏完一场不可思议的魔术，瞪眼睛望着我，不知所措。我有点不服，没想到，他看着瘦弱，其实还挺顽强，便又起开一瓶啤酒，仰头喝掉一半，抡起剩下的半瓶，再次砸去，他往旁边一躲，骂我一句，然后叫着跑出大门。我去后厨取刀，掉头追去，杀到街上，已经看不见人影儿，向前跑了几步，便体力不支，瘫坐在地，不停地大口喘着气，双手发抖，什么都握不住。很多人绕开我走，我无法平息，只得躺倒在地，太阳晒在身上，真暖和啊，舒服极了，我感觉自己正不断上升，超越树木、声音与风，倏然加速，凌入空中。

沈晓彤给我打电话，说，她老舅又失踪了，问我知道咋回事不。我说，我他妈哪知道，我还找他呢，然后就挂了电话，从此再没联系过。年前，我还见到过一次余林，叫不太准，是在商场里，我去买两套衣服，准备面试，刚出来便看见个人，只是背影，体型啥的跟余林都很像，头发立整，夹个包儿，正在下电梯，我跟在后面，离得远，不太敢认，后来我紧追几步，喊了一声，余林。他没回头，脚步好像慢了一下，随后加快，急匆匆地钻进出租车里，不知要去向何处。那天，我很思念孟凡，想着要给她打个电话，或者去看一看，给她唱歌，带她吃饭都行，但也没去，回家睡了一下午。醒过来时，天已经黑了，我妈也不在家，我有点着急，出门去找，发现她正坐在小区的健身器材上，穿着过冬的棉衣，眼睛望天。我说，妈，你出来也不告我一声。我妈说，做了个梦，梦见你爸了，说喝酒呢，没带钥匙，让我出来迎迎他，我在这边等一等，万一他真回来了呢，可别进不去屋。

我妈说，每年一到冬天，她就感觉自己要过不去，浑身上下，没一块儿好地方，眼睛也不好使，有时候看着挺远的东西，其实离得很近，走着走着，撞在了一起，有时候往前迈步，伸出手去，想摸摸那些看起来离得近的东西，却又怎么都够不着。我说，妈，我带你上趟医院，做个全身检查，都放心。我妈说，不去，别再查出来有啥大病。我说，怕不行，也得面对。我妈说，用不着，我自己心里有数。我说，你能有啥数。我妈说，啥我没数，心里明镜儿似的，记住你爸以前跟你说的，凡事看开，行就是行，不行就是不行，路还长，别执着，别较劲，跟谁都犯不上。我说，我较啥劲了。我妈说，你自己琢磨。

大年初二，早上起来，我下楼去放鞭，看着火药捻儿往前走，呲呲啦啦，却迈不开步，双腿无力，无法退避，炮声一响，吓了自己一跳，精神倒是缓和过来一些。

回来跟我妈煮饺子吃,电视里在重播晚会,相声小品,整得挺热闹,就是没一个有意思的,看着看着,我妈睡着了。我洗毕碗筷,来到外屋,跟孟凡打了个电话,给她拜年,她的声音很小,听起来有些沙哑。我说,我叔跟你在一起过节没,给他带好,我发短信,他也没回我,上次还说春节要来我家,结果也没个动静。孟凡说,去不了了,走了。我没反应过来,问她,上哪儿旅游去了啊。孟凡说,人没了。我愣了一下,问道,啥时候的事儿。她说,就在年前,脑溢血。我说,这大事儿咋没跟我说。她说,怕你花钱。我说,我去送一送我叔,那是应该的。孟凡说,没都没了,麻烦你一趟,有啥意义,人走得挺急,在医院没待几天,火化完后,我直接买墓地下葬了,跟你爸一个墓园,同一个山头,俩人离得近,抬头就能看见,互相还能做个伴儿,一辈子了,就他俩对得上脾气,谁也不行。我心里难过,讲不出话,嗓子发颤,又不想让她听出来,就一个字儿一个字儿往外蹦,问她说,那你咋样。她说,柜台不租了,东西扔在库房里,欠了不少钱,也不知道咋办。我说,余林呢。孟凡说,出来了,又跑了,你说我咋那么傻呢,脑子缺根弦似的,他在外面跟人都过上日子了,我愣是没发现,一天天的,活得稀里糊涂,不说这些,脑袋疼,前几天路过,我看你的饭店也兑出去了，改卖衣服的了，你现在干啥呢，什么时候有空，过来看看我啊。我说，再说吧。然后挂掉了电话。

这事儿我没告诉我妈。初三早上，我去市场备了点东西，烟酒糖茶，一个人坐车去了墓园，总共二十多站，晃荡一道，我有点晕车，险些没吐出来。墓园冷清，溪流结冰，没什么人，我走过索道和石桥，在山坡上找到了我爸的碑。四周的假花已经褪色，上面落了不少枯叶，我清理干净，绑好新花，摆上祭品，又给他点上烟，我也抽一根，坐了半天，也不知道说点啥好。我想，他和我叔正在看着我，你们说吧，我听着就行。烟烧完后，我拎着两瓶酒，想再去看看我叔的墓，按照孟凡的说法，抬头就能看见。

我仰头望去，半面山坡，密密麻麻，全是坟墓。行至谷底，我拧开了瓶盖，喝着酒逐一看去，笔锋雄健，姿态挺拔，但所有的名字都像是同一个，无法辨认，走过一半，还是没找到我叔，可我已经有点醉了，需要休息。我放下背包，躺在碑间的空地里，阴影穿过其中，勾勒出复杂的印迹，像是一道迷宫，无人指引，我走不出去，所有的恳求都得不到回应。云层漫过树梢，一阵风吹过来，沙沙作响，松针纷落，如同骤雨，清点着全部的死者。我吹着口哨，在等鸟儿叫，一个无比清澈的元音，过了很久，也还是没有，正午即将到来，光线笔直，照着我的身体，没入我的意识。我的头脑愈发昏沉，闭上眼睛后，想起许多个凌晨与黄昏，它们一无所知，却又无比宽容，悄然无息地矗立在彼处，像是旷野，或者深草，将我缓缓拥入怀中。

漫长的季节

　　防鲨网距离岸边四百多米，游上一个来回，至少燃烧掉五百卡路里，约等于一份咖喱饭，一包方便面，或者一袋薯条加个汉堡，这些是我估出来的，有个软件，能记录每日摄入与消耗的热量，但我手机里的空间很紧张，装不下了。六月份到现在，每周我都会游上几圈，也没瘦，反倒黑了不少，擦了防晒也不管用，数值什么都证明不了，无论怎么精密的科学，一旦落到我的头上，就会变成误差，这没办法。就像防鲨网也不能阻拦真正的鲨鱼，在水里时，我经常想着，到底有没有一条勇敢的鲨鱼，抖着背鳍和尾鳍，向着那些坏橙子似的浮标从深处威武驶来，以锋利的牙齿撕咬聚乙烯网，突破严守的防线，来跟我相会。比较理想的状况是，我骑在它的身上，乘风破浪，出海远航，要是实在没看上我，把我吃了也不是不行，最好几口解决掉，没太大痛苦，只留下一片殷红的水面。可能不那么明显，无非是一小瓶墨水倒入海里，潮来潮往，很快就消散了。

海水浴场的更衣室不分男女，被泡沫板隔作不规则的小间，连绵起伏，如课本上的一道道舒缓的等压线，有的地方仅一人宽窄，也很奇妙，身在其中，并不那么压抑，偶尔还有开阔、自在的感觉，能听到海浪起伏的声音，冲刷着陆地，一种无比纯净的嘈杂；带着咸味的风从脚底下钻过来，吹得人心颤，像是上着夜班的妈妈忽然跑回家里，裹着一身的凉意，把手伸进被窝，抚摸着我的肋部。还有那些小小的沙粒，蚂蚁似的，顺着小腿一路往上爬，走走停停，阳光之下，闪烁如同鳞片，刺着发烫的身体。海浪是鲸的叹息，人是鱼变的，以及，有些金子总埋在沙里，这是小时候妈妈讲给我的道理，也像在说我。每次换好衣服后，我都会在里面坐上一会儿，听听别人说话的声音，外面放着的流行歌曲，有时坐着就很想哭，不知道为什么。我平时不是这样的，我在家里从来都很平静。

小雨以前跟我讲过，循着海边的音乐走去，就能看见那些出游的快艇。斜倚在沙滩上，横七竖八，如一群搁浅的大鱼，旁边立一块牌子，上面写着，三十块钱一圈，等你上了船，装死的鱼就又活了过来，流弹一般，在海水里飞行，转了一圈又一圈，不受控制，总之，没个百十块钱回不来，看着潇洒，掀风鼓浪，驰骋于天际，谁坐上谁倒霉。开到大海中央，马达一停，船身晃得特别厉害，这时，他就跟你讲起价钱，谈不拢的话，也不为难，随便找个地方把你卸在岸上，自己看着办。小雨说，他读高中时，有次在船上吵了几句，硬是没给钱，对方也不发火，马达声一响，谁的话也听不到，船越开越远。小雨环顾四周，只有汪洋一片，便很害怕，心脏一直悬着，身体向内萎缩，呼吸急促，默念着逃脱术的口诀。临近一段陌生的海岸，如蒙启示，来不及多想，他一下子跳入水中，头也不回地游了过去。快艇立于海中，来回摆荡，像是一位追击数日的疲惫枪手，夕阳之下，竭力控制着颤抖的双臂，企图瞄准猎物。他扑腾了半天，来到岸上，举目荒凉，不知身在何处，走了半个多小时，终于找到公交站，耷拉着脑袋，跟人要了一块钱，这才上了车。

乘客很多，一个空位也没有，小雨光着脚，只穿一条泳裤，扶着栏杆站了一路，窗外吹来的风使他的皮肤变红，起皱，一阵阵发紧。他打着哆嗦，牙齿乱颤，头都不敢抬起来，听着那些报过的站名，一站又一站，总也到不了，如被凌迟。这么一想，还是鲨鱼好，没什么心机，要么远走高飞，要么就地完蛋，至少有个痛快话儿。

从更衣室往北边走，约二十分钟，绕过半月湾，有那么一小片海滩是我承包下来的，出手比较阔绰，至少我单方面是这么认为的。这里比较荒僻，背后是断崖，长不了树，常年潮湿，阴郁滑腻，仿佛被涂过一层闪着黑光的清漆。坡上杂草葱茏，狭长的叶片呈锯齿形，一团一团，紧密不透风。岸边没有细沙，遍布粗糙的碎石，大大小小，竖起尖利的棱角，很不好走。海浪是个穷凶极恶的歹徒，生于暴风的肩头，面目狰狞，奔涌至此，如猛抽过来的一记耳光，简直心惊。交界之处凝聚着无数白色的泡沫，相互依偎着、吞吐着，不离不散，炽烈的光射过来，显出变幻不定的颜色。我总想着，如果有一天我见到了上帝，对他说的第一句话就是，请不要再往大海里倒洗衣粉了。

没什么景色可言，也就很少有人来，我在这里游了好几天，感觉不赖，什么都不想，什么也不用在乎。有一次，游累了回到岸边，我躺在防潮垫上，眯着眼睛晒太阳，还悄悄拉下了肩带，不过也就一小会儿。我的这身泳衣还是上高中时妈妈拿回来的，那会儿每年夏天都会搞个泳装节，从外地请来模特，让她们穿着泳装走台步，电视里从早到晚持续转播，壮观极了，三千个模特同时穿着比基尼在海边亮相，列成优美的弧形，如大海轻捷的翅膀。不止于一道亮丽的风景，还破了吉尼斯世界纪录，当场颁发金字证书，我们都很激动，期末考试时，好几个同学的作文写的都是这个事情。

那段时间，妈妈身体不好，就不上班了，在家门口的裁缝店里帮忙，我从别人家的信筒里偷了一份晚报，带回家给她看，泳装设计大赛面向全市征集作品，画几张示意图，辅以简单的文字说明，入围就有三百块钱可以拿，头等奖则是五千元。我很心动，怂恿妈妈报名参赛，她有点犹豫，总觉得选不上，大半辈子了，什么好事儿也没轮到过她，其次，她也不会游泳，没有灵感，像一条记性很差的鱼，忘掉了鳃的用途。我一直央求着，跟她说，这次有希望，我想好了两个不错的名字，一个叫自游自在，胸前印一只矫健的小海豚，线条流畅，尾巴甩到后面，像是跟游泳的人抱在一起，另一个叫水精灵，天蓝色的弹性布料，与大海的颜色一致，荷叶袖边，后背与腰侧做成网格，裙摆下垂，游起来时，一舒一张，缓缓地散落着。我写作业，妈妈陪着我熬夜画图，总是画不好，模特小人儿的双腿看着太过柔软，青蛙一样蜷曲，脚掌如蹼，很不协调，改来改去，截止日期到了，我写好说明，将那两张擦得薄薄的草纸塞在信封里寄了出去。之后几天，我一直盯着电视，等待公布结果，当时也有预感，可能不会是我们，但还抱着一点点的期待。果不其然，第一名给了个学美术的男孩儿，眼神狡猾，留着半长的头发，说话的声音有点哑，发言却很得体，还感谢了这片海滩，"我睡着的时候，它像一只摇篮，使我身心和睦"。我很羡慕，又不太服气，他的设计一点儿也不好看，不过是扯了一截绷带裹在身上，模特穿起来像是打败了仗的伤员，走得一瘸一拐，并不十分和睦。

　　那天下午我很伤心，哭了好长时间，不是因为没得奖，而是觉得这个世界只是我和妈妈组成的，没有其他人，我们就活在两个人的世界里，谁也听不见我们的话，如在海底，孤独长达两万里。第二天，妈妈晚上回来时，带了两套泳衣，装在发黏的绿塑料袋里，说是主办方寄过来的，类似于参与奖，精神可嘉，以资鼓励。我一点也高兴不起来，看也没看，放在衣柜里，一次都没穿过。

缓步

结婚前，我收拾衣物，发现了这两套泳衣，可能是放得有点久，散发着一股樟脑丸的味道。我上身试了试，没想到，尺码很对，款式也不过时。我跑到客厅，走了两个来回，展示给妈妈看，问她我穿着漂不漂亮，记不记得这件衣服，以及那次落选的设计大赛。妈妈躺在床上不说话。

一个叫彭彭，一个叫丁满，我为今天的两位不速之客分别起了名字。他们来得比我早，提前占据了这片海滩，看起来有八九岁，实际可能不超过七岁，海边的孩子总比同龄人长得快一些。彭彭穿着一条松垮的蓝裤衩，神情专注，挑拣着片状的石头，聚成一小堆，再大叫一声，用力投向海里，可惜一个水漂儿也没打出来过。在空中划过一道低低的弧线后，石头隐没无踪，我总觉得他要把自己也扔进海里。丁满在一边看着他，双手掐腰，嘴里念念有词，宛若教练，时不时地，他的手会伸向后背轻抓几下，好像身上刚爬过了一只小螃蟹。铺垫子时，他们发现了我，也许是有点难为情，两人停了下来，转而走向岸边那块最大的礁石，很像是一块铁，或者焊在海底的黑色宝塔。两人比着赛，没用几步，便站在了塔顶，海风吹过来，他们艰难地保持着平衡，丁满很紧张，不太敢起身，彭彭的裤衩掉了一半，眼看着褪到膝盖。实在是有点危险，我不太放心。

我踮起脚来，朝着他们高喊：嘿，下来啊，你们俩。他们俯视着我，似乎有点犹豫。我摆起手势，大声叫道：回来，太高啦，快回来啊。两人挠挠脑袋，蹲了下来，一点一点向下蹭，提醒着对方可以落脚的地方，几分钟过后，才安稳着地。我松了口气。有时就是这样，你也不知道自己是怎么上去的，只在高处看了看风景，什么都没来得及做，来时的那条路就消失不见了。

丁满向我跑了过来，彭彭跟在后面，腿有点软，两个人气喘吁吁，分不清身上是海水还是汗水。他们来到近处，瞪圆眼睛，低头看着我，像在观察一团晒干的海藻。我望着他们，想起自己什么零食也没有，有些过意不去。丁满没说话，彭彭把脑袋探了过来，问我，你刚才说什么？我说，没什么啊。彭彭说，你不是在跟我们说话吗？我说，是啊，不是。他有点迷糊，抬高了嗓门问我，到底是，还是不是。我说，不是，是。彭彭更晕了，无计可施，皱着眉头看丁满，我乐得不行。丁满扭过身体，跟彭彭说，你别理她。彭彭跟我说，我以为你找我有事儿呢。丁满捅了他一下，说道，别跟她说话了。我说，不要生气嘛，我请你们吃雪糕，不知道推车卖雪糕的什么时候过来。彭彭说，我可以帮你看看他走到哪儿了。我说，好啊，我们一人一根。彭彭说，我想吃个枣味儿的。我说，那我吃个奶油的。丁满说，我不吃，你怎么还理她。

彭彭和丁满并肩前行，踏上寻找雪糕的旅程，比画着说了一路，越走越远，这片海滩又归我了。我在心底欢呼了一声，掀去浴巾，慢慢走入海里，阳光不错，和缓的波浪将我稳稳托住，可只游了一个来回，就没什么兴致了，转头回望，身后的水痕迅速愈合在一起，仿佛什么都没发生过，无人从此经历，大海不曾止息。我回到岸边，等了很长时间，直至太阳落在水面上，他们也没有回来。

我乘着拉客的小摩托回家，四块钱，突突突突，最棒的交通工具，机动性高，从不堵车，这一路上，头发也吹干了。很难想象，妈妈以前最大的爱好是骑摩托车，我一点印象也没，只见过照片，还是在别人家里。她烫着及肩的大波浪，戴了一副浅色的方框墨镜，遮住大半张脸，手上拎着头盔，旁边是一辆红色的铃木摩托，如同挂历上的美人儿，妈妈年轻时很好看的。别人跟我说，有一次在路上见到妈妈骑车带着我，我不在前面，也不在后座上，而是被她揣进皮夹克里，一大一小，两个脑袋齐齐从领口里伸了出来，不管不顾，迎着风落眼泪，看上去相当惆怅。我问过她有没有这回事，她否认了，说自己不会骑。妈妈总是这样，对于跟现在无关的事情，都觉得没发生过，好在有照片为证。我问她，骑车带我去了哪里。她说，想不起来了。我问她，车哪儿去了呢？她也说，不记得了，车也不是我的，过去太多年了。她不说也没关系，我有自己的办法，在最好的晴天里，把照片向着太阳举高，这样的话，就能看到当时发生的事情。妈妈拍过照后，收起了边撑，挂上空挡，向下踩着打火杆，一溜烟儿开出去，欢呼声在身后响了起来。她顺着风走，车速与风速一致，道路平坦，感觉不到自己正在行进，周围很安静，世界是一个密封的罐子。天空有云飘过，下起了小雨，那也浇不到她，妈妈在雨滴的缝隙里穿行。有一个她即将认识的好人，真正的好人，仰平了身体，正在大海的中央打着转儿，像一片年轻的叶子，夜雾湿润，无人能够窥透，而她将一路骑去，无忧无惧，活在世上，也如行于水上。

但妈妈不能在水中飞翔，她连游泳都不会。妈妈躺在床上，讲不了话，也动弹不了，眼睛总是闭着，像在思索，有什么很重要的事情等着她来做决定。长长的睫毛像一弯新月，在夜里发着光，星星守在她的窗外，由南向北，缓缓下降，天亮之前，终于落回了海面。清晨的大海轻轻抖动着，毫无规律，如人战栗，也像妈妈最初时的那只拇指，精灵一般，不自主地在空气里滑动，画出一个记忆里的图案，可能是摩托车，或者一套泳衣，一位好人。我预感不妙，从外地赶了回来，拖着妈妈去做肌电图，医生测了十几次，把钢针扎进她的舌头里，妈妈很无助，呜呜地叫着，满头大汗，双手乱抓，像只快被闷死的小狗，或一个束手无策的哑巴，面临着巨大的灾难，没办法求助，更不能向谁诉说清楚。我哭着想，重刑也不过如此吧。医生命令道，快，把舌头伸直，快一点，不然没有效果，罪都白受了，不要耽误时间。屈辱且怕，我甚至想到了自己糟糕的初夜，就这样展示着，光天化日，一览无遗。妈妈的脸扭曲得如同一张被揉皱的旧报纸，钢针与呼吸同步收缩，来来回回地搅动，反复刺透，拷问着受损的神经，她的嘴被撑得很大，头向后拧，用喉咙喘着气，发出古怪的哀声，伸手想去抓点什么，眼前却什么都没有。我扯住自己的头发，跺着脚，乱喊乱叫，想在她面前下跪，如果这样她能好过一些的话。妈妈看着我，口水淌了下来。

我想，医生说得不对，我们所受过的罪，有哪一种不是白白浪费的？看过检查报告，他们对我说，按目前进展，最多不过三年，做好准备。语气轻松得像是帮我提前预定了一个假期，到了那时，一切都会清晰起来，她不再痛苦，我也没了负担，太阳照常升起，天穹横跨在海洋的远侧，光明向我这边挪动了一小步，歌声缭绕万物，金钱唾手可得，失去的爱情也会回来，总之，我将会拥有我想要的全部，作为一种莫名的恩赐。无非是三年，一个漫长的季节，鱼儿溯流，逡巡洄游，草木持存，日日更新；无非是三年，一片幽暗的树荫，一场骤然而落的雪，一阵浓重的睡意，仿佛越过了这个障碍，就能彻底苏醒过来，打个哈欠，走出门去，迎向和煦的暖风，洗尘的细雨。而障碍又是什么呢？我的妈妈么？

在门外时，我没听见收音机的声音，就知道闵晓河已经到家了。他讨厌额外的声响，总觉得吵，每次回来后，一定要先把妈妈枕边的收音机关掉。妈妈没听到过晚上的广播，她的一天从"实时说路况"开始，然后是"心有千千结"、"谈房我当家"、"隋唐演义"和"海滨时刻"，最后一个节目是"生活零距离"，往往只能听到一半，许多人打来电话，诉说困境，反映生活里的大事小情，后半段是对前一天问题的调查通告。可惜妈妈每天听到的只是问题，数不胜数，没有穷尽，从没得到过任何的答复。

卧室的房门关着，悄无声息。闵晓河的妈妈在做饭，我换过鞋子，洗净双手，摸了摸妈妈的脸，问她有没有想我。妈妈看着我不说话。我帮她重铺好被单，按摩了双腿，然后去厨房帮忙，只有一个菜，已经做好了，分辨不出是什么，半固态，像一碗搅过的水泥，闵晓河的妈妈让我端上桌去，再叫他出来吃饭，我喊了两声，又敲了敲门，还是不见人影。我跟闵晓河的妈妈说，喊过了，没有动静。她说，别管，还是不饿。我说，今天怎么样？她说，翻了几次身，听着还是有痰，夜里多注意，雾化的药快没了。我说，好，闵晓河今天回来得挺早啊。她说，是，比你要早。然后我就不说话了。我知道，她这是来了情绪，故意说给我听呢。

结婚以来，我没管她叫过妈，一直喊姨，改不了口，无法突破心理这关。不得不说，她对我家一直都很照顾，我内心感激，妈妈的情况没什么好转，拉锯战似的，她怕我坚持不住，每周都过来帮忙，坐着十几站公交车，替我照看一个下午，做顿晚饭，再赶车回去。她总说，过日子就像喘气儿，一呼必换一吸，有来有往，进退得当，只呼不吸的话，不知不觉，便油尽灯枯了。道理如此，但她也不年轻了，连着几个月，都是这么过来的，有时一周两次，有时三次，确实辛苦，我都记在心里。也很奇怪，一方面，她来的次数越来越多，虽有抱怨，我也能感觉得到，她与妈妈之间愈发难以分离，妈妈不讲话，她就说给妈妈听，一说一个下午，一件过去的事情要讲上许多遍，有几次我正好遇见，她坐在床的另一侧，佝偻着背，自己抹着眼泪，话停在嘴边上，见我回来，就不讲了，起身去了厨房。另一方面，这么说不太合适，其实我很盼着她来，不是推卸责任，只是真的很想往外面跑，抑制不住，也不去什么地方，就在海边待着，听浪、看海或者游泳，类似的心理总会令我有些羞愧。对于这一点，倒也不难消化，过意不去时，我就会想，这也是闵晓河的妈妈自愿的，她心里很清楚，这段关系建立在什么样的基础之上，无非是在还债而已。可说到底，一切决定都是我自己做的，没人逼着，所以又有什么资格去苛责呢？想不明白。每天夜里，我都会暗下决心，一旦妈妈离开了，我就跟闵晓河离婚，受够了，谁劝都不行，爱说什么就说什么，我谁也不怕，反正不欠你们的。但是，妈妈还活着，还在思考，内心明亮如镜，一天又一天，她看得见我，听得到我，能想着我，盼望着我，那么，漫长的季节过去之后，这笔账还能算得清楚吗？我总是处在这样的境地里，爱不好也恨不起来，所有的理解与宽恕，最终都变成了自己的负担。我想起来，小雨以前跟我说过许多次，你必须立在坚实的岸上，才能真正告别海浪。但他并不知道，我的海岸那么小，几粒流沙而已，很快就被冲掉了，我一个人站在水里。

饭后，我去厨房收拾，闵晓河的妈妈进了屋，跟他说过几句话，准备去赶车，最后一趟七点半，下来后还得走一段路，到家差不多要九点了。出门之前，她跟我说，明天还来我家。我说，我也没什么事情，要么您休息一天。她想了想，说，我还是过来吧，习惯了，自己待着也没意思。

不一会儿，闵晓河抱着篮球走了出来，我问他吃不吃饭，他不看我，也没回应，埋着脑袋系鞋带。我们的相处就是如此，没什么好说的，正常交流都很困难。我觉得他心里根本没我，也好，反正我也差不太多。说来惭愧，结婚这么久了，我还是总会想起小雨来，妈妈刚生病时，他提过要跟我一起回来，我拒绝了，不是不需要，而是觉得他没那么情愿。不情愿的事情，往往落得更不堪的下场，我对此异常恐惧。回来以后，我给小雨发过两次信息，都很长，说了很多自己的感受，他回得很迟，也很草率，分开已成定局。我不是不理解他，但在家里还是忍不住胡思乱想，被幻念折磨着，有时很想他，有时又想把他杀了，虽然他也没做什么过分的事情。我困在这些情绪里，反反复复，走不出来，有那么几次，夜里失眠，仿佛还听见他在远处轻轻吐了一口气。我越想越不甘心，老是在哭，半个多月下来，枕巾硬得割脸，眼睛一直没消过肿。妈妈很自责，整天畏首畏尾，觉得是她的病拖累了我。其实不是的，我想，不是这样，我很对不起妈妈，自己的生活过得一塌糊涂，无论做什么都很失败。

那阵子过得不太好，我还跟妈妈发了脾气，明明她受着很大的折磨，我非要在火上浇油，好像妈妈真的犯了什么错似的。我对她说，你自己待着吧，明天我就走。她站在那边，愣了一会儿，然后说，那也好，也好。可是我要去哪里呢？根本不知道。说着轻松，怎么都行，这也意味着没什么必须要去的地方，哪里都不属于我，没人需要我，除了妈妈。我说过后，又有点后悔，躺着玩手机，不敢抬头。妈妈弯着腰去了厨房，在水流声里叹气，擦过一遍地面，又切了个苹果，放在小碗里端了过来，我噘着嘴，脑袋斜过去，跟她紧挨在一起，我们用一根牙签轮流扎着吃。苹果不是很脆，放得时间有点久，我们吃得很慢，半天也不动一下，像要把嘴里的苹果含化。不知为什么，我始终记得这一幕。

十点半，闵晓河还没回来，如同往常，我给妈妈洗过脸，把被子从卧室里扛了出来，铺在客厅的沙发上，枕着扶手，跟妈妈睡在一侧，这样的话，半夜探过手去，就能摸到妈妈的衣袖，小时候我每天都是这样入睡的。我告诉妈妈说，今天在海边见到了两个小朋友，一个有点胖，一个很瘦，长得像动画片《狮子王》里的人物，还记得吧，当年很出名，你领着我去电影院看的，总之，俩人都很可爱，我答应了要请吃雪糕，可惜没实现，谁体验过谁就知道，吹着海风吃雪糕是一件多么美妙的事情，还有，我刚看了天气预报，明天的温度不错，没有雾，中午可以出门晒一晒太阳。说着说着，妈妈闭上了眼睛，我也睡着了，在梦里，我吃了一根雪糕，之后肚子有点疼，走不动路，冷汗直流，蹲在地上休息，忽然被一团蓝灰色的影子拖住了腿，力气很大，使劲儿把我往底下拽，我吓坏了，完全拗不过，拼了命地连踢带打，不敢大声叫，对方像在摆弄一具尸体，恶狠狠地拧着，动作粗暴，喘息声刺耳，我的整个人被他握在手里，没办法挣脱。我哭着说，别这样，妈妈还在，求求你了，什么我都答应，求求你，妈妈还在这里，请不要这样。他根本听不到我的哀求，伸手进来，蛮横地分开了我的双腿。哭出声来的那一刻，我也醒了过来，屋内空荡，一片漆黑，如同沉静的岬角，没有人，也没有影子。我转过头，发现妈妈睁着眼睛，望向天花板，我也看了过去，空气波动，灰尘缠绕，在夜里，好像有谁在那里涂着一幅透明的画。

丁满发明了一种游戏，在海滩上勾出圆圈和方格，两个方格是战场，一主一次，圆圈是各自的基地，他还给每颗石头安排了职位，尖尖的是将军，椭圆形的是战士，略小一点的是士兵，带花纹的是医生，不能上阵，可以救死扶伤，但只有两次机会。讲述规则时，彭彭看着很忧愁，吃光了三根雪糕，冒了一脑袋汗，还是满脸的困惑。我也没太明白，不过不耽误游戏，跟出牌一样，每一轮掏出同等数量的石头对垒，自行组合搭配，战场任选，具体数目由守卫者来决定，可以是两颗，三颗，或者四颗。猜拳过后，彭彭占得先机，他说，十颗。丁满说，一共就十颗。彭彭说，对，我知道，不行吗。丁满说，不行，分不出来胜负。彭彭说，那就是平局，很好，以和为贵，以和为贵。我乐得不行，丁满白了他一眼。我问丁满，他在学校时也这样吗？丁满说，什么样？我想了想，说，爱好和平，很重感情。丁满说，智商不行的都重感情。我说，别这么说嘛，你们都很聪明的。丁满说，我跟他可不是一个学校的。

我们玩了两局，能用的石头越来越少，原因是输掉的或没救回来的都要扔到海里，没办法再来闯荡一番，这很残酷。我提议再给它们一次机会，彭彭也很认同，主要是他负责着找石头的工作，来回来去，跑了好几趟，很辛苦。丁满否决了，他说，打仗就这样，时光不能倒流，死人不能复活，所以得学会珍惜，这样的话，有些东西才显得珍贵。我像是被他上了一课，张大了嘴巴，讲不出话来。远处的歌声飘了过去，彭彭在地上打着滚，拒绝行动，嘴里咿咿呀呀，背着什么口诀，丁满用手挖了个挺深的沙坑，把剩下的石头埋了起来，他跟彭彭说，做个记号，三年后，我们再把它们挖出来，看看有什么变化。彭彭说，不还是石头吗？丁满说，那可不一定。彭彭说，三年？丁满说，对，三年。彭彭说，我怕我忘了。丁满说，没关系，我记得住。

丁满说话时的样子会让我想起小雨，明明是一些小得不能再小的事情，经他这么一讲，就有了不同寻常的意义，严肃得可笑，认真得无聊，郑重得毫无道理，不知为何，你还会觉得有点激动，仿佛什么都可以被爱，什么都值得留恋，什么都需要被纪念，没什么转瞬即逝，一日长于一年，三年又好像只是过了一天。我大学时读的中文系，学得不好，不是很敏锐，许多文字里的情绪感受不到，小雨念的是国际贸易，对文学很感兴趣，经常来我们这边听课,自己也写些东西。我们刚谈朋友时,有一天在自习室,我跟他说,给我写首诗吧。他说,不行,怎么能这么随便。我听着就不太高兴,直接走掉了,半天没理他,他以为我很生气,其实我只是想回去给他写点什么,但也没写出来,怎么表达都不太对。第二天早上,我刚起床,收到了他发来的一首诗:

>打个响指吧,他说
>我们打个共鸣的响指
>遥远的事物将被震碎
>面前的人们此时尚不知情
>
>吹个口哨吧,我说
>你来吹个斜斜的口哨
>像一块铁然后是一枚针
>磁极的弧线拂过绿玻璃
>
>喝一杯水吧,也看一看河
>在平静时平静,不平静时
>我们就错过了一层台阶
>一小颗眼泪滴在石头上

缓步

很长时间也不会干涸

整个季节将它结成了琥珀

块状的流淌，具体的光芒

在它身后是些遥远的事物

我问他，这首诗叫什么名字？小雨说，还没想好，原来的题目是《女儿》，现在想改一改，你觉得《漫长的》怎么样？我说，漫长的什么呢，话没说完。小雨说，还不知道，都可以，反正都很漫长，历史在结冰，时间是个假神，我们也不必着急。后来他又写过一些，谈论盲道、松荫或气象学，只有这首我读了许多遍，至今也还记得。分开之后，有天下午，我很委屈，心里堵得厉害，默默哭了一会儿，就想找他说说话，拨了两个电话过去，十几声长音结束，无人接听，我抱着手机等他回给我，直至后半夜，也没有动静，而那时候，我也什么都不想说了。遥远的事物，我想，响指虽小，却可将其震碎，他说的没错，我就是碎掉的遥远的事物。

妈妈很幼稚，也有点自私，想在自己还能思考和行动的时候，见到我有个着落，或者没这么简单，那些可以预见的未来，她不忍心只让我一人承受，不管怎么说，有了伴侣的话，至少能分担一部分。就算不够和睦，互有隐瞒，就算总有争执，怎么都走不到对方的心里，那也是一条隐秘的细线，始终牵扯着我的精神，那么，她离开之后，我就不至于滑落下去。妈妈觉得，人不畏困境，也不惧斗争，怕的是既没有爱人，也没有对手，睁开眼睛，出门一看，满世界全是疯子和故人，他们中的一部分威胁着你，使你恐惧，另一部分冷眼旁观，因为他们与你再无任何关系。这样一来，过得就很疲惫，没什么想要争取的，也没什么可以期盼的，无事可做，也无话可说。我跟她说，妈妈，我可以照顾得很好，不只是你，还有我自己。妈妈说，我相信啊，所以更不想让你一个人了。

我与闵晓河第一次见面是在医院，闵晓河的妈妈在那里当护工，从早伺候到晚，每天能赚八十块钱，她很勤快，性格也不错，天南地北，什么都能聊，妈妈很喜欢这样的人，因为她自己总是羞于开口，无论是生活还是疾病，都没什么好说的，既不想面对也不想抱怨。闵晓河的妈妈一直鼓励着她，跟她说道：不能全听大夫的，得有自己的主意，但也要相信现在的医疗水平；康复不是没有机会，她亲眼见过一位患者，病情相似，后来有所好转；不要吃动物内脏和花生，记得补充一些蛋白质；如果有需要，她可以来帮忙照顾，相逢就是缘分，千万不要客气。妈妈听得很认真,眼神闪烁,我想,有人跟她说话就是很大的安慰,不管是谁,说的又是些什么。妈妈没有我想的那么坚强,也不那么聪明,看起来小心翼翼,为人处事警惕,其实她的原则很简单,妈妈没有自己,一切以我为主,只要不是让我历险,怎么样她都能接受。

闵晓河坐在台阶上抽烟,头发剃得很短,穿着一身蓝灰色的工作服,不太合身,他的个子不高,远看像是被安放在一尊未完成的雕像里,只露了个脑袋出来。我走过去时,闵晓河朝着旁边的袋子点了点头,里面装着一些颜色鲜艳的水果,神情像是赏赐,非常高傲,令人不适。我摆了摆手,也不讲话,实在没什么心思,当时我还在等着一项很重要的检查结果。我坐在离他一米远的位置,想着自己的事情,不时闻见一阵刺鼻的油漆味道,那一刻,要不是妈妈在楼上的病房里望着我,我真想跑掉。闵晓河不看我,自顾自地说着,初次见面,幸会,我叫闵晓河,中专学历,在船厂上班,不怎么忙,工资待遇一般,身体还行,半月板受过伤,没大问题。我点了点头。他继续说,平时作息规律,三餐正常,吸烟,不喝酒,不看书,也不看电视,没什么特殊爱好,偶尔打打篮球。我说,好。闵晓河说,家里的条件,你多少也知道一些,租房子住,我爸前年没了,我妈在照顾你妈。我说,是,谢谢。闵晓河说，但你也不用觉着欠我的，没必要，我在外面待过几年，见识不多，道理总归知道一些。我说，行。闵晓河说，按照我妈的想法，年内结婚，明年生子，她来帮我们带孩子。我说，现在谈这些，为时尚早。闵晓河说，所以，我今天过来就是想告诉你，我不听她的。我说，什么？他说，我有自己的事情要做，即使不做，我也有东西要想，我想了好几年，也没明白，还得继续，所以不喜欢被打扰，当然，如果结了婚，我也不会打扰你。我说，没懂，不过不要紧。他说，平时我不怎么讲话，今天准备了挺久，说得不好，请多担待，时间差不多了，我得回单位去，你的话少，这点很好，估计也不会喜欢我，没关系，日常相处，或者见上一面的人，不讨厌就算不错了，剩下的事情，你自己拿主意，我听你的，再见。

等到七点十分，菜热了一遍，闵晓河也没回来，电话打不通，吃过饭后，我有点没精神，脸颊发热，可能是白天在海边吹到了。妈妈今天一直半张着嘴，唇部皱紧，如海螺的尾壳，似乎想要说些什么，我把耳朵凑了过去，却只有空洞的呼吸声，伴随着一点不太好闻的味道。闵晓河的妈妈有点着急，问我说，他今天加班？我说，应该是。又问，提前说过没有？我说，好像没。之后才反应过来，我都不知道他昨晚究竟有没有回来，只记得做过的那个梦。闵晓河的妈妈点了点头，没再多问，披上外套，穿鞋背包出了门。我把家里收拾一遍，用手机放着歌曲，然后躺在卧室的床上，想来想去，给闵晓河发去一条信息，问他几点回家。看着这几个字，我感到很陌生，陷入了一阵恍惚。这里是不是他的家呢？我真不知道。婚后不久，闵晓河搬了过来，背着一包行李，手里拎着篮球，像是来打一局客场比赛，速战速决。家里有人在，妈妈才肯去住院，她总觉得我一个人生活很危险，性格毛糙，日子过得草率，不如她心细。在医院里，妈妈总问我，水龙头关好没有？我说，关好了。她又问，煤气呢？我说，也关了，出门都检查过了。妈妈想了一会儿，问道，你们过得怎么样啊？我说，很好啊。妈妈说，开始不太顺利，需要磨合，相处久了就好了，也离不开了，人就是这样的。我说，妈妈，我们很好。

闵晓河的生活很奇怪，每天下班后，在家待不多久，就又抱着篮球出去了，有时回来得早一些，有时要后半夜。刚住一起时，我没什么心思顾及他，彼此感情不深，后来觉得过于诡异，我猜他一定没去打球，而是在做什么不可告人之事。有一次，他出门后，我偷偷跟在后面，看见他把球塞进车筐里，骑着自行车，来到附近的一片室外场地，又把车在栏杆上锁好，拍着球走了进去。场地很暗，没什么灯光，只有四个木板球架守卫在此，很像是衰老倦怠的士兵，不知敌军将至，而海边的潮雾一阵阵袭来。闵晓河不换衣服，不做热身，也没去投篮，他走到场地的边缘，把球放在屁股底下，仰头坐了上去，身躯笔直，如同一位替补队员，随时上场。我透过树丛看着他，从黄昏到深夜，身后的大车飞驰，载着油罐、混凝土与砂石，呼啸而过，似在呐喊。我尽力想象着他所望去的方向，倾斜的球筐，熄灭的灯和喷泉，濡湿的树梢，相互倒映的天空与海，浪潮在另一侧鸣响，连绵不断，如空旷的号角，声音向着地心荡漾，回环无际。闵晓河就坐在那里，像一座将被淹没的村落，凝结在岸，一动也不动。

我原以为，闵晓河总有一天会消失，那时，我将无比难过，痛苦且不甘，必须承认，我对他不存什么真正的期望。他的离开，无非验证了我的又一次失败，孤注一掷后的失败，比从前更加彻底。有一段时间，我觉得闵晓河像是一台收音机，装好电池，拧开开关，嘈杂的声响于耳畔长鸣，怎么调节也接收不到信号，没有切实的意义。但那天回来的路上，我居然产生了一种快要爱上他的错觉，甚至认为他也爱我，并且永远不会离开我，他有着很多坚定的信念，在所有事物的尽头等待着，只是不说出来。对于他的行为，我不打算去理解，或者非要弄清什么，只因我也有过相似的时刻，持续至今，无法脱逃。没过多久，闵晓河回到家里，依旧不说话，冷漠而拘谨，他脱掉衣裳，轻轻躺在我的身边，呼吸和缓，我闻着挥之不去的油漆味道，想起一些遥远的事物，接不通的电话，染蜡的水果，蜿蜒的海岸线，想起在白日里，他持着一柄长刷，戴上古怪的面具，压低了帽檐，以轻蔑的姿态破入舱门，来到大船内部，肆意泼洒涂刮，船身摇晃不休，也无法将之倾出，想到这里，我开始晕眩呕吐。

彭彭把小腿埋进沙子里，扮作一位可怖的巨人，屁股来回扭着，假装无法移动，在他不小心睡着的时候，惨遭暗算，被小人国里的臣民们戴上了一副沉甸甸的沙铐。每次潮水袭来，彭彭都会大声呼喊着救命，声嘶力竭，仿佛快被淹死；待退去后，他又向着不存在的敌人低头狞笑，挥舞着拳头，砸向地面，好像在说，我倒要看看，你们究竟能把我怎么样。如此几次，他转过头来，望向我和丁满，狂妄的表情没能及时收回，丁满拾起手边的一块石头，掂了几下，佯装要打，彭彭顿时惊慌，迅速把双脚从沙子里面拔出来，可惜用力过猛，埋得又太深，导致他一下子摔在地上，脸部向前，平拍入海，估计一时半会儿没办法嚣张了。丁满把石头放了回去，叹了口气，感觉相当无奈。

我问丁满，你们怎么认识的？丁满说，我不认识他。我说，不认识？丁满说，对，我来这边玩时，碰巧他也在。我说，你今年多大了？丁满说，没你大。我说，这我也看得出来。丁满说，那你还问？我说，你给我讲个故事吧。丁满说，不要。我说，讲一个嘛，你肯定读过不少书。丁满说，我从不轻易给别人讲故事。我说，那好吧，我教你一句咒语，你不要告诉别人，不高兴的时候，就在心里反复默念，烦恼和忧愁都会消失，什么也用不着担心。丁满说，什么咒语？我说，哈库那马塔塔。丁满说，你再说一遍。我说，记好了，哈库那马塔塔。

说完这句，彭彭大步跑了过来，上气不接下气，两手指向脑顶，语无伦次地让我们赶快抬头。我向上望去，光线渐暗，从西到东，太阳和月亮同时出现在天空里，先是一轮橙红色的落日，凌跃海面，像是一枚大大的浮标，然后是一道黯淡的银影，若隐若现，悬于高处。我惊呼一声，站起身来，仰着头朝前跑去，挑了个最好的位置，坐下来慢慢欣赏。丁满也跟了过来，站在我的身边，小声说道：你知道吗，月亮的大小跟太平洋完全相等，所以，月亮是从地球身上掉下来的，它是地球的女儿。

妈妈坐了起来。门敞开着，闵晓河站在楼梯上，手里捧着篮球，不知是要走还是刚回来。我问他一句，他也不答，只是向后指了指。我的心提到了嗓子眼儿，连忙跑到屋内，看见妈妈靠在床头上坐着，脑袋耷在一旁，眼睛明亮，脸上还带着一点点的笑意，灯光映照之下，妈妈的皮肤很白，也很憔悴，仿佛刚打过一场胜仗，疲惫之中又有几分满足。闵晓河的妈妈跟我说，刚在做饭，也没注意，闵晓河掏钥匙一开门，她听到声音，自己坐了起来。我很诧异，也有点怕，但尽量往好处去想，也许是下午的咒语起了一点作用，在天花板上作画的神听见了我的祈求，把妈妈扶了起来。若是如此，那么这也能让妈妈重新站立、穿衣、走路和骑车，或者不那么贪心，只是说话也行。一小块看不见的肌肉萎缩之后，妈妈就变得口齿不清了，字词在她嘴里打着滚儿，吞不下也吐不出来，她的自尊心很强，从那时起，索性一句话也不讲了。我盼着妈妈能再说一点，盼着她告诉我，一切为时未晚，还会有另一个夏天，在远处静候，像大海等待着遗失的月亮，潮汐起落，我们彼此想念，而地球的心脏又跳动了一下；告诉我说，做好一切重来的准备，不过总比上一次要容易，只要循着波浪的纹理，温习我们的记忆，想一想那些发生过的事情，就可以知道下一个季节的形状。

我躲到厕所里，哭了半天，不敢出来，怕这一切不是真的。闵晓河没有出门，整个晚上，他守在妈妈身边，寸步不离，面容严肃，保持着机警，像一位忠诚的骑士，正在保卫着他的王后。夜里，闵晓河抱着被子来到客厅，铺在地上，依旧不说一句话，关灯之后，我一只手摸着妈妈的衣袖，另一只手伸向了他，黑暗里，闵晓河轻轻握了一下，很快就松开了，然后背过身去，蜷作一团，宛若婴儿，没过多久，便说起梦话来。

医生说不清楚原因，建议再做一次检查，观察是否有好转的迹象，概率不大，我没有听从。我想，既然选择了供奉，无论是神还是咒语，都得全部交付出去，这是一张珍贵的入场券，不可滥用，也不可亵渎。当然，我更相信妈妈，像从前那样，她总有自己的办法，不会游泳也能设计一套泳装，没钱也可以过得很体面，一个人也可以带着我生活。

诗里写过，夏天盛极一时。那些盛大的日子里，闵晓河每天陪我推着妈妈去海边散步，妈妈很喜欢海水，她跟我说过，浪花冲来时，就是大海伸出了双手，在岸上演奏着钢琴曲，那是她心底的音乐。我们走过金色的沙滩，沉寂的落日，看见了许多可爱的人，拍照留念的情侣，结伴而行的朋友，拎着沙铲和水桶跑来跑去的孩子，可没再见过彭彭和丁满。我很想让妈妈认识一下他们，并对她说，这是我的两个好朋友，一个叫彭彭，一个叫丁满，彭彭是个强壮的勇士，力大无比，没什么能束缚得了他，丁满是个厉害的魔术师，默念一句咒语，太阳和月亮就会一起出现在天空的深处。

妈妈端坐在霞光里，喝掉了许多的温水。温水验证着奇迹的进程，小小的一杯，如果能分成两次喝完，且无声音嘶哑或呛咳，那就是有所好转。我相信一定会如此。每日几次，我把妈妈搂在胸前，接过闵晓河递来的茶杯，一点一点喂她喝水。水温好像只有闵晓河能够掌握，不凉也不烫，魔术一般，恰与妈妈舌尖的温度相同，在口腔内缓缓洇开，浸润着心和肺。妈妈的唇角微展，像是在笑。

我没有问过闵晓河要去往何处，一个明媚的午后，他与我告了别，走出门去，不再回来。意料之外的是，我不太伤心，只是有些惋惜，毕竟他还没学到我的咒语，而在未知的旅途里，那总会派上一些用场的。篮球也没带走，留在了家里，我把它塞进衣柜的深处，我想，许多年后，等我快要忘掉的时候，它会自己跑出来，跟我打声招呼，再对我说一句，还记得吗，我们在海边的傍晚见过一次面。

闵晓河走后,他的妈妈也不再来了。她很难过,像是失却了某种资格,悄然退场,盼望过的事情在她眼前只是掠了一下,就又消失不见。我心怀感激,却无法为此多做点什么。入院之前,我送了一些妈妈以前的衣物,她一边叠着,一边跟我说,该发生的总要发生。我没回答,分不清她在劝我还是劝自己。过了一会儿,她又跟我说,我们相处得很好,是吧,这一段时间。我说,谢谢,我都记得的。她望向妈妈,叹了口气,说道,有时候想一想,挺对不住你的。我说,我不这样想。她说,有那么一天的话……没等讲完,我便打断了她,说,我知道,知道的。她就什么也不说了。后来,我自己一个人时,总在琢磨那没讲完的半句话,到底指的是哪一天呢?是在说妈妈,我,还是闵晓河?而那会不会是同一天呢?

我试过用手背和手腕去感受水温,或自己喝下一小口,还买过一支专用的温度计,可怎么也配不出来合适的温度。三十毫升的水,妈妈再也没有分成两次喝掉过,她努力地吸一口气,想多喝几滴,却只是不停咳嗽着,咳得我害怕、发抖,不敢再喂。初秋时,妈妈住进了病房,她的呼吸很困难,也没再坐起来过,有时候我想,也许闵晓河当时是为了安慰我,故意那么做的。不过这个念头一瞬间也就闪过去了,不太重要,他比我聪明,总是知道自己应该做些什么，并且义无反顾。我很想念他，想念听得到梦话的日子，也很自责，后悔没有学会他的魔术。

　　有一天傍晚，小雨打过电话来，他的声音很小，我有点听不清楚，但不想就这么挂掉。我望着窗外升起的夜晚，倚在一侧，像在舞台上念起了独白，向着所有人诉说：医生建议切开气管，我有点犹豫，妈妈肯定不想，她很在乎自己的仪表，总是穿得干干净净，现在也一样，我还给妈妈买了好几件新衣服。我们换了个地方，这里专门做病人的康复和看护，价格不高，条件也还不错。妈妈瘦了一点，你再见到的话，估计认不出来了，但她会记得你，妈妈的记忆力一向很好，谁来看望过，她都知道的。她不希望有人来，不想让别人见到她现在的样子，还会在心里朝自己发脾气，其实没什么的，我觉得她还是很美，比我好看，妈妈不知道，我以前很嫉妒她的。对了，我结婚了，就在去年，没摆酒席，过得还可以，我的丈夫不错，家人对我也很好。他为人诚实，很勤快，也有力气，妈妈加上轮椅，一个人就抬得起来。这段日子里，他出了趟远门，不知什么时候回来，虽然不在身边，每次遇上什么事情，我也总会想，如果换成是他会怎么做，他跟我说过的话不多，但每一句我都记得。最近我老是想起小时候的事情，以前也给你讲过，每到暑假，妈妈下了班会带我去海里游泳，她不会游，就站在水里，眼睛盯着我不放，生怕我游得太远，我总爱跟她开个玩笑，从近处游走，或者扎入海中，消失一小会儿，妈妈很紧张，大声喊着我的名字，急得快要哭出来，我不太能听见，水里很安静，像是一个密封的罐子。妈妈并不知道，我静静游过了她的身边，一次又一次，漫无目的，身心和睦。说完这些，我挂掉了电话，泪水滴在窗台上，还好他看不到。

妈妈躺在床上不说话。换过药后，我趴在她的腿上睡着了，做了一个绵延的长梦，淅淅沥沥，水汽遍布，梦里有一阵不息的小雨，还有一条蜿蜒而去的河流，小鱼和小虾在里面游着，像是要去郊游。雨水落在我的脸上，也落入河流里。空气循环，河流缓行，在望不见的尽头，它步入高空，栖息于云层。我在这样的梦里醒不过来，觉得自己也是一滴雨，从空中降落，变幻的风吹得我摇摇晃晃，我反而很惬意，这时，一阵强烈的气流从两侧蹿了出来，形成夹击，来不及躲避，我打了个冷战，彻底清醒过来。屋内没开灯，我揉揉眼睛，发现彭彭和丁满正站在我的两侧，分别举着一只胳膊，彭彭紧闭双目，还在来回晃荡，丁满停了下来，看着我不说话。几夜之间，他们似乎都长高了不少，丁满还是那么瘦，彭彭看起来更壮实了。

我吓了一大跳，问道，你们怎么来了？丁满说，他带我来的。彭彭说，他带我来的。我说，这是什么情况？丁满说，我早就发现你了。彭彭说，我也早就发现你了。我说，你们俩从哪儿冒出来的？丁满说，我住在这里，三楼。彭彭说，我在二楼。我说，你们为什么也住这里啊？丁满没有说话。彭彭说，我渴了，能不能买根儿雪糕再说。我说，不能。丁满说，我也想吃。我说，那也不行，快点儿告诉我。彭彭说，他没吃过雪糕，平时不让。我听着有点难过，想了一会儿，跟他们说，我去哪儿买呢？彭彭抢着说，这里没有，得去海边。我说，可是我在照顾病人啊。丁满说，那我们一起去。我望向床上的妈妈，她的眼睛眨了两下。

夜里很静，推开房门，走廊无人经过，我赶紧转回身来，小心翼翼地背起了妈妈，从侧面的楼梯一步一步往下走，妈妈伏在后面，呼吸得很慢，温热的气息吹过我的发梢，我一口气来到楼下，出了一身的汗。丁满背着我的布包，坐在轮椅上，彭彭从后面推着他，装作出去透气，两人大摇大摆地从电梯里走了出来。我们在花坛边上会合，向着海边出发。

我们踩着黯淡的树影向前行去，彭彭大声唱着歌，丁满堵住了耳朵，保持着一段横向的距离，我推着妈妈跟在后面，见到什么都觉得新鲜。这一路上，我们遇见了许多商贩，有卖贝壳和海螺的，也有卖头饰和玩具的，就是没发现卖雪糕的。丁满有点沮丧，彭彭说，没准儿他还在沙滩上呢，我们过去看看。

　　海边有人设了一个套圈游戏，拉开一条细长的红线，分割出两个世界来，一边是人，一边是礼物。看着离得不远，很少有人能套中，礼物旁边放着一盏盏彩色的小灯，闪着幽幽的光芒，像是一朵朵灯笼水母，好看极了。我问他们，要不要碰碰运气？丁满摇了摇头，彭彭没说话。我跑去买了二十个裹着青皮的竹圈，分成两份，塞在他们手上，彭彭将竹圈套在小臂上，肚皮贴住红线，喊着口令，倾身向前扔去，不太有章法，只套中了一瓶矿泉水，不过已经很不错了。丁满全神贯注，思索半天，他总共扔了两次，每次五个圈一起，轻轻捻开，形成半环，攒足了力气，找准角度，朝着微弱的光芒奋勇抛去，第二次时，居然套中了一只柔软的白色独角兽，呈俯卧状，睫毛很长，眼睛闭着，正在熟睡，背上还长着一双短短的翅膀。我们都很高兴，欢呼起来，我想妈妈的心里也一样。丁满很大度，把独角兽放在了妈妈的怀里。我拧开矿泉水,喝了一大口,擦了擦嘴,又递给丁满和彭彭,他们把水喝光,我们向着那道半月湾走去。丁满说,他有预感,我们要找的东西,会在那里出现。

路不太好走,轮椅推着也很吃力,我们三人几乎是抬着过去的,累得直喘粗气,妈妈也流了很多汗水,鬓角湿透,她像在抱紧那只独角兽,用尽力气,丝毫不肯放松。我们把妈妈放在沙滩的边缘,好让海浪能够抚到她的身体。

丁满的预感果然很准,卖雪糕的人不知从哪儿钻了出来,我掏钱买下了全部,他很高兴,如释重负,骑上车子便离开了。我从轮椅上取下布包,把里面的东西掏空,平铺在沙滩上,又把雪糕一一摆开,对丁满说,你只能吃一根。他点了点头。然后又跟彭彭说,你负责帮我监督。彭彭说,放心吧,剩下的都归我。我拍了拍他们的肩膀,攥着那件刚翻出来的泳衣,走去礁石后面,天气很好,没有风,海洋静止如铅,我把泳衣换在身上,听着浪声,独自坐了一会儿,海风的味道让我想起了许多事情。

我登上了礁石的最高处,高喊一声,挥了挥手,妈妈无动于衷,彭彭和丁满仰起头来,不明所以,我打了个悠长的口哨,展开双臂,直直跃入海中。身体触到水面的那一刻,我看见了远处明暗的灯火,瞭望台高耸,船楫不倦搬运，静止或者远行，一大团云从海上升了起来，笼罩着未知的季节。我向前游去，游了很久，也没有抬头，浪潮不断向我涌来，我听见许多模糊的喊声，准备再开一次小小的玩笑。海水很凉，我想，在很远的地方，人们无法抵达之处，它会悄悄结成一块冰，映着月亮，仿佛仍在彼此的怀抱里，从未离开。

防鲨网没有那么严密，下面破了一个很大的洞，一条鲨鱼可能已经游了过来，此刻正潜伏于此，伺机而动。我却一点也不害怕，因为还有两道很小的影子，始终伴在我的身侧，也许是两条活泼的金鱼，游过来又游过去，用尾巴撞着我的双腿，用鳍抚过我的膝盖；或是我梦见过的小雨与小河，在海的深处重新凝结，变得阔大、坚实，演化为一小块漂浮的岛屿，将我托了起来，一起一伏，掀起美妙的浪花。岸上吹过来的风使我温暖，我舒了口气，忽然想到，自己也许就是那只走失的鲨鱼，心怀万物，四处游荡，一次次地沉没，又一次次地跃起来。在空中时，我可以望见一条星星的锁链，掠过夜晚，照亮尘埃，浮在银河的边缘；在水里时，我看到了一匹会游泳的白色独角兽。

气象

一九八三年夏天,我从师范学校调到市文联工作,头一天上班就迟到了。原因是前一夜跟同事们喝了不少白酒,算作送别。我的人缘尚可,比较热心,工作业绩也有一些,但心里明白,自己不太适合当老师。每次上课无非是低头念稿,磕磕绊绊,生硬刻板,连那些玩笑和语气词都是提前写好的。嘴不够伶俐,思维跟不上去,学生们话题一转,我就没办法接了,在讲台上挂着半天,一句话都说不出来。同时,我也很厌恶重复,所以授课内容会依据时事而略作变动，比如在一九八一年，我引用了一部分李泽厚的观念，以巫、尹为例，谈及物质和精神劳动的分裂与分离。有位女同学很聪明，立即就想到了萨满，她是少数民族，性格热情，相貌有点怪，额骨微向外凸，像是长了一只角，当时她在课上还给我们唱过异族的谣曲，我让她谈谈大致内容，她说也不确定，只听人讲过一次，说的是丈夫被征召入伍，前往沙场，数年未归，妻子万分思念，日夜祈盼，怎么也没有消息，内心焦渴如一眼枯泉，于是服食了草药，默念秘法，附在了一只黑褐色的海东青身上，大鸟振翅翱翔，向北而去，借着它探针一般的双眼，凌跃云海，扫过苍茫大地，最后在一棵樟树旁寻得丈夫的遗体，她停在尸首边上，彻夜悲号，泣血而亡。奇怪的是，我完全感受不到这个情绪，以为是在热烈地庆祝，一次胜利、一片光明或者一场丰收。一九八二年，我得知消息，毕业后，这位女同学返乡结婚，嫁给了一位从没睡过觉的驯鹰师，其眼窝深陷，目光似炬，指若虬曲的枯藤，也是在同年，她用药将丈夫毒死，押送法场时，天空忽然出现了一只洁白的大鹰，臂展如云，俯冲直落，啄瞎了她的眼睛，仅余两个淌着血的黑窟窿，深不见底，判官一般地巡视众人，她一声也没叫过，仿佛之前已经死去很久。听闻此事时，我刚给学生上过课，谈及一篇最近读到的小说初稿（业余时间我在一份本地的文学刊物兼任编辑），近似歌谣，颇具生机，故事发生在极北之地，有蚂蚱、米汤、星星和晚霞，说是童话更为恰当，叙述口吻也像小女孩的呓语，每一句都轻盈、剔透，闪着淡淡的银光。不单如此，小说里还蕴藏着一种奇异的物质，可见亦可感，我读过后，有时觉得冷，牙齿直打颤，有时又觉得热，坐立难安，我一直没想明白到底是怎么回事。它像是一台闹钟，在深夜里准时响起，铃音紧迫催促，我不得不醒来，读了一遍又一遍，披上被子又放下来，喝掉大量的水，出汗不止，直至天明，精力竭尽，形同生过一场大病。它从不捕捉我，也不诱惑我，只是伫立于此，如黎明时飞来的一只灰鸽，落在窗台上，发出一声声庄严而温柔的哀叹。得知女学生的消息后，鸽子便飞走了，再也没有回来过。那段时间里，我内心焦灼，反思着是否自己也有责任，坦白来说，我收到过两次她的信件，夹杂在一堆投稿里，并不出众。一次是几首诗歌，写得很潦草，字迹难认，立意也不算新颖；第二次是篇很短的散文，几百个字，笔锋变得苍劲起来，规整而有力，我怀疑并非出自她手，扫过一眼就丢掉了。具体的内容记不清楚，但在这两封信里，隐约提过同一个词语：气象。我对这两个字比较敏感，因为从前读书时算是一个气象爱好者，对于冷热锋、气压带以及移动的云团均十分痴迷，还能背诵蒲福风力等级表。遗憾的是，她的信我都没有回复过，虽非必须，倘若在艰难的时刻能给予一些支撑，总归会有点用处吧。我怀着这种难以言明的愧疚，接连请了半个多月的病假，事实上，我当时很想把她记录下来，变作一首诗或一篇文章，以示怀念，但怎么写都不太合适，我理不清自己与她到底是一种什么样的关系，或者往大了说，人和词语到底是一种什么关系，似悬在空崖，蹈于虚岸，既不可前进，也无法后退；写下来就是专断、冒犯与责难，不写的话则是隐瞒、背弃和欺骗，完全不知如何是好。与此同时，我也感觉得到，那只灰鸽一直栖在高处，凝望着我，等待召唤。

　　说来不可思议，第一天上班迟到后，接下来的几年里，我没有一天准时到过单位，领导对此意见不小，我也很困扰。平时睡得晚，早起有一定难度，以及，有那么几次，我出门也不算迟，却总会遇上不可预知的突发情况，从而延缓了我的步伐。有一次喝多了酒，凌晨时从饭店里出来，夜雾很浓，能见度不高，我想，回家睡觉有点来不及，不如直接去单位，先冲个澡，然后开始工作，校稿送审，争取提早下厂。途经江边时，我发现三个年轻人并排站立，互不说话，大雾层层遮蔽，三人时隐时现。

我望过去一眼，也没太在意，继续前行，刚走两步，听见身后传来咚咚两记闷响，像是重拳打在沙袋上，我立马回身，想也没想，将第三个人死死抱住。抱了一会儿，才发现这是个女的，个子不高，腰肢柔软，长得相当清秀。我对她说，我不知道这是什么情况，但你绝对不能往里跳。她说，谁啊你是，放开，听见没有，快点儿，把我松开。我说，不行，天亮了再说。她说，松开啊，我是冬泳队的，正要练习呢。我说，少他妈扯淡，江面都冻冰了，结结实实，凿都凿不开。她说，犯得上吗你，怎么这么爱管闲事儿。我说，你犯得上吗？她就不说话了，也不挣扎，过了一会儿，躲进我的怀里哭了起来。还有一次，我在单位里加班到很晚，饿得胃疼，准备去吃口饭，刚出大门，一个男人抬手拦住了我的去路，正值春夏之际，他穿得很厚，蓬头垢面，像是一位流浪的拾荒者，看不出年龄，我以为他想管我要钱，下意识地摸了摸口袋，他反而退后一步，小心问道：带着刀呢？我说，没，你找谁？他说，找你。我说，抱歉，我们认识？他说，你想一想。我说，想不起来。他说，再想一想。我说，找我有事儿？他说，咱俩之间有笔账。我说，我跟谁都没账。他说，你好好想想。我说，我这个人最讨厌被盯着想事情。他说，你以前不是干这个的，你瞎了狗眼。我说，你再骂一句？他说，你在请求我？我说，让开，我要去吃饭。他说，大鸟在天上飞呢。我说，什么？他说，大鸟在天上飞。我说，你让开。他说，你记好了。我说，我记什么？他说，回来时走一遍盲道，当自己是瞎了眼的。我说，不然呢？他说，我就剜掉你的眼睛。我说，操你妈的，有能耐你现在就动手。他说，记住我的话。说着，他拱了拱手，后撤几步，消失在黑暗里。我没多想，找了附近的一家砂锅店，吃饱喝足，觉得浑身很有力气，出来之后，一阵凉风打透了我的衬衫，我忽然记起那人的话，低头望向路面，确有一条刚铺好的盲道，当时尚未全国推行，只在部分街道有所实施。我看着这条新路，如在两块砖之间画了一道平行线，通去深邃的未知之处。于是，我闭起眼睛，踩着盲道，完全依凭感觉，一点一点挪步前行，那些凸起与断裂的部分让我想到电影里的摩斯密码，长短不一，滴答作响，像是要诉说些什么，而唯有破译了这些情报，我才能够重获光明。这一路上，我走得很小心，不断想象着符码与字母的组合，一步又一步，在我的意识里，它们逐渐变成了字，然后是词语，又组成句子，分列几行，遥遥在望。我就这样缓缓走去，任其引领，再次睁眼时，已是上午九点，阳光毒辣，周围空荡，我也不知自己身在何处。

缓步

这样的经历为我带来了一些意料之外的收获。江边的女孩成为我的妻子，结婚之前，我鼓起勇气，问她为何想要跳江自尽，听完我的话，她很困惑，对我说道，那天根本没有三个人，仅她自己，而她真的是想去游泳，被我一下子抱住，又闻到了很浓的酒味，反而害怕了，有点想跳。我十分不解，后来几天的报纸上也没出现过类似的新闻，实在想不通，索性作罢。其次，在盲道上行走的经历被我写成了一首诗，连同另外几首，发表在一个不太重要的刊物上，没承想，外界评价很高，被多次转载，还拿了两个奖项。编辑部收到了各地残障人士寄来的信件，纷纷致以谢意，感恩我对这个弱势群体的关怀，这也令我不得不一次次违背心意地宣誓：盲道不盲；眼盲心亮；盲道上行着的是明确的灵魂。每次发言过后，我都很疲惫，也很恐惧，仿佛有一只大鸟在天上看着我，随时会啄穿我的谎言，而我的那只灰鸽绝不是它的对手。

我决定不再写诗，专心办刊物，半年后，主编病退，领导找我谈话，说社内青黄不接，杂志不景气，希望我可以扛起重任。我说，时代变了，如果我接手过来，肯定要进行适当改革，使其面向市场。领导说，具体措施再议，但有两个要求：第一，不能违法乱纪，小心吃不了兜着走，第二，为了避免牵连到我们，最好自己承包下来，从今往后，自主经营，广阔天地，大有可为啊。我想了一个晚上，有了点思路，次日答应了下来，着手进行调整。我将原来的刊物分为两个版本，上半月刊发小说、诗歌与相关评论，下半月办成通俗杂志，收集一些耸人听闻的社会案件，写得尽量简明好看，结尾处为世人敲响警钟。三个月过后，通俗版每期能发掉十几万册，这样一来，杂志的经济条件宽裕不少，我也有了一些别的想法。

当时全国的知名杂志定期都要举办笔会，选个风景不错的地方，集聚十几二十位作者，从各地赶来，白天开会修改稿子，提些建议，交流心得，晚上喝酒闲谈，增进彼此感情。我参加过几次，认识了不少人，觉得很有意义，于是想借着杂志的名义办一次诗歌活动，顺道请些朋友来玩，日后也方便约稿。不过杂志社的人手不多，还需定期出刊，若要组织这么大规模的笔会，三五个人怕是忙不过来，于是我想到了两位省内作者，或许可以过来协助。在此之前，我只编发过他们的作品，没见过面，不知是什么样的人，就先给他们去了封信，以谈诗为名，定好日期，请他们带着新作前来一聚，如果交流顺畅，沟通无碍，二人行事又相对稳重，我就跟他们谈谈接下来的活动安排，并作为刊物的重要作者向外推荐。

约定当日，我特意跟朋友借了辆车，早饭也没吃，起床后直奔车站,司机叫小韩,年龄与我相近,退伍兵出身,讲话风趣,大概见我有点晕车,想帮我转移注意力,他一直说个不停,讲了不少部队里的事情。没想到的是,小韩还在越南待过一段时间,不过也没打仗,只在某处驻守,等待军令调遣,当地风景不错,依山傍海,局势不稳定,大家也没什么心情赏景,每天过得提心吊胆。上面的人说了,那些越南兵就跟猴子一样,在山区是山猴子,在水里是水猴子,神出鬼没,擅长游击战,很难应付。我抵着脑袋聆听,小韩一边开车,一边说道:我们十几个人住在一座破庙里,正中央是一座讲坛,两条狮头长龙环绕其上;屋顶挂着一幅外国人的画像,不知是谁,细长脸,两撇小胡子,头发很长;左右两侧,一边是如来佛祖,盘膝而坐,另一边也是个圣人,胡须稀疏,向下垂着,仿若迎风而动。有天半夜,我起床去撒尿,外面雾气很大,一片混沌,视线不清,尿完之后,总觉得有什么东西在远处晃动,没敢大意,连忙跑回来叫醒了同伴。我们持枪出去,发现有一支队伍正从海上登陆,漂浮在岸,穿着淡色军装,顶着钢盔,分不清是哪个国家的,低头向着我们走过来,行动艰难,像在抵抗一场巨大的风暴。距离几百米时,我们开始喊话,对方无人应答,也没停止步伐,不过走得依旧很慢,仿佛每迈一步都得思忖片刻,如同前来朝圣的僧侣。我们很慌张,搞不清状况,忽然间,不知是谁开了一枪,接下来我们全部扣动了扳机,一枪又一枪,响声连成一片,没两分钟,对方纷纷倒了下来。我们不敢轻举妄动,伏在地上,精神紧张,因为不知道还有多少人。天空下起一阵带着腥味的雨来,浓雾渐被浇散,雨水落在我们的眼睛里,十分难受,被硫酸烧了似的,完全睁不开,不断地淌着眼泪。援军赶到时,雨也停了,我们过去查看情况,发现海滩上只躺着十几件空空荡荡的衣服,一具尸体也没有,衣服上带着弹孔,周围有浅黑色的血迹,应是被海水浸泡多年,散发着盐卤的味道,袖管则被风吹得扬了起来,像在挥手示意。我们觉得奇怪,也没来得及多想,因为当天接到指令,要求迅速撤离此处,赶去另一座城市,出发前,我悄悄回到海滩,揣了一件衣服回来,打在行李里,始终留在身边,带回了国内。这些年里,我拿出来过几次,给我的朋友看,来龙去脉讲了一遍,他们研究半天,跟我说道,衣服不是越南军队的,应该来自韩国的白马师,不过也不是七十年代这一批,可能是五十年代的。我就更糊涂了,怎么也想不明白,你是做杂志的,肯定有文化,看过不少书,你说说,究竟是怎么回事呢?听到这里,我哇地一口吐在车上,全是隔夜的食物,我不常坐车,这次晕得实在厉害,状况狼狈，小韩把车停在路边，扶着我下来缓了一会儿。我漱了漱口，点上棵烟，还是有点恶心，不知怎么回答。刚才小韩讲述的时候，我脑子里一直回荡着孙泱的那几句诗，像是在为之做注解：到处是面孔，到处是护法神，到处是黑黢黢的一片，到处是白马，生于一九三〇年。

孙泱的车上午十点抵达，晚了一个小时，接到她后，我们打过招呼，便坐在车站的休息室内等待陈珂，他的车差不多在下午一点。我问孙泱在何处工作，她提了一个学校名字，说在那边当语文老师，我说，同行啊，我以前也是老师。她点了点头，没再讲话。孙泱戴着一副墨镜，辨不清眉眼，嘴有些前突，像是对什么有所不满。我说想看一看她的新作，她从公文包里掏出了一卷稿纸，摩挲着舒展开来，恭恭敬敬地递在我的手里。孙泱的字写得很小，不太好分辨，我埋头连读三首，完全移不开目光，被什么东西所深深攫住。她的诗里没有过分夸张的音调，隐喻化与抒情性也退居其次，那些词语的运转方式无比奇特，带着一种莫名的庄重与高昂，如同律令与判决，有着不可撼动的席卷之力。我翻至末页，读到了一首名为《气象学》的诗，开头几句是：不可再议大地的法：新诫丛丛如林！板块魔方匀速周转，高云堆积，空悬着一种森罗万象。读到此处，有人从后面拍了拍我的肩膀。我吓了一哆嗦，扭过头去，一位戴着黑框眼镜的男性笑眯眯地伸出手来，对暗号似的，开始背诵诗句：启明星倒映着黑河，镀亮了夜鹰的长眠；在传说里我采掘着神圣，逃亡者的乌云掠过头顶。朋友你好，我是陈珂，地质勘探员，偶尔写一些诗，今天临时换了一趟车，提前到了。

孙泱与陈珂在招待所里稍作休息，下午五点左右，小韩把他们带来我家，还拿了两瓶不错的白酒，说是送给我们喝，我留他一起吃饭。妻子不在家，特意为我们倒出地方，晚餐很丰盛，我烧了好几道菜，鸡鸭鱼虾，应有尽有，接待规格很高。孙泱不喝酒，只饮开水，也不怎么吃东西，每道菜夹过两次，便将筷子搁在碗边，安静地听我们讲话，从始至终，她的墨镜也没摘下来过。陈珂说自己的酒量不好，的确如此，几杯落肚，脖颈处红了一大片，他不停地抓来抓去，好像有点过敏。小韩很活跃，兴致高昂，毫不见外，自斟自饮，喝了有一斤往上，我也喝了不少，情绪不错，彼此交流过经历与境况，初见时的陌生感渐渐消退。陈珂说，自己常年在野外，孤身一人，工作艰苦，只有诗歌作伴，对他而言，那就相当于垂危之人的氧气瓶。孙泱说，比喻失败了。陈珂说，什么？孙泱说，诗歌不是氧气，而是杂质，是无用之物，氧气之外剩余的部分。陈珂说，这个说法有意思，我没这样想过。孙泱说，诗歌也不用想。陈珂说，不想怎么去写呢？我打了个圆场，说道，有的诗人就是这样，倾听内心的声音，笔尖在纸上流淌，自然构成了一首诗。小韩说，来，我们再喝一杯，李白斗酒诗百篇，我祝福你们。陈珂说，未经思考过的诗句，我很难认可，那些词语像是埋在地下的宝藏，必须徒手挖掘，才能使其重见天日。孙泱说，比喻又失败了。陈珂说，为什么？孙泱说，并无道理可言啊。我一下子想起了什么，连忙翻出稿子，盯着孙泱的那首新诗，朗读起来：锋面气旋一带而过，真正的战役发生于大洋底部铜镜的反像：此处雷暴交叠，雨雪晕眩，并无道理可言。我对孙泱说，你的每句话都有出处啊。孙泱没回答。陈珂听后，眉头锁紧，问孙泱说，这几句诗我没太听懂，可否进一步加以解释。孙泱摊开手来，说道，很抱歉，我也说不清楚。陈珂说，那些句子是怎么出现的呢？孙泱说，我从过去和未来里偷回来的。听见这句，我起初觉得惊讶，后来再一想，好像也合理，全部的诗都可以这么解释，无非回望与预言，梦呓与谶语，也即底部铜镜的反像。想到这里，我举杯喝了一大口，这时，小韩点上支烟，慢悠悠地说道，有件事情，我一直没弄明白，今天机缘巧合，在这里想请教一下诸位。

小韩把上午跟我说过的经历又讲述一遍，我听得不太仔细，说到一半时，酒精便如急行军一般，忽至头顶，占据了高地，我坐在椅子上，半闭着眼，打不起精神来。讲完之后，我听见陈珂问他，事情发生于哪一年，你原本在何处服役。还没等回答，孙泱说道，折腾了一天，很累，想回去休息。陈珂说，好，那我们走吧。我用仅有的力气起身相送，竭力不使自己跌倒，脑子里的最后一幕是与他们三人挥手作别，接着就什么都不知道了。第二天醒过来时，我发现自己不在家里，室内的装饰极为陌生，外面嘈杂，似有人来往，想了一会儿，才明白这是招待所。我烧了一壶热水，连喝几杯，精神缓过来一点，洗漱过后，发现床头柜上放着一张纸条，上面写着：小韩约我们去江边游赏，感谢盛情款待，务必好好休息，我们一切安好，无须挂念，中午回来见。落款为陈珂。

等到下午一点多，三人才出现在我的房间里，不难看出，他们这一趟玩得不错，互相说着笑话，感觉相当熟悉，我反倒是成了外人。我们去食堂简单吃了点东西，之后小韩告别，我把孙泱和陈珂带回了办公室，准备谈谈这一批诗歌的具体问题。陈珂有些家学，自幼熟读古书，而后研读地理专业，使其形成一套独有的理论，他认为隐喻与转喻之间存在着一个坐标系，呈现为一种函数关系，横轴是替换与共时，竖轴是构造与历时，相应语值所指示出来的未必是射线或折线，可能是一条或几条抛物线，交杂互映，需要不断地计算焦点，从而形成诗歌内部的张力形态，陈珂说，他的诗就是这样精密推演出来的。我觉得他的理论比其作品更富于诗意，在新作里，我很难感受得到那些尝试，诸如：这些年里，我们离开又住了下来。没有鸟。这些年里，我们停下又不得不走。没有路。这些年里，我们活着也正在死。没有对，也没有错。这些年里，我们一雪前耻。再也没有诗歌。大地遍布古河，天空是一只瞎了的眼，罩着松树的睫毛，吹散我们的马车。

我觉得这首诗未能脱离平白的抒情格律，主语指代不明，词句行动涣散，我对陈珂说，诗歌无法彻底悬空，你的理论很有趣，可作为某种图示来展现，但同时也应注重你的生活经验，比如那些行走和探索，伸手可触的地理与星宿，并将其溶解在你的作品里，使之更为神秘、壮阔、肃穆。孙泱不太认同我的观点，她说自己被打动了，而且完全是生理性的，一些游移的声韵在此得到了无比确切的位置，有人的诗属于白天，有人的诗属于夜晚，陈珂的诗仿佛属于一切宿命的时间。我不知道说什么为好，只一个上午，她已与陈珂结成某种同盟，从而放弃了自身的审美立场，这是我不愿意见到的。我们三人同时陷入了沉默，幸好收发室的人前来解围，说楼下有一个我的电话，出来后，我一直想着要如何摆脱这种局面，从何处再次切近，以使我们的讨论更为精准、有效。我接起电话，朋友的声音出现在听筒里，打过招呼后，他问我这几天不需要用车了吗？我说，什么？他说，我安排了司机昨天过去，说是没接到你们。我说，小韩来了啊。他说，谁是小韩？我让老贺去的。我说，一个退伍军人，在越南打过仗。他说，我们单位没这个人啊，是不是搞错了。我说，应该不会吧，昨天他还在我家吃的饭。他说，不是我派去的，也没关系，安全接到就行，用车再联系我。我说，好，好。挂掉电话后，我出了一身冷汗，大脑一片空白，不知怎么回的办公室。

没过多久，孙泱说想要休息，便告辞离开了。我跟陈珂坐着喝了半天茶，他说了不少乱七八糟的事情，包括诗歌的灵、屈原的巫术、古书里的律法等，我的心思很乱，没怎么听进去。五点刚过，我提议去招待所喊上孙泱一起吃饭，陈珂摆了摆手，故作神秘地说道，打个赌吧，孙泱肯定不在。我说，她不是说回去了？陈珂说，这你也信。我说，那她去哪儿了？陈珂说，小韩家里，他们定好了，她要去看一看那件带着弹孔的军装。我预感不妙，思来想去，还是跟陈珂讲明了情况，告诉他说，昨天早上，我出门看见楼下停着一辆吉普车，以为是来接我们的，上车也没怎么聊，当日一切正常，你也在场，刚才朋友打来电话，我才知道并非如此，那辆车不是他派来的，至于小韩到底是谁，我现在也搞不清楚。陈珂吸了口气，说道，这事儿有点蹊跷了。

孙泱消失了两天，我没有报警，究其原因，一方面是出于私心，不想被卷入一些不必要的麻烦里；另一方面，也觉得根本无事发生，或未必走向最坏的结果。我有很多种猜测，可能这几天谈得很投机，一起去了外地旅行，或者孙泱也没去找小韩，而是临时有事回家了，来不及告知。不过这些都无法解决我真正的疑虑。陈珂比我年长两岁，一直安慰着我，但也能感觉得到，他的担忧不比我少。我们一同去过几次江边，重温他们那天上午的行动路线，试着追索一些蛛丝马迹，自然是一无所获，我也想不出来任何能联系到小韩的办法，车牌号码没记住，只知道是辆深绿色的吉普，车门上印着一颗模糊的红色五星。

我们坐在江岸的台阶上，一支接着一支地抽烟，水纹波荡，暗光跃动，阴沉的天空映在其中，我想到陈珂的那句诗，天空是一只瞎了的眼，觉得无比确切，而我们的马车已被吹散了。我把这个想法跟他讲了出来，陈珂一拍大腿，叫道，我想起来了。我说，什么？他说，记得我们那天喝酒时孙泱说过的话吗？我说，你的比喻很失败？陈珂说，不是这个，她说，她的句子是从过去和未来里偷来的。我说，有点印象，所以呢？陈珂说，把她的诗歌拿出来，我们读一读，也许有点线索。我赶紧把孙泱的诗稿从包里掏了出来，一字不落地逐句细读，不算好懂，没看出什么暗示，直至那首《气象学》，当日读过的那句后面，还有另外几行：谁为劫持提供着峭壁与花名，谁的瞳孔就迟早涣散，目力塌陷，埋伏于中下游平原。陈珂看了半天，指着题目问道，附近是否有与此相关的地点？我想了想，说道，有一个观测站，在城外不远，沿着江水下行，我跟朋友去过几次，义务劳动，那边的雨量筒还是我帮着清洗的。陈珂说，我们去碰碰运气。

　　观测站规模不大，设施简陋，无精打采地立在江中，采集着降雨量、蒸发量、风况、流速等水文信息，无人值守，我们跃过护栏，正反环绕，搜检一周，没什么特别的发现。服务室在前面约三百米处，我与陈珂跟那位年老的气象员聊了几句，没想到他还记得我，大概许久没跟人接触过，他表现得十分热情，端来了一盘不太新鲜的水果，始终讲个不停。我趁机问他附近是否有人居住，他说现在没了，后山上以前有几列破旧的营房，偶尔一些士兵驻扎在此，不过搬得差不多了，很久没再见过。我向着陈珂使了个眼色，与气象员匆匆告别，向着后山走去。

一座长长的泥制水池挡在营房外，分成数节，早先应是饮马所用，后经改造，连通了水路。槽架松散摇晃，被侵蚀得很厉害，铁管暴露在外，渗出水珠，持续向下滴着，三只灰鸽盘踞在营地的深处，朝着我们看了一眼，也没飞走，低头啄着地上的一大摊水。那辆深绿色的吉普车停在水池边上。我们平复了一下情绪，推开半敞的中门，抬脚迈入室内，海水的腥味扑面袭来。

小韩坐在椅子上修剪指甲，穿着一件旧得发白的军装，胸前两个明显的星形破洞，露出泛暗的皮肤。孙泱躺在旁边的板床上，双目紧闭，身上覆着一张满是污渍的棉被，脸色如死灰，不知是死是活。我克制住升起的眩晕感，问道，小韩，什么情况。小韩将食指比在唇边，小声说道，睡着呢，别吵。我说，孙泱怎么了？小韩说，折腾了两天，累得不行，让她歇一会儿。陈珂向前走了两步，说道，我们把她带回去休息吧。小韩说，你带不走，她不跟你走。我说，什么意思？小韩说，她不想跟你们走，想跟我在这儿待着。我说，她自己说的？小韩说，没这么说，不代表不是这么想的，我的事情她都懂，她心里的话我也听得见。陈珂说，不开玩笑了，现在一切还来得及。小韩说，你们有点紧张，没必要啊。我说，那你到底是谁？小韩说，你这么一问，我也有点儿糊涂了。陈珂递去一支烟，对他说，我们来了，肯定不能就这么走，你说是吧。小韩说，她很累，我们这两天只是说说话，好几年了，我每天就想找人说说话。我说，我们把她带回去，今天这事儿，就当没发生过。小韩没讲话。陈珂说，你爱上孙泱了？孙泱爱上你了？小韩说，没有，不过你很有想象力，不愧是写诗的，我就觉得她挺可怜的，她觉着我也是。我说，可怜？小韩说，对，她第一眼看见我，就知道我是谁，但她也不说，反正你要是按着别人的脑袋才能上岸，你也可怜。我说，没太听懂。陈珂说，小韩，想说点什么的话，我可以陪你说一说。小韩说，不说了，我想睡一会儿，有烟有茶，你们自便吧。

　　说着，小韩脱了鞋子，上床钻进被子里，与孙泱挨在一起，合上了眼，我们有点不知所措。没过几秒，他又睁开眼来，抬着脖子问道：你们冷不？我说，不冷，现在是夏天啊。他说，我怎么这么冷呢，跟在冰里游泳似的。我说，你发烧了？他说，应该没，你看我的头热不热。我没敢动，陈珂走向前去，用手背拂过小韩的额头，望着我，面无表情，忽然间反过手来，用力将小韩的脖子卡死，从床上把他硬往下拖，我也扑了过去，缠住他的胳膊，小韩就跟一具尸体似的，压根没有反抗。我们把他拽到水池旁边，只觉得重，累得上不来气。小韩趴在地上，脸色青紫，昏了过去，一动也不动。陈珂擒住他的手臂，我跑回屋内，见到孙泱忽地从床上坐了起来，两眼迷离，好像不知道发生了什么，一束青光照在她的身上。她看了看我，口中念道，三十年幻觉超载，三十年来我睡在冻土层，三十年话语引领着列车，三十年栩栩如生，三十年来我以为那是河流，而笔直之路正在离岸。说完，便又倒了下去。我背上孙泱向屋外走，还没到门口，便看见那辆吉普车发动了起来，引擎爆破，如失掉心脏的鹰隼，只认得一个方向。那辆车在原地打了个转，加足马力，迅猛直冲，呼啸着奔向江岸，无可阻拦。一声巨响过后，吉普车与观测站共同坠入水中，溅起了一阵灼热的小雨，烟尘上浮，巨兽沉没，只余一件空荡的衣服躺在地上。我拾了起来，举在面前，忽觉寒冷无比，内心一阵阵抽搐，好像有谁在我的心脏上开了一枪，洞穿光亮，惊飞夜鸟。

　　上游水库泄洪，搜寻工作一再延后，寻到尸体时，已经过去了好几天，并且仅有一具，腐败严重，不成人样，没有确切的结果公布。我托人问过，据说尸体既不是小韩的，也不是陈珂的，二人如雨滴一般湮灭在水里。我一直想去探寻陈珂从前的足迹，依据着曾经的通信地址，不知为何，总觉得他并未彻底离去，在那里，似乎存在着某些事物与之紧密相连，也许是牧草，落叶，殷红的峡谷，液态的思想，抖开散落的心灵，或一行未完成的诗句。可就像我无法按时上班一样，始终不能奔赴彼处，总被一些意外的事情所耽搁。一九八七年初，我放弃了这个念头，原因之一是孙泱的病逝，这对我造成了致命性的打击，整日茶饭不思，精神恍惚，更重要的一点，从孙泱最后寄来的几首诗里，我得知我的妻子欺骗了我。与她初遇那日，确有三人同在江边，两个男性是她的好友，相识数年，深爱着她，激烈且痛苦，她不知如何取舍，那纵身一跳近似一场疯狂的角斗，必须准确跃入捕鱼的冰洞，深吸长气，潜在冰层之下，游至对岸，而活下来的那人便是小韩。我被这件事情折磨得快要疯掉，难以平息，痛苦地想要离她而去，她一再哀求，恳请我的原谅，我不置可否。此时，我刚好有一个机会可调至省作协，于是想也没想，将刊物转了手，换个城市独自生活，还是老本行，在杂志社里做编辑。一干就是三十年，从助理到主编，其中的苦辣心酸，不足为人道，这些年里，我忘掉了很多事情，逐渐寻获自身的价值，取得了一些成绩，也发掘了一批较有潜力的作者。二〇一八年，我的一位军旅作家朋友推荐过来一篇小说，作者很年轻，名字没有见过，小说叫作《山脉》，形式上有一些创新，不过也算不得突破，未能逃脱先锋文学的另一重束缚。《山脉》分成五个章节，各行其是，以不同角度探讨一篇消失了的小说将要如何持存，前面两节写得支离破碎，不明所以，我读得很困倦，到了第三节时，忽然清醒过来，这节由几篇日记组成，叙述了作者本人与勘察员C的一段密切交往经历，故事细节、人物面貌与说话方式使我认定这个C就是我当年的朋友，在此节末尾，他写到了一场无可挽回的死亡，前仆后继，新旧交替，生者持续步入梦魇。我抑制住内心的激动与悲痛，问朋友要来了这位年轻作者的邮箱，给他发去信件：您好，小说读毕，很有想法，语言似可更精细一些，不知是否为终稿，有无修改意图。没有回复。过了两天，我又发了一封：您好，不知是否收到上一封信，小说拟留用，勿投他处，请留下相关信息，以便支付稿酬、寄去样刊。次日，我收到他的回信，总共三行，分别是姓名、银行卡号和通讯地址，除此之外，什么也没有。我立即发去邮件：感谢支持，期待再次供稿，小说本身没什么问题，不过我有一私事不明，第三节中所提到的勘察员C，无论是职业、样貌、品性，抑或举止言谈，与我一位失联多年的老友极为接近，许久未见，我很想念他，离别之情，今犹耿耿，所以冒昧向您求问，这个角色是否存有原型，于何处得见，言辞混乱唐突，还请勿怪。没有回复。隔了三天，我又发去一封：按我推测，小说里的部分诗句为C所作，墓穴图也是他所绘制，与大熊星座映衬互念，这是我在三十年前给过的建议，而C的原名应是陈珂，苦居多年，热爱或曾经热爱过诗歌，你提到的乌云、山泉、火光与树，均是在其作品里反复出现的意象，不算新颖，却绝对真挚，据我所知，他没有女儿，只有一个儿子，所以很想知道，您与陈珂究竟是什么关系？敢请便示一二，只言片语亦可。没有回复。第三天，我彻夜未眠，望着空白的页面，继续写道：打字不便，亦可与我通话，随时恭候，盼复。换了一行，再写：年岁渐长，凡事偏执，总想去捕捉一些逝去之物，何止星辰，何止气象，何止不存的山脉，在这世上，唯有无因的徒劳，动人肺腑。我在底部留下了自己的电话号码。没有回复。十天后，刊物印讫，我揣上两本崭新的杂志，从电脑里抄来一个地址，出门踏上了北行的列车。